疆阅典藏

河的方向

刘力坤 / 著

新疆人民出版社

图书在版编目（CIP）数据

河的方向 / 刘力坤著.—乌鲁木齐: 新疆人民出版社, 2024.2 (2024.7 重印)
 ISBN 978-7-228-21277-4

Ⅰ.①河… Ⅱ.①刘… Ⅲ.①散文集—中国—当代 Ⅳ.① I267

中国国家版本馆 CIP 数据核字（2024）第 028368 号

河的方向
HE DE FANGXIANG

出 版 人	李翠玲	装帧设计	陈 飞　刘堪海
责任编辑	杨 利　李 真	责任技术编辑	杨 爽

出版发行	新疆人民出版社
地　　址	乌鲁木齐市解放南路 348 号
邮　　编	830001
电　　话	0991-2825887（总编室）　0991-2837939（营销发行部）
制　　作	非凡印艺图文设计工作室
印　　刷	新疆新华印务有限责任公司

开　　本	880mm×1230mm　1/32
印　　张	8.75
字　　数	250 千字
版　　次	2024 年 2 月第 1 版
印　　次	2024 年 7 月第 3 次印刷
定　　价	45.00 元

版权专有，侵权必究。如有质量问题，请与营销发行部联系调换。

目 录

第一辑 河的方向

3   远 方
7   祭 山
12   过 河

第二辑 谁家的台子

19   前 世
24   干家台子
34   今 生

第三辑 稼 穑

65   大姐的长脖子镰刀
69   绩 麻
74   洋芋王国

91　　香雪落红
96　　果园芬芳

第四辑　野菜地图

103　　春天的第一口鲜——野蒜苗
105　　吹响春天的喇叭——老鸹蒜
109　　将陆海八珍比下去——荠菜饺子
113　　爱无止境——蒲公英的种子
117　　长在树上的粮食——榆钱
122　　金雀栖枝头，飞花入春盘
126　　童年的味道——野草莓
130　　黑果小檗馈赠的零嘴
135　　花边野菜
143　　野蘑菇
156　　沙　葱
166　　艾悠悠
173　　跳脱的零嘴

第五辑　乡村游戏

181　　打尜尜——挥向春天的第一棒
183　　老鹰捉小鸡——生活版的游戏
185　　丢手绢——一块手帕的失踪案
188　　打沙包——二姐和宝平的一对疤痕眼

191　踢毽子——我隆起的造山鼻
194　捉迷藏——五粒的隐身术
198　编花篮——旋转的礼物
200　指天画星星——你猜谁是星
202　斗鸡——"脚斗士"的风采
204　翻花绳——翻出生活新花样
207　打木牛儿——冰上旋转的芭蕾
210　滑马儿——玩的就是速度与激情

第六辑　一路走来的我

215　落雪的早晨
218　藏婴行动
220　溺水而生
223　摸蛇止汗
226　人生读的第一本小说

第七辑　水光闪闪的往昔

231　三只茶碗的结婚礼物
234　木轮碾过的寒冬
239　荒野之时
242　小弟掏鸡蛋
247　二姐做嫁衣
251　鹿鸣呦呦

255　数星星的夜晚
258　母亲的缝纫机
266　玛　丽

第一辑

河的方向

大黄山河和西沟河像博格达山长山的一对翅膀，大张着伸向山外。我们村就坐落在被这两条河环抱着的一块台地上。这两条河是我们村的护村河，四周的巍峨大山是我们村的重重围墙。

我无可选择地将脐血洒在了这里，又一头雾水地在这里长大……

远　方

　　我们坐在山顶上歇息，太阳已西斜，照在背上暖暖的，风已经将头上、脸上、脖子上的汗吹干。一张张红扑扑的小脸汗渍斑驳，花猫似的，一双双眼睛一律望向山下的远方。

　　远处，天的尽头像灰蓝色的锅沿，灰灰的，虚虚的，看不太清楚。我们定睛细看，那些灰雾里好像有树，有村庄，还有一片泛亮的水库。有人说那里叫戈壁，有好多村子、好多人，田地平展展地自顾延伸，又长又宽，就是没有河。那里的人们把从我们村流过的河水截住，圈进水库，人喝、牲口饮，还能浇庄稼。

　　我们能看清的只有装着河水的水库，因为那里是闪亮的，像是在给我们传递某种信号。我们的目光都落到那片水光上，好似自己的家人流落他乡，无家可归，可怜又恓惶。

　　又一想，可能是河浪亲戚去了，戈壁上不是也有我们家的亲戚嘛，说不定河就是浪去了。回头一看，大河的水哗哗地淌着，从河谷里宽宽的树缝间还能看到银线似的白光也就放心了，河还在！

河水流到的戈壁上是什么样子呢？我们每年夏天从旱沟拔野草莓回来时，都会坐在村西头白牌边的山头上思考这个问题。我们眼睛能看到的地方，却不知道那里是什么样的。大人们说，戈壁很远、很大、很热、很苦……我们便不怎么喜欢啦！

戈壁上的亲戚经常来，走时驴车、马车上装满一麻袋一麻袋的洋芋、一辫子一辫子的蒜，秋天还会拉只羊、拿一筐晒干的蘑菇……大人说，戈壁上的亲戚吃不饱，我们便可怜起戈壁上的人来。他们地大但水少，田多可土瘦，种不出我们山里像鞋底子一样大的沙洋芋。他们天麻麻亮就去地里干活，太阳落山了还不收工，累得腰弯弯的，手像叉把（意为又粗又硬），脸晒得像锅底那样黑。山里的丫头要是嫁到戈壁去，总会哭得很伤心，既舍不得心上人，又离不开悠闲富裕的山窝窝。

每年暑假，戈壁上的亲戚都会带着娃娃来，喜子、石头、丫子、虎子、全娃子……大姨妈、三姨妈、三姑妈家的孩子轮番来。他们穿得展展的，衣服领子、袖子、腰身都和我们的不一样，不过心灵手巧的母亲看一看、量一量就能给我们做出西装领、马蹄袖、卡腰身的新款衣服。

他们知道许多我们不知道的事情。连环画书是他们带来的，皮叉子枪是他们教我们做的，但我们没有胶皮绳，只好用羊皮绳来代替，可是拉不开，攒不足劲就射不远。

他们还带来了西瓜、甜瓜、黄瓜……这些都是我们村种不出来的仙品。每次吃西瓜、甜瓜，家里大人切瓜都得掌握好分寸，孩子们的眼是尺，多那么半寸都要抢大块的，抢不过还有生气打架的时候。最抢手的活计是倒瓜皮。一家人吃完瓜，把皮扔到筐里，母亲最后发令:"倒瓜皮去。""我去,我去!"兄妹几个抢着拎筐,快步拐到墙后,坐在猪圈门口再挨个儿溜一遍。最终再看瓜皮上,红色,那绝对没有,软和些的都被啃干净喽!小猪流着涎,哼哧哼哧地透过圈门巴望着。有些性急的还会用嘴拱圈门,一双渴望之眼呆萌地注视着你还在溜的瓜皮。

猪看到了无妨,可不能让人看到,否则,你就得了"溜瓜皮"的绰号,得好长时间才能被人们遗忘。

最让人艳羡的是他们都有铁皮铅笔盒。那种铅笔盒外面印有解放军、小朋友、老奶奶、小草等插画,打开盖子,里面还印有九九乘法口诀表。那是一个多么神奇的远方啊!戈壁虽然很苦、很热,可是却有那么多新奇的东西,是我们村黑油油的庄稼地里永远长不出来的!

我们坐在坡头上遥望,想看到一个自己想要的、有漂亮铁皮铅笔盒的远方。我们目光的翅膀最多能飞到戈壁水库边的村庄。其实,我们那时候也知道北京,语文课本的第一页就是。可我们觉得北京远得在天的外面,是另一个世界,那是我们放开想象力都想不到的地方。我们热切渴望的远方就是能望见影子的戈壁,能讲新奇故事的嘉子生活的戈壁,踏实可靠的河流到的戈壁。河水已经给我们蹚出了一条路,打了前站,我们终究是可以沿着河的方向走到戈壁的。

多少个夏季,我们全村的孩子都坐在山顶上,望着山下遥远的青灰色的世界,做着关于远方的梦。直到余晖滑下山坡,像手电筒的光束一样只照着山谷,给我们指出一条回家的路,我们才起身揉着坐麻了的腿,不舍地向家走去。

身后的梁像大山伸出的一条板凳,唯有它平平地横着伸向戈壁。难道这是山有意伸出来供村里的孩子们做梦的地方吗？我们谁都没有在意。

暮归的山鸦在头顶盘旋，飞向河湾。大河哗哗地流淌，似趁黑急行远跑。白牌边顺渠沟生长的那排老山杨，在山风里哗哗作响，一群孩子撒丫子朝村庄的方向疯跑，欢笑声飘散在风中……

祭　山

　　父亲骑上大青马，驮上献牲的羊，准备带着村里几个有威望的人去祭山。

　　献牲的羊是队里羊群中最俊美的一只，黄头白身，双耳挺立。此刻被母亲用红毛线绳在脑袋顶绑了个麻花辫，红毛线绳也被编进羊毛辫里，余出来长长的一截，在辫梢上扎了个蝴蝶结。献牲的羊便头上开了花，愈发与众不同，低头吃拌了麸皮的苜蓿料时，红绳辫一撅一撅的，它恐怕不知道这顿美餐是此生的最后一餐。

　　天，晦暗不明，让人看不出时辰。其实这是早晨。

　　村里人围着要去祭山的马队忙活着，几个年轻小伙子把祭羊抬到父亲的马上，说："队长，捎在后面吧，用绳绑着结实。""放前面我抱上，到山跟前还要祭呢，不要驮死了。"父亲说。"放前面乱蹬呢，你骑马不方便，山路又陡！"村里人担忧。"不要紧，用皮绳把前后腿绑住。"父亲又说。他们把前后腿绑结实的祭羊抬上马，父亲上马，把祭羊夹在双臂和身体之间，又问了句："盘馍拿上了吗？"身后的关大佬应道："我背着呢。"

关大佬的后背上斜绑着一个包袱,里面是我母亲昨天蒸的祭山用的盘馍,纯白面的,拳头大小,每个馍顶部都点着三个圆圆的红点,很是精致。蒸年馍时点红点本是我的活儿,但母亲昨天亲自调红曲色,拿出柜里锁的新筷子,挑了小且圆的一头,蘸上红色,一个一个精心地拓印。我在一旁看着,问母亲为什么是三个点?母亲说是祭山神,神就得三,三生万物。我那时只有三四岁,什么也不懂,只是被大人们营造出的那种神秘、庄重的气氛吓住了,觉得山神好厉害,全村的人都害怕,便不敢再问了。

父亲一行打马走去,沿着河谷坡上的马路向西,走到白牌,一拐就隐进了峡谷,道上扬起一阵尘土。那是一九七二年的夏天,留在我脑海中的最早的与庄严有关的记忆。

冬天雪薄,由春至夏都没怎么下雨,河里只有一股细水,流淌在河床中央。庄稼旱得清瘦蔫黄,快保不住命了。戈壁上的村子自发地组织祭山祈雨。村里的几位老者与父亲商议,说:"我们也去吧,喝着雪山的水,讨个平顺。"

我们村被河环抱着,大河、哈巴河两条河在河谷水磨坊前头汇合,形成大黄山河,绕过村子向东北方向流去。

马蹄踏进大河,宽宽的河床里布满了大大小小的石头。青石裸露,石皮因缺水浸润,干裂炸开。往年能淹到马肚子的河水,如今马前后蹄子不沾水就能跨过。

过了河就到了林子边,黑黢黢的森林也怵怵的没精神。马道口一棵老松树倒了,挡着道,树身上的枝杈蔫而未枯,似新倒的。大青马从旁边拐入林中,光线一下子就暗了几分。马蹄踏过树下的枯枝败叶,发出清脆的声响,冒起细尘。干透了,林子里到处都干巴巴的。

出了森林是一座一座的草山。这里是高山夏牧场,盛夏应是水草丰茂之时。然而放眼望去,草盖不住山,山像得了斑秃,草尖发黄。山边的河床水落石出,岸塌木斜,一副破败相。

远远地看到马鞍桥山上有人影晃动,戈壁上的人已经到了。父亲提了提马笼头,磕了下马肚子,大青马竖起耳朵,心领神会,快步跑了起来。

黑黝黝的马鞍桥山像一副马鞍,两头的鞍头翘得高高地伸向蓝天,鞍部中间的弧线徐徐拉开。祭山的鄂博祭坛正驮在鞍上,此处又名"鄂博梁"。

马鞍桥山呈南北走向,西边的博格达峰银白肃穆、雄浑挺拔,正好映现在马鞍桥山中央,好像一位白袍山神骑在黑色的马鞍上。马鞍桥山东边是一片湿地,水草丰茂。白、黑、绿三色构成了高山之巅的一幅图画。神山、祭台、湿地组合出了历史长河中的一个故事。

父亲一行策马来到湿地前,看到湿地中一坨一坨凸起的草包干干的,不似往日那般泥泞湿滑,沼泽也不像往日那样湿润。凭经验,这个季节到此地,必得沿着湿地边,从山根或出水口绕远路,万不可贸然蹚进碧草覆盖下的沼泽地,那可是陷马坑、吸人洞。牛马一旦误入,都难逃一死,而且是越挣扎陷得越深、死得越快。人眼睁睁地看着牲口一寸一寸地被泥吸走,却无法施救。夏牧场的人、马、牛、羊、狗都知道这是个绿色的死亡陷阱,宁愿溜边走,拐大弯。只有秋冬后,天凉了,冰雪不化了,泥干硬了,人畜才敢从湿地中的直道穿行。

然而,此时的湿地已显出秋季的干枯萧瑟,垫脚石一样的草包都失了水、泛了黄,有几只山羊还在草甸子上跳来跳去吃草。父亲怅然地说:"缺水呀,闪颠湖都快干了!"身后的副队长苏进民说:"这个就是大河的源?"父亲说:"是,这儿水少了,河里的水也就少了!"

鄂博梁上已有八九个村子来的近百名祭山人。八九只祭羊,黑、白、花、黄,毛色各异,却都肥美,或头扎红绳,或额上抹一道红彩。起事的滋泥泉子、黄土梁子、土墩子三个村子里的人已经在石头祭台上摆上了祭山神的吃食,就等人齐了跪拜山神,祷告祈雨。

三四米见方、五色石垒的祭坛有两米多高,坐落在马鞍桥山的正中间。祭台垒得基本呈立体梯形,像一座四方塔。石片和石片之间没用黏合剂,却扣合得很紧密。奇怪的是梁上四周并不见垒台子的石头,这些红、黑、青、黄、白色的石片是从哪里来的呢?有人说这祭台有几百年历史了,最早是蒙古人祭天的地方,他们祭天时每人都会拿五色石头来,堆在一起,献给山神。日子久了,石头多了,后人就垒了台子,还在路的两头修了"通天道"。

祭台边还有一口大铁钟挂在木架上,在风中叮叮当当响个不停。这里山形内凹,形成天然风道,钟挂在风口上,昼夜不停地鸣响,被称为"自鸣钟"。钟架、横梁是红松的,据说是用酥油浸泡过的,防蛀防腐,埋在土里的柱根也耐得住风霜雨雪的侵蚀。还有人说是清代天池的道士选的址、挂的钟。

父亲一行将献牲交给管事的人,那人摸着羊屁股说:"山里的羊就是肥大。"

关大佬在祭台上选了一块地方,用袖子擦了擦台面,把盘馍拿出来,十三个正好摆成塔状。

各队选两个人把自己的献牲牵上,绕着祭台转几圈,然后再牵着走"通天道"。牵献牲的人一只手将羊脖子上拴的绳子绕过羊屁股,拦着羊,另一只手拽着绳子连走带拉,让羊走"通天道"。另一个人在羊后面边赶边推。两个人牵着献牲,走完了"通天道"。

"通天道"边有一处葬马坑,都是前人祭山时埋的马头。父亲他们也将献牲引到坑前宰了,血流进坑里,浸到土里,变成了一片紫黑色的血壳。

所有献牲都被头朝雪山摆在祭台上,起事人叫大家面向雪山站立,他手执带铃铛的鞭子,左右摇晃着,嘴里絮絮叨叨地祷告着,然后让大家跪拜,同时祭台边的钟敲三声。如此循环往复数次,大概是因为需要祈祷的事情比较多吧!

煮好的肉又端来一盆,冒着热气献给山神。起事人又念叨了一番,向着雪山洒了半盆肉汤,浇了一瓶酒,众人再跪拜一番。

大半天过去了,大家都饿得肚子咕咕叫,祭了神,人就该分吃供品了。捞肉、喝汤、吃盘馍,正吃得酣畅,一阵冷风从雪山吹来,紧接着乌云密布,天一下阴沉了脸。贴地皮的冷风吹得更急了,再抬头望,雪山已经隐在云雾里不见了,满天的乌云铅一样沉,人们都还没来得及反应呢,雨就噼里啪啦落下来了,众人兴奋地大呼:"灵啦!灵啦!山神显灵啦!"

过　河

　　河发怒了。我和姐姐从哈巴河采蘑菇回来，走到大河边，看到我们通常踩着过河的跳石不见了。河变得诡异而险恶，波涛汹涌，好像一个愤怒的人，心急火燎地去找对家报仇。河水的面色也极其凶恶，乌青青的看不到底。急波翻涌，像是在破口大骂；怒涛滚动，像是被谁气得乱颤。

　　我们清亮亮的、一眼能看到底的河没影儿了，像首舒缓、明快的抒情歌一样的河去哪儿啦？我和姐姐站在正怒火中烧的河边，你看看我，我看看你，再看看河，半天才缓过神来，原来是发洪水啦！

　　昨天下了一场雨，雨后是蘑菇疯长的时候，早晨天晴了，看着高照的红日，我们就动了采蘑菇的念头。一个夏天都没去过哈巴河，那几棵长蘑菇的树应该长满一身蘑菇等着我们呢！拿了块干馍，提上筐，我们就出发了。

　　幽深的哈巴河就像谁用刀子在天山上划了一刀，又窄又深。峡谷里长满了树，阴森森的，一般没有大人带领，孩子们都不敢去。可是那条峡谷中有一棵松树、两棵白杨树浑身都长蘑菇，是我们锁定多年、秘而不宣的"蘑菇树"。每次去都有收获，有时一棵树就能采一筐。

八九岁的我跟着十来岁的姐姐一路走。被雨洗过的山野白花花地闪着光，还飘散着一股奶香。我们直奔"蘑菇树"。

长蘑菇的松树，在哈巴河的河谷中间，我们沿着河谷坡顶的小路慢慢走。果然不负期待，松树根上长了一圈大蘑菇，我们采了两筐。松树身上红褐色的鳞片缝里冒出朵朵"蘑菇娃娃"，只有指甲盖那么大，摘了太可惜，留着下次雨后再来，准能再采一大筐。

哈巴河的水冰凉刺骨，我们趴在河边喝了一口，像被一支冰箭直射脑壳，接着心也寒得一颤，浑身便一激灵，心窝子的汗、脸颊的红都褪了。

我们选了处太阳能晒到的地方，坐在河边掏出花馍片。这是心灵手巧的母亲发明创造的，用荞麦面、白面、苞谷面三样蒸的饼。蒸好后切成指头宽的片，放在洞洞筐里晒。晒干后便是我们放学后的饭前零食，也是出门干活儿、玩耍时带的腰食。

将花馍片放在河水里一浸，啪的一声炸开，馍片上发暄的蜂窝窝里兜着一滴滴水，像千颗万颗小星星一样晃着。吃一口，外层脆而不硬，内里软而不黏，一切都是刚刚好。清澈的河水解锁了麦谷的香味，松散的花馍片为我们提供了充足能量。满口的水润醇香，满心的欢喜舒畅⋯⋯

吃饱喝足了，姐姐说再去看看那两棵白杨"蘑菇树"。我嘟囔着："筐都满了呀！"姐姐盯着我，一边比画一边说："说不定还有这么大的！"两只手张得比面盆还大。蘑菇的诱惑不可抗拒，我们便沿着河，走在阴沉沉的谷底树林里。

13

长蘑菇的白杨树在河谷更深些的地方，两棵树离得不远。我们提着两筐蘑菇，弯弯绕绕，披荆斩棘地走到"蘑菇树"边，盆口大的蘑菇层层叠叠长满树根。我们兴奋极了，趴到扇面一样的蘑菇上，蘑菇特有的那股稠稠的、略带孢子粉味的浓香直抵肺部，熏得我们连连打喷嚏。姐姐说："把衣服脱下来装。"我们把袖口扎上，几下就装满了两袖筒。还多着呢，于是用马莲编了根草绳把衣领扎上，系上衣服扣子，装成了鼓鼓囊囊的"蘑菇衣"。口扎不上，我们就撷了几根兔儿条，像针线一样把衣服下摆缝起来。

这丰收的成果可怎么拿呀！姐姐把"蘑菇衣"搭在我的身上，两个袖筒从肩上穿过来搭在胸前，还挺稳当！姐姐背上她的"蘑菇衣"，两只胳膊各挎一筐蘑菇，我跟在她身后，双手抓住胸前的两袖筒蘑菇，深一脚浅一脚，汗涔涔地走到大河边。

河水越来越大，开始溢出河床，漫过了河边的小路。姐姐也慌了，催促我快走。沿着河岸走到水磨坊前，这里河道宽，水散开了，河里还有一些大石头，可以踩着过。我被眼前的水势吓得有些呆滞，刚准备起步，只见一股洪流冲向前面的山崖，一下子就卷走了紧挨山根的小路，那一片土地没了，只剩黑黑的、齐上齐下的山崖。姐姐拽着我匆匆爬上坡，走小路翻过坡顶到了水磨坊前。此时，整条河波涛滚滚，洪水里卷着泥沙、筐子一样大的石头、大树根，甚至还有整棵树……哐当哐当，像一头发疯的猛兽，横冲直撞。

我吓得哭了起来，姐姐已经爬到河边的一块大青石上，准备借河里的巨石强行过河。她伸手来拉我，我惊恐得连河边都不敢靠近，倒退着向坡上挪，鼻涕一把眼泪一把，哇哇大哭。

突然，在洪水闷雷般的叫嚣声中听到有人大声地喊："不要过，退回去,退回去!"抬头一看,竟是父亲,他骑在马上,站在河对岸,一边大喊,一边挥动手臂,让我们不要过河,退到岸边坡上。

父亲来了,周围的世界一下子变得安全了,洪水的声音似乎被父亲的声音压了下去,没有那么狂暴了,我们能清晰地听到父亲的话语。

在父亲的指引下,我们沿着河岸一直走到水磨坊背后——我家洋芋地里。那里河道收紧了,不宽但深,水仿佛一下子入了地,河岸高耸起来。

紫色、白色、粉色的洋芋花开得正艳,河谷地平展地躺在山弯里。母亲已将土壅在洋芋根部,形成一垄一垄的洋芋花、一沟一沟的浇水沟。我们顺着洋芋沟走,父亲隔着河与我们并行。

在河道较窄的地方有一棵大杨树被水冲空了根,直直地倒向对岸。父亲沿河岸找我们时看到了,就想着一会儿返回时从这里过河。我和姐姐走到树边,发现大杨树已是一棵空心枯木,像醉汉摔了一跤,躺倒后就再也起不来了。

父亲站在河对岸,从马背上解下一盘套马绳,手握盘绳,抡圆手臂蓄力。抡了几圈,用力一甩,长长的皮绳像一条蛇一样被甩了过来,落在我们身边。父亲让我们手握绳索,从树身上过河。姐姐刚想提蘑菇筐,就被父亲严厉地制止了,他让我们把身上的"蘑菇衣"、手上的蘑菇筐都放下。我们舍不得扔掉这么多、这么好的蘑菇,可又不敢违逆父亲的命令,只好把蘑菇筐藏在洋芋地头的大刺墩里,把衣服里的蘑菇倒在筐边,还怕被牲口吃了,折了苍耳的大叶子盖好,才恋恋不舍地走到河边。我把皮绳在腰上勒了一圈,系好猪蹄扣,一手抓皮绳,一跃,跳上了树身,慢慢地、一步一步地走稳!

树身下的河水如咆哮的深渊，斗大的石头在洪流里乱撞。一股一股的洪流冲到河中央的巨石上，激起一片一片的水花，打在树身上。脚下的树身被水花溅得湿淋淋、滑溜溜的，人走在上面，稍不小心就会滑落。我颤颤巍巍地站在树身上，浑身抖得像筛糠一样，一步都挪不动。不管父亲和姐姐怎么教我、哄我、吓唬我，我只能听到他们的声音，却不明白他们说的是什么。我的大脑一片空白，睁眼闭眼全是滚滚的洪水。

我闭着眼睛，双手把皮绳抓得紧紧的，有一些痛、一些麻，指甲好像都抠进了肉里。突然，感觉手里的皮绳紧了，似有一股拉力，睁开眼一看，原来父亲已走到树桥上，站在不远处用皮绳拽着我。枯树禁受不住大人的重量，父亲只能站在树根上，像拽一只羊羔一样，用皮绳把我又拉又提地拽过了河。

那一刻，我就是一只傻呆呆的羔羊，幸亏有一根救命的皮绳……

第二辑

谁家的台子

东天山深处有一块杨树叶形状的台地，被层层山峦包围着、高举着，送到了两千多米的高空，似乎欲让天看看山的婴孩。

台子旁边有两条河，紧绕着东南面的叫大黄山河，隔着河谷、盆地听声的叫西沟河。两条河环抱着一块台子，好像是雪山母亲的两条臂膀，轻轻地环抱着，哼着摇篮曲，撩着清亮的河水给这大山的孩子沐浴。

台子西边的人叫它西沟台子，台子东边的人叫它黄山台子，居住在台子上的人叫它王家台子，住着住着又改口叫刘家台子。这片备受人神呵护的"杨树叶"，到底是谁家的台子？就像那颗豆儿，在中国叫荷兰豆，在荷兰叫中国豆。无论是拼抢还是嫌弃，或是那么随便一说，豆，种在土里就能长。台子，在山的怀抱、水的臂弯中，承载人群、牲畜、庄稼、牧草，承受风花雪月、雷电冰雹。台子的前世今生被埋在土里、刻在石头上，被昼夜不息的河水带到了山外……

前 世

台子，这片"杨树叶"的叶柄连着大山，插在河里，蹚过大河就是一条进山路。"叶尖"悬在大黄山河河谷和锅底坑的洼地上，下到河谷又是一条出山的路。

陶　罐

台子上人家的房舍、牲口棚圈都靠河岸歪歪斜斜、随心所欲地散布着。台子中央有一棵三人合抱的大榆树，遮去十多平方米地的树冠上，鸟雀做满了窝。秋冬树叶落了，满枝头挂着大大小小的鸟窝，像一团一团母亲绕的毛线团。

这棵台子上最粗、最老、栖鸟最多的树，正好在我们家洋芋地中间。

那年春天，父亲率领全家人开犁种地。一犁头下去，犁出了一个完整的红陶罐，高二十多厘米，腹鼓底圆，粗糙扎手，当属夹砂粗陶类。哥哥拎起来看，问这是啥？我们都不知道是啥，就说是罐子吧。说它是盛粮食用的吧,可它这么小。说它是盛水用的吧,可这灌上水还不得泡坏了。用它来喂鸡喂猫,罐子也太深了吧!大家传看了半天,都觉得是件没用的东西。二哥抓着罐口,抡圆了胳膊,甩了几圈,攒足了劲,哐的一声,红陶罐像一枚炮弹,飞到了大树下的石头上,炸得红光飞溅。

父亲又犁出许多残破不全、大小不等的罐、碗、杯等陶器。我们捡起来比赛着扔向大树下的石头,看谁扔的陶器炸得最响,欢快得如一群闹春的喜鹊。

我们谁都不知道红陶罐上凝结着台子的历史。这些陶器是当时生活在台子上的人最先进、最实用、最宝贝的器物。在那个春天,我们无意中翻到了台子的前世,可我们不了解被收藏在陶罐中的先民的智慧。无知的我们摔碎了台子的从前,让历史碎了一地……

岩　画

大哥带着村上的一帮半大小子在王家大坡上挖渠,二姐跟着捡拾挖出来的兔儿条根,冬天能用来煨炕。

天下起了小雨,哥哥们是"青年突击队"成员,战天斗地,不畏酷暑严寒,这点毛毛雨正是他们的"消汗手巾"!二姐捆好柴背着上坡回家。走到半坡累了,便靠在路边的大黑石上休息。

雨细得像牛毛,落在二姐的头发里痒酥酥的。二姐松开抓绳头的手,挠完头,顺手又抹了把脸颊上的汗珠和雨珠。绳子勒疼的肩头缓好了,她双手抓紧绳子,腰上攒足了劲准备起身。一低头,看到两腿之间的黑石头上画着一只羊。二姐愣住了,是谁在上面刻了一只野山羊?犄角长长的,比羊身子还长。虽然只是简单的线条,但一眼就能看出是一只野山羊。

二姐放下柴捆，好奇地在周围的石头上寻找其他图案。这场小雨似乎清洗了整个世界，山坡的黑石头上都刻有图画。有两个犄角盘成螺丝状的大头羊，有犄角长十个丫杈的马鹿，有马、有狗、有人，还有光芒四射的太阳，几个人围着打猎……还有许多她也辨不清的图案、符号。在雨的淋浴下，黑色的底，白色的线条，图画生动、形象，呼之欲出，好看得不得了。

二姐惊喜得柴都不要了，一趟子跑回家告诉母亲。母亲却平静地说可能是放羊的人闲得没事干刻的，河坝阳坡上大黑石头上也有。二姐半信半疑，又把这件事告诉了我。我和二姐借去背柴之名，又去看了一趟那些刻在石头上的图画。我也很奇怪，平时没少走这条坡道去抬水、采蘑菇、拉柴……几乎天天打这儿走过，怎么就没有看到这些图画呢？

一场毛毛雨奇迹般把石头上的画洗了出来，就像来村里拍照的人，晚上把黑黑的底片放进一个有水的匣子，一会儿底片上就显示出人影。那个拍照的人只允许利索、手巧、心细的大姐给他帮忙，用一个镊子夹着底片，在水匣子里翻动。过一会儿他看看说显影好了，就把有人影的底片拿出来晾干，第二天就成照片了。

赛日克（羊把式的小儿子）拿着一兜乳黄、醇香的甜奶疙瘩来了。我们最爱吃甜奶疙瘩，羊初乳像胶一样浓稠，人们称之为"胶奶"。胶奶做的奶疙瘩是黄色的，只有奶的香甜，没有酸味，只有春天生产羊羔的时候才能吃到。

我们一边吃甜奶疙瘩，一边打听黑石头上的图画。二姐试探地问："你父亲放羊的时间干啥呢？"赛日克说："放羊的呢！"二姐觉得自己问了句废话，重新问："羊吃草的时候，你父亲干啥的呢?""看羊的呢。""还干啥呢?""看草的呢。""再不干啥吗?""看天的呢。"二姐觉得她无法启发赛日克,就直接问:"在石头上刻不刻羊?"赛日克一头雾水,不知道二姐在说什么。二姐着急地问:"王家大坡那黑石头上的羊,是不是你父亲刻的?"赛日克坚定地摇着头说:"不是。""那是谁刻的?"二姐不甘心地追问。赛日克说:"我们不知道。"二姐仍不死心:"你见过石头上刻的羊吗?""知道呢。磨坊庄子后面的山上也有呢,黄深崖子、下台子上都有呢,还有马车、狼……"我们听得兴奋起来,当下就让赛日克领我们去看。

黄深崖子是台子东南边台地陷落到河谷的断崖。石崖子一片黄灿灿的石花(一种苔藓)又黄又深,所以人们就叫它黄深崖子。

大黄山河在这里拐了道弯,由西向东再流向东北。臂弯里搂着台子村,臂弯外依着郑家小水(又名黄山大队)。向阳陡立的河岸坡上散落着斗大的黑石头,黑石头上有野山羊、马鹿、人拉弓射箭的图画。素日里我们很少来这里,到这里拾麦子、割草都是跟着大人,或三五成群地结伴而行。要是去黄山大队商店,走到这个陡坡,我们都是一趟子跑下去,根本无暇顾及坡上的石头。返回时,弯腰爬坡,蹬腿吃力,还得找一根棍子拄着助力上坡,往往都是呼哧呼哧地喘着气,面红心跳淌着汗,没有工夫和力气看四周。就这样过了这么多年,我们竟然没有发现这些刻在黑石头上的图画。

陡坡上只有一棵瘦弱的榆树,榆树下有三块黑石头,是我们休息的坐处。石头的迎阳面刻着一只站立的狼,尖嘴耸耳,立起的前爪还抓着一根棒子,着地的两条后腿之间还有一条"腿",原来是大尾巴直插到地面,像是第三条腿。是狼还是狗,我们有些吃不准。赛日克说:"狼的耳朵耷起来,嘴又长又尖,胸部宽。""那会站起来拿棒子吗？"我们还是觉得狼没有这么大的本事。"会呢，狼狡猾得很。"赛日克坚信刻的就是狼。其实我们也一眼看出来刻的是狼，但我们不明白狼怎么还会像人一样站起来，而且会拿东西，如此神秘、诡异。赛日克说："哈巴河的大黑石头上还刻有马车，车轱辘的辐条一根一根的，看得很清楚，还有赶马车的人也有呢。"我们商量着下次去羊场子割荨麻时，找石头上的马车去。

那时候我们不知道这叫岩画，是先民们刻画在石头上的史书。他们把日常生活中的狩猎、放牧、祭祀、舞蹈、图腾等敲凿、刻画在他们挑选的地方，表达着他们的心愿、祈求、憧憬。这一幅幅粗犷、古朴、简单的图画，是先人留给后人珍贵的文化遗产，是台子村的历史画卷长廊……

河的方向

王家台子

　　一个人命里得有怎样的机缘巧合，才能用自己的名字命名一个地方。

　　清光绪年间，姓王的父子二人从甘肃逃荒到新疆，在西沟口碰上了姓沈的大户人家，说是想要讨口饭吃。沈家收留了他们父子。八九岁的王玉泰成了放羊娃，这是他人生第一份赚钱的营生，也是他一辈子的饭碗。

　　王玉泰老实、勤快，有眼力见儿，他放的羊膘肥体壮、毛绒含量高，很快就成了放羊的好把式。沈家交给他一百多只羊，一年下来，他能养到二百多只。羊羔吃不上奶，他夹住母羊的脖子，让羊羔吃饱。母羊没奶，他把奶多的母羊抓住，让没奶吃的羊羔吃。下羔季，他没日没夜地守护着羊群。

　　他摸摸羊奶头，看看羊的水门，就能判定下羔的时间，而且八九不离十。他把临产的母羊赶到他睡觉的房子，炉子架得旺旺的，生怕母羊受凉。他还为难产的羊接生。他对羊群的热爱，就是他对这个世界的热爱。

从八九岁到十八九岁，十多年的光阴，王玉泰每天追着羊群过日子。他的吆喝、口哨、呵斥，羊群都能听懂。头羊尤其明白，而且遵照执行。也有古怪倔强的"犟板筋"，王玉泰就会毫不客气地举起羊鞭，狠打猛抽。常常这个时候，他一边追着羊打，一边气愤地怒骂："我就不信，你一个牲口还把人给箍住了。让你再跑！让你再犟！让你不听话！"骂一句，打一鞭。直到头羊改变了方向，顺了他的心意。大多数头羊经过几次连骂带打的教育就懂规矩、守纪律了。也有那种屡教不改的羊，它们大多数都活不到第二年春天，冬宰时就要了它的犟命。羊把式是羊群的指挥官，一个集体怎么能不听号令？

夏天，王玉泰就把羊群赶到台子南边的高山夏牧场。其他季节就在台子周围、锅底坑沈家庄子周围放牧。秋冬季节，他还经常到松林里打猎，回回都不放空，逐渐历练成了一名猎手。

他的生活半径就是以台子为中心，方圆十几公里的范围。他对这里的每一条沟、每一条河都了如指掌。哪里的草先长出来，哪里的草鲜嫩，哪里的草羊吃了长膘，哪里的草羊吃了肉香，哪个河湾什么季节适合羊饮水，哪里有野猪出没……王玉泰总结出了一张水草放牧图、一张狩猎打牲图。岁岁年年，年年岁岁，他就赶着羊群，扛着猎枪，穿梭在这两张地图上。

十八九岁的王玉泰到了娶妻成家的年龄，以他父亲的经济能力无法给他娶媳妇。王玉泰早就看上了西沟口芨芨台子李家的二姑娘。姑娘十三四岁，如花似玉的年纪，做一家十几口人的饭，洗衣、磨面样样都干得好。只是人家姑娘没看上他。每年过年，李家姑娘走亲戚都要到沈家住几天。老实巴交的王玉泰看到李家姑娘总会脸红心跳，早早把羊赶出去饮水，啃雪地里的草，还不等羊吃两口，他又急匆匆地把羊赶回圈。见李家姑娘过来，他故意大声地呵斥羊，或是把草捆子挑得高高的抛到半空中，弄出些动静，竭尽所能地引起姑娘的注意，姑娘看都不看他一眼。他精心拾掇了一副髀石（羊拐），小巧玲珑。他用羊油一遍一遍地涂擦，油渗进去，五枚羊拐油润光亮。他还把其中的一枚用油漆染成红色做成了一副漂亮的髀石。

他花了一年时间收集、打磨，满心期待过年时能亲手送给李家姑娘，博得美人一笑。殊不知命运弄人，当他赶着羊群从夏牧场回来的那天晚上，听说李家姑娘看上了别人，都准备订婚了。

那个秋月苍凉的夜晚，王玉泰一夜未眠。前半夜他绕着庄子转圈，后半夜他摆弄他的猎枪。第二天早上，王玉泰对主家说："西沟口夹皮山草还多的呢，羊群吃个十天半月没问题。"王玉泰背着他的猎枪，赶着他的羊群去了西沟口夹皮山。

立冬后，王玉泰背着他的猎枪，赶着他的羊群回来了。羊吃得尾大腰圆，人却瘦了一圈。王玉泰话更少了，见人只望两眼，问话大多是嗯嗯啊啊，能少说就少说。他对羊群也没话了，整天沉默不语。他父亲和主家都发现了他的变化，认为得赶紧给他娶媳妇成家了。

小年时，李家来人说姑娘的亲事黄了，未来姑爷不知道被啥人打死在西沟口平顶山下的渠沟里了。主家就顺势提出，干脆把姑娘嫁给王玉泰吧，他老实能干，是过日子的人。就这样，由沈家出面，把李家姑娘聘给了王玉泰，娶亲花的都是沈家老爷的钱。

新婚之夜，王玉泰把他准备已久的那副髀石送给了李家姑娘。姑娘十分喜欢，一双琥珀色的眼睛，闪出河水一样清亮的眼波。

沈家把台子上磨坊庄子周围的一块地给了王玉泰，还给他分了十几只羊,让他单另过日子。王玉泰携家搬到了台子,住在靠河岸边的一座废弃的庄子里。

神秘的庄院

大黄山河的河头坡顶坐落着一座古老的庄院,十多间房舍、畜圈组成一座坐西朝东的三合院,大门向东敞开着,院外北面有磨坊。

据说这座庄子在李家搬来时就有,不知道是什么人盖的。李家开垦台子上的土地时,种地的人在这个庄子里住过。王玉泰放羊时也在这里躲风避雨、临时落脚,是座废弃的庄院。

王玉泰一家人搬进这座庄院住下,现成的上房高屋大梁,一明两暗开间。右侧是三开间套房,拐角还有两开间堆房,左侧是能容纳几百只羊的大羊圈。西、北两面都是夯土墙,东、南两面是用木头垒的栅栏墙,圈门留在院里南面。篱笆门羊圈西面一半有顶棚,冬天羊可以避寒;东面一半敞顶,通风透气,夏天羊可以晒太阳,相当于羊的庭院。

在王玉泰一家人修修补补、清理打扫下,这座废弃的庄院被收拾出来,还是一个不错的庭院。王玉泰有了家,有了土地,有了羊群,站在只有他一家人的台子上,脸上洋溢着从未有过的欢喜。王玉泰心想:"这是我的家,我的地,我的台子!"两只胳膊就像鹰的一双翅膀,鼓满了风,一张就能飞起来。两条腿也仿佛变成了马的前腿,嘚嘚嘚地向前走,充满了力量。

台子水草丰茂,羊群被赶到河谷里。草没膝,随便吃;水长流,随便喝。吃饱喝足了,羊群卧在树下眯眼、打盹儿、倒嚼(反

27

刍），眺望。午休后就着西斜的日头，羊再吃一阵子草。太阳落山头，河谷暗影漫过，头羊带着羊群，踩着细细的羊道，上坡归圈。羊群根本不用人管，偶尔有走丢掉队的，王玉泰站在坡头上喊两声也就把羊唤回来了。

王玉泰全身心地投入到这片台子地，春种、夏长、秋收、冬藏。一年一岁，春华秋实，他摸清了翻地的走向、锄草的深浅、浇地的水量、收割的时节、打场的遍数、扬场的风向、冬储的地方，掌握了平地的技术、撒种子的手法……

他觉得最畅快的两件活，一件是撒种。肩挎麦斗，一手托着斗底，一手抓着麦种，在刚刚犁开的黑油油的土地里撒种子。翻开的热土，冒着热气，一把一把撒下的麦种，在春天的暖阳下像金豆豆一样，泛着金光，飞到松散的土里。

迎着阳光撒一趟，背着阳光撒一趟，来来回回，反反复复。胳膊一曲一伸，像是在跳舞。一块地就在布谷鸟的鸣唱中，在山谷春风的吹拂下，在远处雪山的注视中，在播下希望的田野上，宛然变成了节奏欢快、令人愉悦的大自然的春之进行曲。

另一件便是扬场。在习习的秋风里，在如水的秋阳下，面对一堆山一样高、散发着新麦香气的麦堆，站在侧风处，手持木锨，向上风处挑起一锨麦，浮尘、麦衣、杂草轻飘飘地随风飘走。在两三米远的地方，依风的心愿，形成了弯月一梢。小石头、土坷垃、未脱壳的麦等重的杂头，因其重，乘不了风，一头栽倒在木锨头，也摞成一堆，紧挨着净麦堆。

一锨一锨地扬起，风像长了眼、长了手，把人吃的麦、喂牲口的杂头和抹泥墙的麦衣，分门别类地各归其位。王玉泰极其享受这秋风中的高扬与坠落。这一上一下、一昂一俯地与风共舞，像是给天地的献礼。他常常忘了时间，忘了自己，忘了这个世界的存在，眼里、心里、魂里，只有这些飞扬的金色麦粒……

若干年后，台子发展为生产队，五六十户人家种同一片台地，王玉泰给生产队放羊。每当春播秋收时，他都会放下羊鞭，背上麦斗去播种，扛上木锨去扬场，那是他的所爱，也是他的所长。当队长的父亲当众夸奖他："王玉泰的种子撒得好，匀实。地的边边角角都能撒上，既不浪费种子，也不浪费地。""王玉泰场扬得好，会看风向，会站地方，麦子、杂头、麦衣分得开，扬得干净！"

王玉泰成了种地的好把式，沈老爷给的几十亩地，经他几十年的经营都变成了平整、肥沃的好地。他有了四个儿子、两个女儿，牲畜的数量、田地的面积也不断增长，成了台子上唯一的大户。

好　人

"你王家姑妈是个好人。"父亲和母亲总爱这么说，村上的人、路过的牧人也都这么说。山里人少，结亲联姻，东拉西扯都是亲戚。我的三姑妈就嫁给了李家（王玉泰媳妇的兄弟），我们就称王玉泰为"王家姑爹"，称他媳妇为"王家姑妈"。

姑妈圆脸、深目，肌肤白皙，一双黄褐色的大眼睛明亮有神。头发梳得光光的，在脑后挽了个髻，用黑色的网纱罩着。她喜欢穿深蓝色的对襟衣服，黑色的小腿裤子，圆口的黑布鞋。

台子上只有王家一户的时候，搬迁夏牧场的牧人、猎人、采药人……只要迈进家门，姑妈都会沏一碗茶，再端出一盘蒸洋芋、烤锅盔、炒麦子……家里有啥就拿啥，不论贵贱、贫富，一视同仁。

姑妈学会了一口流利的哈萨克语，和过往的牧人交流没问题。

29

二十世纪六十年代初,台子上人少,山大林深,物产比较富足。虽然吃不上细米白面,但是洋芋、野菜、杂粮还是能够填饱肚子的,日子比其他地方的要好过很多。

那时候戈壁上的人经常到山里讨吃食,挖洋芋、揪野菜,有些山里有亲戚的,还会给他们奶、肉、荞麦、大麦等食物。

一个深秋的午后,山里的雪已经落了薄薄的一层。一位面黄肌瘦的牧人踽踽独行,瘦马长毛乱爹,勉强驮着骑者。牧人走进院里,大黄狗狂吠不止,姑妈走出门,问:"病了吗?"牧人说:"给些吃的吧,饿得很。"

姑妈把有气无力的牧人引进家,给他倒了一碗奶茶,又拿了一碗蒸洋芋、胡萝卜,再端上一碗炒麦子。牧人抬起红红的眼睛,努力对她笑了笑,随之眼泪吧嗒吧嗒地落了下来。姑妈赶紧别过脸去,拿来毛巾给牧人。牧人抹了一把脸,一边吸溜吸溜地喝茶,一边拿起洋芋,皮都来不及剥,直接吃了起来。他坐在灶火边,一口气把碗里的东西全吃完了。然后他抬起头冲姑妈点头微笑,脸上有了红润之色,怕是热茶、炉火、食物,还有姑妈的善良,才使他脱下身上穿的皮袄。

皮袄很破旧,衣襟前摆里的皮子都不见了,只有一层布面。姑妈哀叹道:"穿上这么个皮袄,任谁也耐不住寒呀!"说着姑妈就把针线筐拿过来,裁了两块旧皮子缝上,还把姑爹穿过的一件旧皮袄找出来送给他。

牧人穿上旧皮袄,脸上笑开了花。他拿起水桶,挑上扁担,到河里连挑了三担子水,把水缸灌满、水桶装满。

姑妈把牧人的皮袄缝好,牧人吃饱喝足,骑着马,驮着自己的"新皮袄"走了。后来这个牧人年年都来台子放牧,一有空闲就来帮姑妈挑水、劈柴、扎羊圈、打草、翻地……他把姑妈当作自己的亲人。夏天做了好吃的甜奶疙瘩、乳饼、奶豆腐……他都会给姑妈送一些。

大黄山河、西沟河的牧人，多多少少都领受过姑妈的款待。王家的羊丢了，很快就会有牧人把丢失的牲口送上门。如果有人使坏心眼儿，欺负王家老小，一群牧人都不答应。牧人对王家的这些好，都是姑妈天长日久行善换来的。台子上几十年只有王家一户人家，周围山谷沟岔的牧人与王家人亲如一家。

母亲生我时大出血，父亲派大哥骑马去大黄山煤矿请蒋医生（大黄山煤矿的厂医，是当地的名医）。父亲守在母亲的身边，其他的孩子（十二岁的大姐、八岁的二哥、四岁的二姐、两岁的三姐）都被姑妈照顾着。

蒋医生诊断母亲为子宫粘连。差点儿要了母亲命的我，被蒋医生从母亲血糊糊的子宫里抢救了出来。母亲昏迷了三天三夜，不省人事。刚出生的我饿得哇哇大哭，是姑妈用筷子头蘸糖水、牛奶喂我，使我度过了生死攸关的前三天。姑妈成了喂养我的主力。直到四十多天后，母亲才渐渐好了起来。

在我童年的记忆中，始终有姑妈的影子，不是她在我家与母亲一起缝缝补补、洗洗涮涮，就是我们一群孩子坐在她家铺着漂亮波斯毯子的大炕上吃炒麦子。

炒麦子是姑妈的一绝，也是我们最喜欢的童年美食。姑妈炒麦子时，先用温水把麦子洗干净，盆子上再盖上浸湿的塔哈（毛线织的细长口袋）捂两天，然后用对窝子（取皮壳的木器）把麦子的皮去掉。麦子先炒到微黄，起锅晾凉，再在锅里放些羊尾巴油和几勺砂糖，重新将微黄的麦子倒入锅炒，炒至金黄。如此这般炒出的麦子,粒粒油亮、饱满,吃起来柔韧耐嚼、焦香甜润。我们疯玩、疯跑,渴了、饿了就跑到姑妈家吃喝。姑妈家的炕又高又大,需要姑妈助把力,我们才爬得上去。

姑妈家的炕上铺着一条提花的毛毯,红红的底上开着大朵的蓝、绿、黄色的花,漂亮极了。姑妈说这是波斯毯子。我们那时候根本不知道波斯是什么,更不知道波斯毯子的艺术价值,只觉得好看,便记住了这个名字。我们还记得毯子靠炕沿的一边磨得没毛了,成了光板。

姑妈端上一碗炒麦子放在餐布上,给我们一人倒一碗热腾腾的奶茶。我们嚼一把麦子,喝一口奶茶。有时还会半口奶茶半把麦子放到嘴里,充分浸润后再咀嚼。麦子的焦香与奶茶的奶香相融合,满口生香,美味无比,嚼着嚼着腮帮子就困了……

姑妈有五个儿子、两个女儿,一大家人日子过得也比较紧。父亲每次打的猎物都有意给姑妈家多分些。姑妈家没肉没油了,母亲就从挂肉架子上割一条腿,或从肉缸里舀一盆剁碎炒的肉,让我们送去。我们都抢着去送。我们喜欢去姑妈家,善良平和的姑妈从来不发脾气。除了有好吃的外,我们头发脏了,脸上、脖子上出汗了,姑妈会帮我们洗干净;衣服、裤子刮破了,姑妈会给我们缝补好。

产春羔的时候,我们更是一天往姑妈家跑好几趟。姑妈熬的甜奶疙瘩就晾在院子里的草席子上,我们惦记着那口醇香呢!那天姑妈把胶奶熬好倒在卡盆里晾凉,锅底一层厚厚的奶渍,姑妈用锅铲一点儿一点儿地刮了一大碗。她给我喂了一勺,有焦糊味,我不吃,姑妈怕浪费就自己吃了。

二姐从小就聪明伶俐,善解人意,很讨大人们的喜欢。姑妈也很喜欢她，经常拉着她的小手同她说一些大人之间才会讲的话。姑妈站在我们家门口，指着河那边的山峦对二姐说："等我死了，你们就把我埋在那一片长兔儿条的山梁上。那里曾出现过凤凰，埋在那里，子孙后代就不愁吃、不愁穿了。"

几十年后，二姐见了姑妈的四儿子还问："姑妈是否埋到了凤凰出现过的山梁？"四哥说："没有，她活着时多次带我们兄弟几个去看那块地。但她去得太突然，又逢清明前后，山路冰雪未开，泥泞难行，便埋在下台子的河沿了。"二姐不无遗憾地叮咛："以后如果有能力了还是随了她的心愿吧。我从小记忆最深刻的一件事，就是姑妈反复交代的这件事。"

从清末、民国年间到二十世纪六十年代初期，王家姑爹一家住在台子上，生生地将台子住成了王家台子。

今 生

路

一九六三年,父亲受命率领一干人开发台子,建设新的村庄,从那时起,台子就被命名为西沟一队。

那一年,父亲二十七岁,但已经是三个孩子的父亲,精明干练,年轻有为。父亲从小读私塾,能写会算,干事办法多,在焦炭厂时就是会计兼保管。他工分记得清楚明白,物资管得井井有条,让社员佩服,领导很器重他。

父亲领着汉族、回族、哈萨克族等十几户不足百人来到台子,破土建屋,开荒种田。一开始,全村人挤住在锅底坑沈家庄子。沈家两院宅子几十间房子,一户住一套,先这样安顿了下来。父亲带着社员们早出上台子建房耕地,晚归下锅底坑吃饭休息。第二年,台子上的住房建好了。

生活依然如大黄山河的河水一样淙淙流淌。在暂居的那段时期,新村出生了五六个孩子,我的二姐就是其中的一个。

那时候台子通往外面世界的路只有两条。一条沿着大黄山河河谷抵达大黄山煤矿，可采购生活用品，进而通往更广阔的地方。一条从台子北侧的陡坡下到沈家锅底坑，穿过红土坑，抵达西沟街，继续穿过西沟煤矿，出西沟口，走向更多的地方。那时候交通物资全靠人背、马驮、毛驴运。

秋收后，父亲带领村民，开山填壑，修出了锅底坑通往台子的第一条可以行车的路。从此以后，马车、牛车、驴车可以把锅底坑的麦捆拉到台子上了。我们割的草、挖的洋芋，再也不怕驴驮不到家了，套上驴车，沿着父亲他们修建的弯弯山道，再多的东西都能拉回家。

据我们村八十六岁的沈庭仁老爷子讲："你的父亲是个能人，建了台子村，还给台子修了三条行车的路。一条通往大黄山，把煤运上山，解决了漫漫长冬社员取暖的大问题。一条通往西沟口，把村子与外界连通了，买东西方便了。还有一条通往松洼，把木头、柴火拉回来了。"台子变成了村民们的世界中心。

那年秋天，乌鲁木齐无线电厂的汽车来我们村拉洋芋，走的就是父亲他们修的路。汽车上了台子，我们便在尘土中追汽车。因为有了全村孩子的热情追捧，汽车司机就更加骄傲了，一路打着喇叭，飞驰向前，一直开到村办公室门口才停下。我们气喘吁吁随后而至，汗流浃背，一个个像土猴，却依然心花怒放。

汽车要到锅底坑拉麦捆子。年轻人拿着木杈跳上车斗，那意气风发的样子，让我们一群小屁孩儿羡慕死了。他们有他们的独木桥，孩子们有孩子们的崎岖道。不让我们坐汽车，我们就开自己的"11路公共汽车"（指双腿）抄近道，从陡坡上一个冲锋跑到了锅底坑，比汽车还快。我们带着胜利的喜悦，欢快地在麦田里把麦捆堆成堆。汽车开过来，哥哥姐姐们便麻利地将麦捆挑进车斗里。车上有两三个码麦捆的人，他们将麦捆一茬压一茬，一层收一寸，码得像一座宝塔山。手艺好的匠人码出的麦捆又宽又大又高，几乎占据了整条山道。移动的麦垛山，不会偏，不会斜，如一个巨无霸，横行在山间。

一辆汽车一趟就拉完了一辆马车一天的工作量。孩子们的热情和勤劳换来了汽车卸完麦捆后，被从麦场载到村办公室一段路的奖赏。在汽车的车斗里，我们如鸟儿一样欢快。田野、村舍像河里的水波一般流动起来，渐渐变成了一缕山谷的风……

渠

台子高悬在半空，河水深嵌在沟谷。人吃马嚼不是事，抬水是家家孩子的固定家务，每家都有几个盛水的缸。有眼色的，看缸里水浅了，赶紧灌满。玩心大的，总能听到其母亲尖着嗓子大呼："小蛋抬水去，没水做饭啦！"那玩得忘乎所以的孩子，抹抹额头的汗水，不情愿地走了。若玩的是竞技类的游戏，还会不甘心地叮嘱玩伴："我的还算，等一阵还来呢。"

赶着牲口去河边饮水，是我们争着抢着要干的事。有时争不过，哥哥姐姐们就会把我们都驮上。马和骡子最多能坐三个人，大的前面搂个小的，后面捎个中的。驴就不一样了，驴身上至少挤着四五个孩子，弄不好还六七个呢。毛驴一出圈门，骑驴的孩子就像从地下冒出来似的，驴还在小心翼翼地下坡，孩子们就已经开始往驴背上爬。孩子太多，不免从驴的头上滑下去，无妨，再从驴的屁股上爬上来。如此这般反复地把一头蔫头耷脑的驴折腾得没了脾气。好不容易到了河边,驴一头扎进水里猛喝,直到喝饱了水,才悠然地摇着尾巴、打着响鼻在河边吃青草。我们已经在草地上玩起了斗鸡、摔跤等游戏。这是驴最轻松的时刻,等母亲站在坡头唤我们回去,我们便又爬上驴背。吃饱喝足的驴有了劲,上坡的脚步也矫健了许多。我们一群顽童又挤在驴背上,从驴屁股溜下,又从驴脖子上爬上来,非得把驴骑上……

庄稼就没有这么幸运了,它们不能走到河里自行解渴,只能守在地里等雨。山里的雨水还是多,一疙瘩云就能下一阵雨。可是老天靠不住呀,它高兴了,三天两头下,地里的庄稼喝得饱饱的,长得旺旺的。它要是不高兴了,十天半月不落雨,可就把父亲他们急疯了,苗正抽秆长条子呢,缺水就长不好,自然影响收成。最可靠的办法就是把河里的水引上坡,随需随浇。父亲说:"守着两条河还能把庄稼渴着了?可笑!"

冰雪刚刚消融,父亲领着台子上的十多户人家就在王家大坡上开沟挖渠。这面坡是河谷连接台地比较平缓的斜坡,坡顶上就是王家姑爹住的庄子,所以这面坡就叫王家大坡。更好的是这条渠通上去,正好到台子的中间,可以把台子中间到下台子的地都浇了。以前李家湾子的李家人修的白牌渠,正好把台子上半截的地浇了。两条渠水丰沛,汇流后又可以流向沈家锅底坑,那里几百亩地的灌溉也有了保障。这是父亲与村里的几个能人,一冬天东走西看、下河爬坡,坐在火炉边喝茶、喧荒达成的共识。

父亲套了犁,在王家大坡上犁了两条线,村里的人就沿着这两条线开挖了。挖渠那年大姐大哥也才十来岁,已经是队上的壮劳力了。村里组织半大小子、大姑娘成立了"青年突击队",干得热火朝天。村上还为修渠队专门开了个食堂，苏大爷和我母亲是食堂的大师傅，蒸的白面"刀巴子"（一种用刀直接将发面切块蒸的馒头）又大又暄。用羊肉、洋芋、粉条、红萝卜氽的汤，下一把刚从河谷刺墩下揪来的三棱野蒜苗，汤锅里青绿红白，浓香四溢。

突击队员们都没有工夫吃饭，苏大爷就挑着担子把饭送到工地上。十二三岁的大哥，一次能吃三个"刀巴子"、两大碗氽汤。队员们吃得特别香，放下碗就拿起铁锨，那可真叫争分夺秒、干劲十足，不把河水引上坡，绝不放下铁锨。

也有偷奸耍滑不想干的，当时村上来了两个外地人，在这种高强度的劳动中常常掉链子，别人挖两米，他们连一米也挖不好，常常受到村里人的耻笑。村里的孩子还编了顺口溜："陈忠心，袁初汉，手里端着面条饭，嘴里嚼着洋芋蛋，能吃不能干！"一边玩耍一边唱，顺口溜立刻传遍了全村。

那年春夏之际，王家大坡上一条斜长的扁山渠将河里的水引到了台子上，村中央有了一条渠。第一条毛渠通向五粒家、我家、秀花家的洋芋地。我们需要浇洋芋地时，把渠口挖开，一股清流就沿着地头的毛渠缓缓而来。水流到了洋芋地头，再把地头的水口挖开，水就像听话的孩子，顺着洋芋沟一沟一沟流淌……

水流到学校后面的白杨树下，这里就成了我们夏天打水仗的主战场。大课间，全校四五十个学生不约而同地来到水渠边，分成两队，以水为子弹，以手为舀勺，开战对打。水花飞溅，喊声四起，双方淋得像落汤鸡似的仍不休战。非得在渠水里赴汤蹈火，排列成阵发射水弹，步步挺进，直到把对方压得步步后退。只要有一方开始撤退，即使边撤边抵抗，败势也已显露，为强弩之末、负隅顽抗而已。胜负欲强的孩子们，非得分出个高下才肯停手。常常是上课的钟敲响了,老师站在坡顶上喊"上课啦",同学们才抖落一身的水,嬉笑着、叫嚷着跑向教室。

父亲他们还将水渠拓宽、挖深,险要的地方用石头加固,把李家湾子的水渠修整了一番。白牌渠边早已沿渠长了一排白杨树,顺着白杨树林就能走到学校背后。继续沿着树走,最后就能走到大黄山河河谷。

台子有了这两条渠就有了活水,浇农田、菜园、洗衣服、泼街扫地都用渠水。唯有人和牲畜喝的还是河里的水。

渠水使村庄灵动、活泛起来,台子上的草木、粮食、蔬菜、人都更水灵了……

水磨坊

大黄山河的河源上骑着一座水磨坊,像河边的神,日夜看守着大黄山河。

台子村里的人家渐多,人口渐长,原先蒙古族人留给王家的一台旱磨已经不能满足全村人吃面的需求了。村上配了一匹老马、一头年轻力壮的毛驴,两头牲口轮换着拉磨。即使碾轴辘咯吱咯吱没日没夜地响,许多人家还得炒麦子、煮麦子吃,面磨不过来。

父亲建议修个水磨坊。舍木匠是从甘肃来的,祖父辈们是当地的能工巧匠,有祖传手艺,粗活细活都能干。去年恰巧遇见已经落户到台子村的乡邻回乡省亲,相邀一起到新疆,就落户到了白子村。

这其中还有一个缘由。刚建村时台子村有个张木匠,脾气古怪,农事越是急需犁头、木锨等农具,他越是不着急。催急逼紧了,他还罢工不干了。前两年开春,几个村干部把种地的农具拿出来修理,准备种地。张木匠不知道哪根筋不对了,犯了牛脾气,骑着毛驴跑了,说到戈壁上浪亲戚去了。

几位村干部气得没办法,父亲就自己动手修农具。他在锛犁架子时,锛子把右脚面的筋锛断了一半,鲜血直淌。父亲的右脚长好后留了个疙瘩,一遇阴天下雨,就会隐隐作痛。

那件事后,村里就想寻个好木匠。瞌睡遇上了枕头,村里人在老家遇上了想外出谋生的舍木匠,一拍即合。

舍木匠清瘦、高挑,长着一双大眼睛,像河湾积的水潭,幽幽的、静静的、清亮亮的,是个寡言、勤快、心静之人。父亲与他说话,他总是默默听着,偶尔点点头,或插一句。

舍木匠到村上后就进入木匠房。他用木条箍了几个水桶,茬口拼接得像工艺品一样齐整且富有美感。他还给父亲做了一对太师椅,高背宽面、朱红油漆,很威武。更见手艺的是这对太师椅没用一颗钉子,全靠卯榫吻合,木胶黏结。

这对太师椅一直放在大房子(正屋)三匣桌两边,犹如镇宅之物。父亲自从有了这对"宝座",村里、家里的重大决策基本诞生在这对椅子上。我们从山上搬到戈壁,从平房搬到楼房,这对椅子是唯一没有扔掉且完好结实的家具。父亲去世后,我们也将这对椅子与他一生心爱的其他物品一起陪葬,让他在另一个世界里仍然坐得惯、坐得稳、坐得舒心。

水磨坊建在王家大坡下的河谷里。大黄山河的河水流入长十来米的木槽中,木槽中的激流冲向磨坑里平躺的木轮。大大的木轮中央插着四方木轴,在水力的冲击下被木轮推动。转动的木轮将力量通过方轴传递到上方的石磨盘,一对石磨咯吱咯吱地转动起来。磨盘中间的孔洞上架着麦斗，麦斗里的麦子漏下滚进磨盘。碾碎的麦子掉进箩柜，箩柜里哐当哐当地响。箩柜里有两层筛子，麸子走上路，碎麦子走下路，面沉底。第一层箩把麸皮筛掉，由白帆布皮带匍匐着输送到第二层。第二层把未磨净的碎麦子过筛，传送出去再次送到麦斗里磨，磨五遍才能把麦子里的面磨净。筛下去的面落在箩柜底，磨三遍打开箩柜，把柜里的面搅匀挖出来，这是又白又细的精面，通常给老人、孩子吃。青壮年大多吃磨五遍的掺和面。

水磨坊是全木结构的，父亲和舍木匠、关大佬、苏进民、罗应良等能人筹划了许久，是舍木匠带着几个半吊子木匠一起建的。山里不缺木头。深深的磨坑挖好后，三开间的磨坊用木头架成"人"字形的梁，大梁、椽子、檩子、枋子等挖卯套榫，架空悬在磨坑上。

建水磨坊是我们村的一件大事，全村的劳力都上阵了，上大梁、拉磨石、装磨盘时更是全村出动。大人们出力干活儿，孩子们看热闹、玩乐，老人们也都来见证村里的这件大事情，就连走路颤巍巍的高奶奶都拄着拐杖来了。

当年上大梁时，在木架上干活儿的人不小心将正在上大梁的父亲脚下踩的木檩条蹬转了个方向。父亲脚下一滑，差点儿跌到七八米深的磨坑里。从小习武的父亲身手敏捷，在跌落的一瞬间，双脚锁在檩子上，倒吊着用力一荡，一个鹞子翻身，又上到了木架上。在场的人像看表演一样，还没有闹明白是怎么回事，一场又惊又险的生死瞬间已滑过。从此以后，村里人无不佩服父亲。几十年后，西沟河、大黄山河一带还流传着父亲武功了得的故事。

在修建水磨坊之前，父亲带着舍木匠到山外的白杨河水磨坊参观学习了一番。舍木匠是个能人，回来后就琢磨做水磨坊的大梁、木轮、磨轴、箩柜、麦斗、麦匣、传送带等。他用细刨子刨过的木地板、通往麦斗的木楼梯,细腻光滑,是我们赤脚撒欢的好地方。

石磨盘是父亲从白杨河水磨坊请来的向石匠锻的。沈家锅底坑的山路边有一眼泉,旁边有一座岩崖。青色的细砂岩是磨刀的好磨石,村里人经常在岩崖下捡一块回去磨刀。锻石磨盘的石料就是在岩崖找的。

水磨,给台子村的人们带来了吃白面细食的幸福生活。水磨坊建好后,母亲、关大佬、老马成了磨面人。麦子拉到水磨坊,母亲用筛子将土块、石头、麦秸等杂头筛拣干净,然后用麦匣把麦子洗干净。干麦子和湿麦子对半掺和匀称,用塔哈盖好,捂上两个钟头后开始磨面。磨五遍后,再把箩柜的面上下、左右掺和均匀,装进面袋子,拉到仓库。麸皮也一并拉去。直到河水少了、上冻了、结冰了才停磨。

关大佬能听磨,磨盘磨老啦,棱子磨平了,闷、老、缓、散的声音,关大佬一听就知道。这时候就该锻磨了。关大佬还有一个本事,可以让磨停住。他有一根长长的皂角木杆子,胳膊一般粗,五六米长,紧致结实,紫红色的皮。每当要锻磨时,他就叫上拉粮食的老马,拿着木杆子,站在水槽边。看水轮子转到一个位置,一下子把杆子插进去,木轮就停了,磨也就不转了。他们把磨解开,磨盘抬出来重新锻。锻好的磨盘装上继续磨,咯吱咯吱的推磨声又回荡在河谷中……

水磨坊是孩子们的乐园,水槽前是一片宽阔的湿地,湿地里的水浅浅的、清清的,是我们戏水、找河底花石头的好地方。因河谷宽、河水浅,河水被晒得暖暖的。这里是大黄山河唯一一处夏日可以赤脚蹚水的地方。河岸边又有一片绿莹莹的闪颠湖,找一块不软不硬的草甸子，站在上面晃，一颠一颠地弹，双脚就如踩在弹簧上，又惊险又好玩。

有时玩得忘乎所以了，还会失足跌入泥沼里，弄一身泥，索性躺进河水里打个滚儿，衣裤、鞋子就都干净了。一身湿淋淋的，在草地上转圈，没一会儿衣裳差不多就干了。

大中午，母亲总怕我们饿了、累了，把我们叫到水磨坊里吃馍喝茶，小憩片刻。贪玩的童年哪能安静下来，我们光着脚在水磨坊的木地板上继续撒欢。

水磨坊的地全是用松木板铺的，平整光亮，还有弹性，脚感好极了，这都有赖于舍木匠的精工细作。麦斗里插着一根绑着红头绳的木棍，麦子多了，沉稳地转圈；麦子没了，就像喝醉了酒的人，在麦斗里东倒西歪。只要看到红头绳乱晃，我们就争着、抢着用簸箕把磨了两遍的麦子铲上，倒回麦斗。有时铲没了，还将簸箕接在木匣上，等满了，赶紧跑上木梯，倒入麦斗。

我们常常因为铲得太快而没有了输送出来的碎麦，为争抢接口而拉扯在一起。这时候关大佬就出来给我们派活，你们两个倒磨三遍的，你们两个倒磨四遍的。没有活儿的时候，我们就像马驹一样，绕着房子撒欢，看谁跑得快、转的圈多。这才平息了一场拼抢劳动的拉扯、怄气……

水磨坊是我们村最轻巧、精细的建筑，就像落在大黄山河上的一只大木鸟。童年的我，总觉得水磨坊来自另一个世界，这只轻盈的木鸟会飞。在激流欢唱的河水上，在大白杨清清浅浅的阴凉里，在月光的亲吻下，在某一个人酣睡的梦里，忽然展翅飞走了。当我从梦中惊醒，匆匆跑到河边时，发现水磨坊还栖息在河上，我的担心并未发生。

秋收后，水磨转得更欢实了，一马车一马车的麦子，从场上拉到水磨坊；一车一车的面，又从水磨坊拉到仓库。水磨用一副喑哑的嗓音，唱出了台子村几十户人家简朴的生活："甘其食，美其服，安其居，乐其俗。"河水滋养着生灵，水磨转动着生活。一对石磨就像一对心灵契合的夫妻，将平常的岁月碾成了精米细面，日子过得有滋有味……

名马榜

大哥说，如果把我们村的马按贡献率排名，头名状元便是银鬃紫马。这匹马高大、壮实、稳健、有力量，长相俊美，骑上走得又快又稳，走姿好看。拉车驾辕担大梁，力气大，既勤快又通人性，是一匹让人喜爱的好马。

好马就得放在最重要的岗位上，我们村的第一号车户是副队长苏进民，他驾车的本事是他父亲苏大爷手把手教的。苏大爷就是老车户、老把式，苏进民的车驾得和他一样好。苏进民爱惜马，爱惜车，上坡、下坡、过河、过坑洼，会用巧劲儿。人给马的指令清晰、明确，人有数，马明白，人马配合默契。他使唤马吃力平稳，张弛有度，用过多少年的马都还很健壮。

马出大力气也就那么一二十年时间，用得好，可以更长些。用不好，几次就废了，出大力气的牲口最怕突然出猛力。

银鬃紫马是苏进民的宝贝，给他的大车驾辕，能到哈巴河拉木头的车，也就他这一辆。哈巴河坡陡，拉木头得是重车，一般的辕马架不住。辕马若没有相当的力气压坡，从大坡到河谷就会飞车，活活地把辕马拖死，我们村曾经发生过这样的事。自此，每次到哈巴河拉东西，父亲都派苏进民去，叮嘱他要仔细检查挂木（马车上的刹车木棒），还会专门派一个拉挂木的人。

下大坡时，车户都会高度紧张，一边吆喝着辕马压坡，拉挂木的人刹住马车，慢慢放，一边控制好三匹梢子马，共同使劲，慢慢下坡，直至河谷，方可长舒一口气。

驾车辕马最重要，得有力量，控制力强。下坡能压住坡，扛得住车的惯性；上坡能使上劲，拼力拉；过河要胆大心细、速度快；过坑蹚洼，人马都得使巧劲儿才能避免马陷车翻。

下坡时，银鬃紫马浑圆厚实的屁股紧紧地扛着车身，两条后腿像钉子一样卡在坡上，宽大有力的屁股、后腰支撑着所有的重量，稳稳地、一步一步地下坡。从而，车户、刹车手才能轻松点、安心些。

每每干完出大力气、凶险的活儿，苏进民都要亲自给银鬃紫马刷毛、喂料，抚摸安慰一番，就像对待为家庭做了大事的家人一样。

有一年秋天，苏进民从场上拉了一车麦子到仓库，连车有两吨半重。车过菜园子边的渠沟时，渠水把路冲出个深坑，苏进民走到渠边下车，准备把梢子马调整好，四马合力，一下子冲过去。他刚下车，还没有给其他马信号呢，忽然辕马发力，攒足了劲，鬃毛左右摆动，一下子就把重车拉过了渠。苏进民还有些莫名其妙，不知就里，车上坐着的拉挂木的卢会计哈哈笑着说："都说你的银鬃紫马劲大得很，今天试了下还真是劲大。"原来卢会计趁苏进民下车的当儿，拍了一把辕马的屁股。银鬃紫马接到了信号，以为是要使劲猛拉过去，于是使足了力气，把一车麦子拉过了渠沟。

这下苏进民翻脸了，他说："你个歪心思，把我的银鬃紫马给挣坏了，肺子挣破了，能行吗？"两个成年人在渠边嚷嚷了起来，苏进民不依不饶，直到父亲去调解，才停止了这场纷争。这让卢会计见识了一个车户对马的爱惜。

大部分好马都是挣死的，它们干活儿不惜力，干事争先进，灵性活泛，明白主人的意思，听从主人的指使。最终挣破了肺，成了气胸，一出力气就气急，剧烈喘息，没大用了，只能坐吃等死。

白线脸紫马就是挣死的。这是一匹高大能干的骟马，浑身紫毛，屁股上有一对对称的核桃大小的胎记，毛色更显深些，就像马屁股上瞪着一双眼睛。它脸上有一道白线，故名白线脸紫马。

白线脸紫马出过大力气，那年冬天拉车，马已经挣破了肺，人却没有注意到，车装得太重，马走到冰上，拼尽全力也扛不住重车，直接死在了冰滩上。

银鬃紫马老了拉不动车了，被换到旱磨上推面，照样勤劳吃苦，一匹马顶两匹。苏进民什么时候说起它都骄傲无比："你不看啥人调养的。啥人带啥马嘛，马就像人！"

长腿青马是车户马发奎的爱马，谁都不能用，他把马看得比自己的娃娃都要紧。套车舍不得驾辕，害怕出力太大。此马长了四条修长、漂亮的大长腿，一身雪花色青毛，像一个有独门绝技的剑客，车户爱它自有他的理由。长腿青马就是那种危难时刻显身手的主儿。每当车走不动，陷进坑里拉不出来，马发奎只要鞭子打到马身上，长腿青马甩开健壮的长腿，攒上劲，左冲右突，变换个方向，大车就被解救出来了。这个时候，马发奎一定会赞扬一番他的马，更加地爱它宠它。

老白马是一匹军马，是见过世面的马，枪林弹雨，世事变迁，它啥都见过，啥都经历过。它总是孤独而高冷地在马厩优雅、从容地进食,在原野上散步、遥望,像在回忆往事。一般人它都不认,唯独与我的母亲有缘。人与人合与不合、亲与疏是有气场的,马与马也有情投意合跟貌合神离,甚至势不两立之别,人与马也一样。

老白马干事要看心情,动不动还摆老资格、耍大牌。说不走就立马驻足,打死都不走。它不想过河,你就是磕破马肚子,磕破自己的脚后跟都没用。它想把你摞下马,你是逃不掉的,即使像大哥那样一流的骑手,在老白马跟前也要多长个心眼儿。

一岁时,我得了肺炎,高烧、咳嗽、打寒战、呼吸困难。王家姑妈摸着我的额头,含泪感叹着:"这个丫头呀,怎么这么多灾多难呀!"母亲不甘心,撑着虚弱的身子,坚持要带着我去大黄山找蒋医生,哪怕有一丁点儿希望都要尽力。

母亲骑着老白马,怀里抱着我,在初春的寒风里行走,大哥牵着马陪伴左右。母亲把手伸进斗篷里摸了摸,对大哥说花花(我的乳名)好像没气了。大哥赶紧把母亲扶下马,解开父亲的老皮袄包缠着的棉被斗篷,一岁的我脸色青紫,呼吸缓慢细弱,奄奄一息。大哥说:"妈,你在后头慢慢走,我骑上马,带花花先去找医生。"

大哥刚跨上老白马,还没有扬鞭呢,饱经风霜的老白马似已洞悉一切,甩开长腿,嘚嘚嘚地奔跑了起来,又稳又快,箭一般射向医院。

蒋医生说若再迟半小时,我就命归黄泉了。大哥说那是他知道的,老白马自觉自愿跑得最快的一次。老白马救了我的命,在生命面前,它从不含糊,也不知这匹马一生救过多少条命。

小青马是我们村唯一参加过赛马并夺得冠军的马。二十世纪七十年代末,已经六七岁的小青马,意气风发地参加了全县民运会,并荣获冠军。远在哈密当兵的大哥,听到这个消息后,欢心雀跃，仿佛自家兄弟上了皇榜。他自豪地夸口："它还是马娃子的时候，我就看出是一匹好马。头长得方正、饱满，眼睛像两个环子，又圆又亮，耳尖、腿长、毛色云青，马鬃又密又长垂到腿腕子。"

小青马性子刚烈，难以驯服。当年它还是一匹小生马时，大哥驯马，不得近其身。十三四岁的大哥是公认的少年骑手，怎么能败在一匹小马身上呢？一个要骑，一个不让。一个千方百计地硬骑，一个想方设法地摆脱。大哥一次次骑上马背，小青马尥蹶子，又踢又踹又嘶鸣，一次次把大哥掀下马背。健壮、灵巧的大哥，单脚落地，身子还贴在马上。他脚点地，一跳又跃上马背。从哪边落马又从哪边跃上马背，反复七次总算在马背上骑稳，好不容易才把这个又烈又暴又调皮的家伙降服。

小青马奔跑起来如一道闪电，一闪而过。它一直都是大哥的最爱，骑着它周游夏牧场，浪逛大黄山街、西沟街……引来啧啧的赞叹、主动的示好，甚至还有好吃好喝的……

我们村的一百多匹马品质良莠不齐，好在马是可以被淘汰、交换、更新的。

最懒的马要数瘸青马，最乖张的是瞎枣骝马。这两匹老马因名声不好没人敢用，也没有村子愿意交换。调到磨上拉磨，两匹马倒班接茬，昼夜不停地拉，磨出的面还是不够吃。

台子村刚建立时，麦子分给各家各户，自己推磨。磨是王家庄子门口的旱磨，队上配了一匹马、一头驴，磨不过来。又配了一匹马、三头驴，还是磨不及。关键是牲口偷奸耍滑，出工不出力，效率太低。当时村上牲口少，能干活儿的都派工生产呢。这两匹老马被分配干这种不需要出大力气，只要耐性好、能熬得住就行的活儿。

瘸青马被蒙上眼，套上磨，走在圆圆的磨道上，一拐一瘸，走一步停两步，那副消极怠工的样子，谁推磨谁就生气。拿鞭子打，它也是一副死驴不怕狼啃、没皮没脸的样子，急得推磨人搭手助力。人一上手，马便更懈怠，索性不出力了，借人的推力迈步，把人气得向父亲告马的状。

瞎枣骝马有过之而无不及，不但不出力，而且还会看人下菜。虽然它只有一只眼睛，但是会审时度势。人在场，它假装卖力。人一离开，它不是站下来休息，就是侧头偷吃磨盘上的麦子，而且下口稳、准、狠，一口吞一大片。人给它嘴上戴个笼嘴，以为能治住它。殊不知人再进来时，瞎枣骝马的笼嘴在脸前晃着，马嘴早已挣脱，照样一口一口吃着磨盘上的粮食。人气得拿起鞭子急打猛抽，吃得肚儿圆的瞎枣骝马有的是耐力任你打。下次会吃得更凶更多，一报还一报。人终究没有弄明白马嘴是怎样从笼嘴里挣脱出来的。

人不信治不了马，把笼嘴用皮绳紧紧地绑在马头上，心想这下没有大招了吧。蒙了眼、封了嘴，再有天大的本事也只能推磨了吧！没想到人回来后直接被气疯了，瞎枣骝马光明正大地站在磨盘前大口大口地吃粮食。笼嘴的底通了，被它又咬又撕扯破了个洞，正好能把嘴伸出去！

磨上的两匹马把村民快整疯了，三天两头找父亲告马的状，父亲也很头疼，寻思着该怎么处理。

一天，何小青连哭带跑地进了我家，抱着头哭诉：瘸青马把他的头啃了一口，头皮啃掉了一大块。父亲赶紧让做赤脚医生的二哥给他包扎。他提上马鞭子，抬脚去了马号，准备好好地教训一下这个欺人太甚的畜生！

马号喂马人王老二，正在把瘸青马绑在横担上，对它一边骂一

49

边打。另一个喂马人海大爷说:"这几天推磨的人多,马一直不停地磨,瘸青马干累了,不想干了。小青家下午推磨,怎么拉马都不走。小青打了几鞭子,马瞅准他的头啃了一口。马老了,干不动了,年轻的时候也是出过大力、受了大罪的。一个瘸了腿,一个瞎了眼,哎……刘队长,把这两匹老马处理掉吧!"

听了海大爷的一席话,父亲的气也消了,对王老二说:"不打了,牲口也有牲口的难处。"之后,父亲把渐老的银鬃紫马调到磨坊,这匹给队上出了大力的功勋马,到哪里都不会掉链子。自银鬃紫马开始拉磨,村里人都有面粉吃了,家家户户都轻轻松松地磨面,再也不用赶着、盯着,与马斗智了。苏进民还时不时地到磨坊看他的老伙计,梳一梳毛,摸一摸头,末了总忍不住夸一句:"好马就是好马!"

父亲的坐骑

二十世纪六七十年代,从生产队到大队到公社,干部都骑马,马是那个年代最主要的交通工具。队长一年配两匹马,五月至七月,草长莺飞,骑一匹三四岁半成年的生马,用来调教。十月到来年四月配一匹大马,农闲寒冬季节,一般都是开"四干"会的时候,长途骑行多,大马有耐力,方能担此重任。

父亲一二十年的队长生涯,骑过几十匹马,能称得上是他的坐骑的也就两匹马和一头骡子。这些牲畜驮着父亲行走在山间小路,也陪伴了我们的童年,成为我们热爱、信赖的亲人,永生铭刻的记忆。

菊花大青马是父亲骑的时间最长的坐骑。马毛天生拧成一朵一朵菊花状，浑身绽放着淡青色菊花。

入冬，父亲要骑着大青马出村庄，我们一定会送到村口白杨树下，方依依不舍地目送他和大青马远去……

从那天开始，我们就有盼头啦，掐指算着父亲的归期。在某个落雪的黄昏，听到大青马嘚嘚的马蹄声，我们犹如一阵风，冲向人和马。迎至路上，无论离家远近，父亲总会把小弟驮到马上。小弟得意扬扬地坐在马背上，依偎在父亲的怀里，一边剥着父亲给他的花糖，一边还瞄我们两眼。我们也接过父亲从口袋里掏出来的花糖，每人两三颗，边吃糖边往家走。几双眼睛紧盯的地方，是大青马屁股上绑着的那个鼓鼓囊囊的天青色帆布包，那里才是我们这一年所有的甜蜜，过年便从这一大包好吃的东西开始了……

那个深秋，大哥骑着大青马，驮着一盘麻绳、一副夹板（马脖子两侧夹上穿绳索，用来拉东西的工具），手里提着一把斧头到哈巴河砍柴火去。过了河，刚到哈巴河山梁上，大青马停了下来，两耳竖起，像是发现了什么东西。大哥绕着坡下的大刺墩转了一圈，大刺墩中间的空地上，是羊把式存放的一堆苜蓿。苜蓿堆里藏着一头野猪，正在拱草吃，拱得草垛刺啦刺啦地响。

大哥调转马头跑回家，准备拿武器收拾这头野猪。野猪虽然不大，才半米长，但也有三四十公斤肉。送上门的猎物，岂有不猎之理？

家里没人，父亲的猎枪被锁在柜子里，母亲拿着钥匙。门边放着一把铁锚，大哥顺手拿上，放马跑回河边。野猪在苜蓿堆里吃得正欢，听见动静跑出刺墩。大哥紧追，野猪撒腿跑了起来，顺着灌木坡一口气跑到了哈巴河梁上。大青马紧跟不放，一路追到河源头的爬地柏丛中。野猪跑不动了，趴在灌木丛中大口喘气，马也呼吸急促。大哥跳下马，转到野猪身后，瞅准野猪的屁股，一锚子戳下去。野猪跑出灌木丛，冲到大青马前，一口咬住大青马的前腿，马急了，另一条腿上去就踢。野猪松开嘴，撒腿向来路跑去，屁股上流着血，闷头快跑，看来被戳得不深。

大青马腿上被野猪咬了一口，似已无妨。但它也不敢飞跑，始终与前面的野猪保持一定的安全距离。

野猪按原路跑回初始地，在大刺墩里的苜蓿堆里趴下了。大青马走到离野猪还有百米远的地方驻足，怎么驱使都踟蹰不前。马聪明得很，吃一堑，长一智。

赶来帮忙的羊把式近前堵住受伤的野猪，大哥骑马回家拿上父亲的猎枪，一枪猎获了野猪。野猪倒地死了，大青马恢复正常不再胆怯，一路把野猪拉回家……

又是一个初冬的早晨，大哥骑上大青马到哈巴河林子里拉木头。昨天羊把式来说，那里倒了一棵盆口粗的树，母亲让大哥拉回来做个饭桌。

一匹马拉不回来，把毛驴赶上，两个牲口就可以分担了。

大哥骑着马，赶着毛驴，驮上夹板、绳索、斧头等工具出发了。风倒木有十来米长，大哥仔细观察一番，将成材的六七米砍断，在大头凿了个眼儿，穿上皮绳，两头与马夹板两边的拉绳结绑一体，大青马拉。剩下的六七块稍小的木头和树梢，拉回家烧柴，毛驴拉的大约只有马拉分量的三分之一。

回家的路挑着山梁走。山梁两边皆为沟，东边是哈巴河深幽的河谷。大哥拴绑好绳索，大青马拉着木头，小心谨慎地向前走。大哥拉着驴随后，他看见聪明的大青马走到斜坡路，将内侧的拉绳背得紧紧的，稳稳地控制着木头，决不让木头滚动，以免滚下坡。

遇到路中间有栽桩石，大青马向左试试，向右试试，还小心地把控角度，顺利地避开障碍物。驴落得远了，大青马把木头拉到宽阔的地方，自动驻足，一边休息一边等，俨然一个能干又睿智的牲灵。

后面的驴全然没有这样的灵性。山路上，拉的小半截木头光滚坡就滚了三次。碰上路中间的栽桩石，就是硬拉。人给的指令不听，"犟驴"之名也是名副其实。大哥气得又打又骂也无济于事，还得帮驴把方向、过路坎……一路上比驴还累。

有灵性的大青马陪伴着父亲上雪山、过大河、走戈壁、去县城……救我们于发洪水的大黄山河畔、风雪交加的看病途中……它宛若我们的第二个父亲，沉稳、有力，总是出现在村里人最需要的地方……

黑灰骡子是一匹马骡子，本是个遭人嫌弃的牲口，是父亲将它骑出了名气。

马骡子的妈妈是一匹塔城马，也是高高大大的骏马。那年，一位哈萨克族人带着两岁的银鬃紫马来台子村换马。当时银鬃紫马长得不受看，很多人都看不上这匹马，哈萨克主人也不喜欢它。父亲看到了这匹马的潜力，用马骡子的母亲——一匹紫骒马交换，还贴给对方两袋洋芋、一袋面粉。

两年后，银鬃紫马长得高大俊美。在往后的十年中，这匹马成为村上公认的好马、功勋马。世有伯乐然后有千里马，相马和相人一样，得有眼力见儿，得用发展、成长的眼光看未来。父亲不仅有这份能耐，还将这本事传给了大哥。

哈萨克族人把交换的马牵回去后，第二年紫骒马生了这头马骡子。哈萨克族人认为骡子是怪胎，非常忌讳，哭丧着脸找到黄山大队的大队长马全友。马队长让其在马群里挑一匹马,马骡子母子就留给了大队。

马骡子的妈妈成了大队放牧人的坐骑。不久,牧马人将马骡子的妈妈拴在树上,不想缰绳缠来缠去,紫骡马用拴着自己的缰绳把自己勒死了。

马骡子成了无人要的孤儿,父亲那几年正好在黄山大队牧业队当队长,就把小马骡子带回来养。马骡子八个月就能骑了。当年秋天,父亲就骑着他的马骡子行走于台子村和黄山大队之间。没承想,一年后,这只马骡子长得高高大大。修长的身条儿,一双灵敏的耳朵,浑身的力量完全可以和一匹好马匹敌。人们都说这匹马骡子比马强,吃得少,粗细饲料不讲究,好伺候!弃马骡子的人后悔至极。

母亲骑着这匹马骡子,多次驮着我去大黄山。山路崎岖颠簸,马骡子走得又快又稳,还真有走马的架势,人骑在上面也感觉平稳、舒服。它一身黑灰色的毛竖着,看上去很精神。一双眼睛周边还环着一圈白毛,远远望去仿佛戴了一副白框眼镜,又多了几分斯文气。

两年后,父亲从牧业队又调回了台子村。此时,马骡子早已美名远扬,牧业队的放羊人、牧马人、打草人都抢着骑,这匹马骡子成了牧业队的抢手货。

黑鬃马是父亲的二号坐骑,一匹通体黢黑的马。那个秋天的早晨,我去倒垃圾,走到大门口,看到拴马桩上的黑鬃马的蹄子下踩着五元钱。我兴奋极了,以为早饭吃的焦煳锅盔灵验了。母亲一边烙锅盔,一边干着杂七杂八的家务,一不小心把锅盔烙煳了。那个年代缺衣少粮,即使焦煳饭也舍不得扔。母亲对我们说:"吃了焦煳的锅盔能拾银钱呢。"

当我看到黑鬃马蹄下的那张红红的五元钱，当即就认为黑鬃马是神马，是它送来的钱。可我又不敢上前去取，看看黑鬃马，看看那张钱，希望这匹神马能明白一个小女孩的心思。功夫不负有心人，这么反复打量了半小时，黑鬃马终于被我的诚意所感动，主动走开，亮出了那张钞票让我捡。

自此之后，我总会自觉不自觉地搜寻黑鬃马，并特别关注它的蹄下，也特别爱吃焦煳的馍馍，只要有就抢先吃。可是我再也没有捡到一分钱！黑鬃马的那双黑夜一样的眼睛，还有用蹄子不停地刨地，好像在练字一样的动作，仿佛电影一般总是在我眼前回放。半个世纪的时空如尘埃一样，不过是黑鬃马前蹄扬起的那缕风尘……

牧马少年

一九六九年的秋天，十二岁的大哥背着书包走回家，他铁了心不去上学了。父亲在黄山大队牧业队，从年头忙到年尾，家里只有母亲、大姐挣工分养活七口人，日子过得紧巴巴的。

为了让娃娃们吃饱，母亲、奶奶经常吃个半饱。生为长子的大哥心里难受，他感受到肩上担子的分量，觉得自己长大了，能挣工分替母亲分忧了。

父亲是识字之人，懂得读书对一个人的重要性，坚决不同意读五年级的大哥辍学，为此还打了大哥一顿。青春期的少年，一旦主意已定，那就是一匹脱缰的野马。

十二岁的大哥成了一位牧马少年。每天清晨，赶着马群上山；日落西山，赶着马群暮归。大哥早出晚归，勤勉且有悟性，半年时间,已经将村里每匹马的秉性特征摸清了。牧马变成了一件愉快的事情。

那个年月,放牲口属于苦累活,一年下来,大哥分了七百三十二元钱,比大姐挣的还多。他的骑术顶呱呱,再厉害的马都敢骑。相马的眼力、调马的水平、抓马的本事、赶马的技巧,在劳动实践里与日俱增。两三年时间,大哥已出落成英俊、灵敏、利索的小马倌,成为"两河流域"小有名气的新一代马把式。

一个好的马把式首先要骑术好。马是极聪明的牲畜,会读心术,你的动作、表情和吆喝的声调,甚至是微动作、微表情都逃不过马的感知。它望你一眼,就基本能判断出你对马的认识水平。

你踩镫跨上马鞍落腚的那一瞬间,它就已判断出你的驾驭水平。你策马扬鞭走出二里路,它甚至能猜出你的性格、脾气……它知你比你知它多得多。掌握了你大量的信息,它就知道你是孬种还是铁汉,是夙包还是英雄。掂量清楚后,它就要采取行动了。一般情况下都是两头怼,软硬不吃。我们村上那些心术不正的人,马的亏吃得多了,人不敢言语,马教你做人行事。

其次要有抓马的技能。抓一匹马群里的马绝非易事,借助工具的话,一是用下地扣。把刹绳扣放在马经过的地方,赶马走过,恰巧马蹄踢进扣里,拉住刹绳就把马抓住了。二是用刹绳套马。这又分骑在马上追着用绳套和在地上跑着甩绳套。用刹绳套马最能考验马把式的准头。一盘刹绳就像一杆枪,甩绳套马头也与瞄准准心扣动扳机一样,能不能套住,子弹上不上靶子,就看准确率高不高。我大哥打刹绳基本上都是一绳圈定,这一技能使他一辈子受益。他当兵后,射击成绩最好。再后来开车,他的方向感、速度感也是一流的。大哥即使五六十岁了,在爱马圈里也是马伯乐。在米泉马市打刹绳套马,他仍然是有名的"刘一绳"。

最绝的是空手抓马,什么工具都没有,攥着十根手指,瞅准、看稳,快得像风一样,利索得像闪电,一跃飞上马背,抓住马鬃,任马流云般狂奔……

衡量马把式水平的是调马,就是调教、驯服马。马在成长过程中必须经历的一道坎就是调教。调成了,就能成为一匹成熟的马,走上了一条正常的道路。调不好,成了生葫芦、半吊子,也就差不多毁了马的一生。它一辈子不受人待见,招众主嫌弃,孤独一生,或遭种种夺命之不测不能寿终。

调马是驯马师和生马之间的较量,是力量、智慧、心理、耐力、情绪控制等诸多方面的比拼。生马都是充满野性的,只有通过调马才能让一匹马懂得要为人所用,让马具有与人共情的能力,从而使马步入人的世界……

我的大哥是调马高手,他放牧村上的生马,放牧的过程就是调马的过程。马长到三四岁就需要调教了,观察每一匹马的性子、优缺点,因马制宜,有的放矢。

最捣蛋的是小青马,过于活泼好动,任性豪放。刚开始调教时,一定要压得住、制得服,不能松懈。这时人若松懈了,马占了上风,以后可能要花更大的气力、更长的时间才能调教好。大哥说,关键在刚开始调教的那半个月。

大哥第一天调教小青马,和小青马斗了七个回合才骑到马背上。第二天,小青马仍然是抡头甩耳,不让大哥近身。一连骑了半个月,大哥才把这个马里的调皮蛋骑稳。

这个野性十足的家伙,根本不受约束。备马鞍时尥蹶子,不把马鞍撂下身不罢休。戴辔头,它又是上下摆头,左右晃脑,想方设法把束缚它的绳索甩掉……

调教一匹马就像教育一个孩子，说不上什么时候马就会生出毛病来，你得一个一个矫正，持之以恒。将小青马调教好，前后花了大哥三年的时间。

调马是一场表演。马号院子、村里的空场地都是驯马的竞技场。大哥驯马时，村里的闲人、孩子是热情而忠实的看客。往往这种场面使驯马师更加英武，与马较量起来更坚定、果敢，且绝不言输。看客们叫好、呐喊、指点，同时还要保证自身的安全。那场景群情激奋，人欢马叫。驯马师就是勇士，骑上马奔腾远去的身影，就是人们心中英雄的背影，是村里人茶余饭后谈论的话题……

赶马群和赶羊群、牛群不同。牛羊群可以散得很开，拉得很长，头畜和尾畜离得很远。马群不能松散，要尽量集中、扎堆。马很聪明，牧马人要时刻观察马的动向。有些想使坏的头马会给牧马人使计，这时候牧马人就得有提前识破的本领，并能果断采取措施，及时打消头马的坏主意。

往往走到三岔路口时，一条是回家的路，一条是通向别处的路。明知是牧归回圈，头马若想使小心机，考验牧马人的水平，它会紧贴着路边故意做出走向回家路的样子，但它使坏时，耳朵会下意识地支棱、微摆。牧马人若粗心大意或骑行在马群的中后部那就完了。狡猾的家伙走到岔口，突然一个摆头，直接插向另一条路，并奔跑起来。马群一下子就偏离了行道，随头马奔向不该去的地方，任牧马人又吼又喊、快马加鞭也无济于事，马群早已南辕北辙。牧马人气愤得大骂牲口，策马扬鞭。牧马人的坐骑必须是匹快马，追到头马前，截住心怀鬼胎的头马，强行调转马头，费一番周折，方能令马群重归正途。那匹诡计得逞的头马，目露狡黠的光，流露出胜人一筹的自得。

有经验的牧马人则能未雨绸缪，防患于未然。他赶马群时，始终将马聚拢在一起，骑着坐骑走在马群的前方。快走到岔路口时，他会格外留意头马，有丝毫动向，立刻纵马向前警告头马，然后跑到路的一侧，横鞭截断它的路，以行动告诉头马："不要耍花招，我知道你在心生坏点子。"梗着脖子的头马，虽显羞相，心有不甘，但它也明白牧马人的厉害，在智慧与力量的角逐中败下阵来，乖乖回家。

十五六岁的大哥身高已有一米七六，是我们村上的美少年，英气十足，方天庭，圆弧脸，鼻直口小，浓眉大眼，健美得犹如一匹奔跑在山野间长鬃飞飘的骏马。

村上的小伙子、大姑娘都喜欢找他玩，特别是那几位从乌鲁木齐来的女知青，更是大事小事都要找他帮忙。

父母亲也以大哥为骄傲。父亲威严，一般不在表情、言语上表现出来。看大哥驯马，他也会站在人群后不吱声看两眼，鹰一样的目光泛起一层河水般的清波就表示满意，然后父亲便悄无声息地离开了。若村上、家里有什么需要外出办理的大事，一般都是大哥一马当先。王家姑妈的大儿媳难产，父亲派大哥快马加鞭奔向大黄山请蒋医生。刘明被车压了，大哥骑马驮上他去医院。知青们回家，送他们到大黄山煤矿搭拉煤的车，或送到大黄山路口坐一天一趟发往乌鲁木齐的班车，也都是大哥送他们。大哥穿的第一套红色的秋衣秋裤就是知青白群给买的。

乌鲁木齐的那几个知青到台子村下乡时也就十八九岁。队上安排男知青住在河谷的粉房里，女知青住在村办公室对面的一排平房里。他们一下工就来我家，大姐与他们年龄相仿，大哥就是他们的兄弟。母亲做饭好吃,人又贤惠,知青们便把我家当作自己的家。

知青白群是个浓眉大眼、皮肤白净的回族姑娘。刚来的那年冬天,她不会架火,炉子里的火不旺,木材光冒烟。她对着炉门吹火,一口气吹下去,一团火冲了出来,火直接把她的眉毛、睫毛、额头的头发燎掉了。她哭得一把鼻涕一把泪,闹着要回家。那时也进入腊月了,父亲让大哥骑马送她去大黄山搭车。

大哥把她送到大黄山一号井,没有拉煤的车。她一心要回家,大哥又把她送到大黄山路口,等了半晌仍然没车。日头偏西了,待在这个前不着村,后不着店的地方也不是办法。白群望着西沉的太阳不禁痛哭流涕。哭累了,还是不见车经过。百般无奈,他们打算回村。没走多远,忽然听到远处传来汽车声,他们调转马头,又奔回路口。看到一辆大卡车驶来,大哥立刻频频招手,车停了,大哥问清车开往乌鲁木齐,并且是奇台酒厂的车。白群终于在夕阳压山头的时候坐上了回家的车,她泪眼婆娑地从驾驶室的窗口探出了手和脸,挥手与大哥告别……

春节后,白群回村,给大哥买了一套红色的秋衣秋裤,那是大哥头一次知道有一种内衣叫秋衣秋裤……

母亲更是事事都指望长子。大哥十岁就能承担重任了,母亲生我难产,是大哥策马飞奔请来了蒋医生,救了母亲和我的命。母亲生我落下了一身病,我又体弱多病,三天两头看医生,几乎都是十来岁的大哥牵着马缰绳,送我们看病就医……

牧马少年在艰辛的生活中,渐渐历练得更加成熟。一九七五年,十八岁的大哥光荣入伍,成了一名英姿飒爽的军人。记得接兵的汽车来时,全村人都来送别。一身军装的大哥更显得挺拔,胸口戴了一朵红皱纹纸扎的大红花,映衬着村庄又一件大喜事……

汽车驶过村中央大道，行至下台子麦田时，大哥的马群站在麦田边的草地上，一律抬头张望，似乎在给他的主人行注目礼。貌美、健壮的儿马，嘶鸣一声，率着他的马群随车奔跑。奔驰的兵车，移动的马群，任那个牧草萋萋的早春，奔腾出一片生命的光华……

大哥喜极而泣，眼中噙满了泪水。父母、乡亲的挥手告别，他都忍住了泪花，奔跑相送的马群却使他泪崩。他向马群挥舞着胳膊，给他的儿马打着响亮的、穿破云霄的口哨。那尖利的哨音仿佛一道止行令，马群定住了，站在下台子的台沿，目送汽车缓缓下坡，拐过山脚，消失在弯弯的山路尽头……

大哥当兵走时，我们村已经发展为农牧兼营的富裕村，有一百多匹马、六挂马车。苏进民和马发奎是村里有名的车户，海大爷、王老二是喂马人。大哥把牧马的鞭子和亲手制作的四盘牛皮刹绳交给了二哥，也将他的"马经"传给了二哥。后来二哥也成了驯马的高手。

王家姑爹老了，追不上羊群，把放羊的鞭子传给了他的大儿子王老大。放了一辈子羊的王家姑爹也闲不下，撒麦种子时，他这个老把式不请自到，撒得又匀又实，出苗好。父亲常夸他的手艺。他闲暇时编牛鞭、扎扫帚。春耕时，他常抱着一捆牛鞭，走到耕地边，送给犁地的人每人一条编得结实、漂亮的牛鞭。秋天打场时，他又抱着一捆扫帚送到场上，和大伙一起扫杂头……

哈萨克族羊把式扎克汗放着百十来只羔羊，他家的羊奶最多，羊羔喝不完，我们这些顽童经常飞奔到哈巴河梁上，窜进他家的毡房，帮着小羊喝。

一碗漂着厚厚奶皮的纯奶下肚，满足感便荡漾在舌尖、心尖。

羊把式的妻子还会给我们几块奶疙瘩，那就更令我们欢欣雀跃了，跳着、跑着，像一只只小羊羔、小马驹、小牛犊一样，撒着欢儿，忘乎所以……

第三辑

稼　穑

　　台子村五六十户人家开垦了两千九百亩地。春种、夏长、秋收、冬藏，村民们按照时令节气的节奏，播麦、割豆。地广田肥，渠长水旺，村民们张弛有度地间苗、打场，在高高的台地上过着田园诗般的生活。

大姐的长脖子镰刀

下台子的麦子熟了，开镰割麦了。这是村上每年最重要的大事，全员上阵。割麦是女人们的主战场，妇女队长带着娘子军磨刀霍霍，走向麦田，展开劳动竞赛。

男人们净场。下台子是村上的麦仓，几百亩麦田一片一片成熟起来，就地起了打麦场。铲掉场上的野草，捡拾土坷垃、木石等杂物。浇水阴场，然后马套上磙子轧场。把场整理干净，待麦进场。收拾马车，准备拉麦。拾掇磙子、杠杆、挂板等农具，准备打场。

村上把食堂开到了田间地头。在下台子和小锅底坑交会处，一渠清水缓缓流淌，渠边长着一排白杨树，白杨树下就是村里临时搭的窝棚食堂。苏大爷围着白布围裙，拎着锅铲子正在炒菜、蒸馒头……缕缕炊烟、丝丝饭香飘上了白杨树枝头。

食堂边的涝坝旁边，妇女们正在磨镰刀，叽叽喳喳的似一群鸟雀。大姐正在磨她的长脖子镰刀，这把镰刀脖子比普通的镰刀长二三十厘米，刀刃又长又薄，刀把儿也长出一截。这把镰刀还比普通镰刀大两号，全村只有一把，叫三台大刀，是铁匠铺的李铁匠仿着三台大刀专门定制的。力气小的人，架不住这把大镰刀。大姐二十岁出头，是村里的割麦能手。她提着这把大刀杀伐在千里麦田，那英姿，那气势，无人不佩服。

镰刀在青绿的磨石上嚓嚓作响，掬一捧水淋到石面上，刃口泛出一道道水光。大姐用指甲试一下刀刃，锋利的刃都吃进了指甲里，镰刀就磨好了。

大姐提着长脖子镰刀走向麦田，好似花木兰骑着她的战马走向战场。她先把地头上不规则的麦子抓一把割掉，一把麦子分两股，麦头对麦头拧成麦要子，这是开镰小试牛刀。大姐站在齐刷刷的麦浪前瞄一眼，心里已有了数。一口气能割到哪儿，今天能割到什么地方，这一眼就拟定了目标。

大姐右手握镰刀，左手拢麦，右脚跟进镰刀的节奏，把控前进的速度和步幅，左腿及脚接着倒下的一镰麦。一镰一镰地收割，一步一步地挪移接麦、勾麦。估摸着左脚积攒的麦够一捆了，用麦要子一穿，膝盖一压，双手一拧，一捆麦子成了。

大姐继续全神贯注，目不斜视，挥镰割麦。她汗流浃背，豆大的汗珠进入眼睛，她腾出手，用红头巾的角抹一把，就赶紧握镰接着干，生怕落在人后了。每个人都"不待扬鞭自奋蹄"，比学赶超争第一。

大姐常常是那个抢先割到麦地另一头的人，这时她才有空看看同伴割到哪儿了。若有随后紧跟者，她便不敢懈怠，立马躬下身，迎头割麦。

那时候，割一亩麦田记十三分。大姐一天能割一亩二三，最厉害的时候一天能割一亩半，是村上割麦冠军纪录保持者。

大姐的长脖子镰刀，一镰刀能割一米多宽，只要刃口不要磕在石头上，割一天都很锋利。她的手脚配合默契，镰刀就是加长有刃的手。她割过的麦田一平方米见不到三穗麦头，那真叫又快又好。

麦子黄一片，她们割一片。中午饭必是油肉充足，夏收，村里是要宰羊来改善伙食的。苏大爷煮骨头汤、杂碎汤，包肉包子，烙肉饼子，炒肉菜，肠肠肚肚上扒拉下来的小块油，他都会炒成油面，把生活打理得有滋有味……

饭后休息一两个小时，姐姐们还经常跑到十多公里外的大黄山买盐、买醋、买针、买线……有使不完的力气。

阔别四十多年，我六十多岁的大姐再回故里。春天寂静的山坡上长着牧草，窄窄的小路弯出尘封已久的往昔。大姐指着小路边的一块大黑石头说，当年她们几个爱美的女子，曾在石头后面脱去割麦时被汗水浸透的衣服，换上出门的花衬衫，去逛大黄山街。回来后发现藏在大石头旮旯儿里的衣服不见了，它们或许成了山风的旗帜，或许做了山头牧羊娃的信物……

我们村里的老人、孩子都不闲着，全都到地头拾麦穗。麦地里边边角角的遗麦，或是割麦人碰落的掉麦和没收割干净的漏麦，便被我们这些提着筐子、拿着布袋子的老少队伍全部收服。拾一公斤麦子，交到队上能换五分钱。有些家里娃娃多的也悄悄提回家，脱粒煮麦仁饭了。

记得有一次，我们姐妹几个把装着麦穗的麦筐放到门口，馋嘴的小弟抓一把麦穗就放进嘴里。没想到麦芒儿卡在了喉咙里，吞不下、咳不出，脸憋得红紫，气都喘不上来了，吓得我们不知所措。正在蒸馍的母亲举着一双沾满面的手跑出来，倒提小弟的腿，猛拍后背，仍不管用，只得抱着三岁的小弟，跑到卫生院。赤脚医生用手指压着小弟的舌根，一撮麦芒儿被吐了出来，可是把一家人给吓坏了。

青黄饱满的麦穗，抓到手心搓一搓，饱满的麦粒扔到嘴里嚼，满口浓郁的麦香。那新麦的醇香，被一口一口咽进肚里。筋道的麦粒咀完汁水，就是泡泡糖了。每个孩子都叭叭地吹着，嘴角挂着大大小小的白泡，比谁吹得大、炸得响。那是每年新麦赋予我们的乐趣。

地头、渠边长的麦子是我们的美食。这些逃跑的麦子，或许是种麦人撒麦种时打了个喷嚏失手撒出来的。它们脱离了麦田的集体就有些自由散漫。常常大田地里的麦穗都黄熟了，它们还青绿着。自由有自由的不羁，它们散兵游勇一样地散布在叽里旮旯儿、渠边沟底，完全没有正规军的整齐划一。

那些因命运际遇缺肥少水、发育不良的麦穗，我们也看不上眼，留给小毛驴做零嘴了。那些长在凹地渠边的青黄大麦穗，麦芒儿嚣张，一丛丛似光芒放射，护卫着饱满欲出的籽实。那一丛丛麦子犹如五虎上将，个顶个的威武！我们若能遇上几丛这样的麦子，那就张狂了，呼朋唤友，就地取材，挖炉埋灶，准备烧麦。

用马莲或者芨芨草把麦穗扎成一把一把的。土灶里的柴草燃起来后，便将麦穗放在火焰上翻烧。麦穗吱吱地唱起歌来，流出青绿的麦汁，麦香混合着焦香扑鼻而来，哪个孩子能抵挡得住？管它是半生不熟，还是生焦混合，赶紧入口嚼呀！那鲜嫩焦香的麦汁充盈口舌，柔韧筋道的麦粒舞动齿间，新麦的芬芳在孩子们热火朝天的忙碌中绽放……

那把比新月还要弯曲的长脖子镰刀，年年收割着村里人的辛劳、汗水和希望。在绵长的岁月里，也收割了姐姐们的韶华。

绩　麻

　　昏暗的油灯下，村里爱听故事的孩子们，横七竖八地窝在我家的热炕上，围着关大佬讲故事。母亲坐在炕边搓麻绳。她有一个铁搓子，是搓麻绳、捻毛线的专用工具，二三十厘米长。一根上细下粗的铁棍统领全局，细头带个弯钩，用来挂线绳。粗头箍着一个圆铁盘，是搓子旋转起来带动的轮子。搓捻的线绳环绕其上，搓满一搓子，就像用铁盘子托着的一盘馓子，一直撅到钩子前就可以歇息了。

　　一把熟麻皮放在顺手的地方，母亲缅起裤脚，抽出一缕麻，在小腿外侧搓成一股绳，拴在铁盘中央的铁棍上，绕两圈做引线。另一端沿着铁棍子挂在铁钩子上，绳头拎着，一边向绳心续麻皮，一边转动搓子的粗头，搓子转起来，麻皮拧成绳。续长了，母亲将绳从钩子上取出，绕在圆盘上，再继续重复。她听着故事，双手忙不迭地搓着，就着如豆的灯光和东拉西扯的故事绩麻。

　　从小我们就跟着母亲学绩麻。春种之后，关大佬他们就在磨坊庄子的百十亩地里撒上麻籽。王家姑爹说：

"麻要种得稀，长得才好，麻秆粗，剥的麻皮多。我们可管不了那么多农事，只是跟在大人后面趁机抓一把种子嚼。麻籽和绿豆一般大小，长圆形，样子像芝麻，皮厚且硬。放在嘴里越嚼越香，满口油香，是我们爱吃的东西。大人们也爱吃，他们会嗑，把皮啐出口，只嚼麻仁，肯定更香。我们不会，也嫌麻烦，就是满口乱嚼。

父亲赶着牛犁过一遍，苏进民吆着马拉耙子耙过几遍，一块麻地就种好了。麻好种，不与其他的农事抢时节，春天等其他的农作物播种完了再种也不晚。种麻省工，种子撒得稀就无须间苗、除草。水浇上，任其生长。磨坊庄子上的沙石地最适合种麻。李家湾子的水渠就在地头，可以随时浇灌，充足的水源就是麻的催生剂。

麻生出两瓣叶时，我们还会好奇一阵子，到地头瞧瞧。一个夏天，麻就长得没膝、没腰、没头顶啦！"日暖桑麻光似泼，风来蒿艾气如薰"，我们又觉得稀松平常了。从麻地中间的路上走过，到旱沟摘野草莓，对麻视而不见。只有到了秋天，麻籽长饱快成熟了，才会再次引起我们的关注。捋一把枝头高处的麻籽，塞进嘴里一顿咀嚼，嘴角流着青汁，满口充盈着油香。我们一天能跑三回，麻籽嚼得人上瘾。大人不让多吃，说多吃了会头昏、口干，但我们还是忍不住，不知不觉就跑到了麻地。

麦子割完了，洋芋、荞麦还未成熟，九月中下旬正是收麻的时候。大人们割麻秆，我们捋麻籽、嚼麻籽，不亦乐乎。

麻秆拉到场上，姐姐们将结麻籽的青麻和不结麻籽的白麻分开。其实麻是雌雄同株，雌株结籽。母亲将麻籽捶碎，放在盆里，倒上热水，白白的麻仁就漂在水面上。捞起来沥水，在灶上焙出香味，包包子、包饺子调馅时抓一把，包子、饺子格外香。尤其是洋芋馅里放麻仁，那真让人回味无穷。

村里把麻秆分给各家各户去沤麻、剥麻，最后收麻皮，过秤、记工分。分给我家的麻秆，我们直接背到河里去沤。每家每户在河里都有自家的湾，每年都沤麻。把一捆一捆的麻秆浸没在河水里，用石头压实，湾口还用石头堵个坝，怕河水把麻冲走了。沤十五至十八天，麻就沤好了。我们将麻秆抱回家，摊在院子里，开始剥麻皮，倒剥（从梢到根）、顺剥（从根至梢）都成，依你的喜好。折断一节，将麻皮抓住一扯，一条与麻秆同样长的麻皮就被剥出。一根粗麻秆可以剥一把麻皮。

全家人在院子里剥麻皮，父母和哥哥姐姐们追求的是质量和数量，心里盘算着工分。我们几个小的则完全由着心性干。剥好的麻皮扎成一把一把的，搭在院子里的晾衣绳上晾晒。白麻皮就像一排素袂飘飘的仙子，在风中翩跹轻舞，简朴的院落成了白麻广袖抒怀的舞台。我们这些淘气的孩子在麻皮间嬉闹，将麻皮裹在脸上、身上，兴致勃勃，一不小心，带刃的麻皮还会划破脸蛋、手指……

麻皮晒干，下一道工序就是锤麻。将整把的麻皮放在木墩子上，用木榔头反复锤砸，直到麻皮变柔变软，变成一把纤细软塌的搓麻绳的"熟皮子"（听话、不伤人的麻皮）方能搓麻绳。

马车、牛车的套绳又粗又长，必须用苏大爷的那架脚踏纺车来搓。苏大爷使劲踩着脚踏板，手动输入麻皮。麻皮一股一股地被拧入上了劲的绳里。纺车就像拧麻花一样，朝一个方向使劲就捻出了一股绳。想做更粗、更结实的大绳就得用两股、三股，甚至五股合绳，那可真拧成了粗壮有力的麻花辫。合好的绳，两头用自留的穗子穿插编结做绳头，最后留出一拃长的绳穗。穗子松了劲，梳理成麻皮的原样，犹如小姑娘额头的刘海儿，立刻使粗壮僵硬的绳子生动、可爱起来。其实这散穗外柔内刚，暗地里起着锁绳头的作用。

我们全神贯注地听着岳家军的故事，母亲已经把一把麻皮搓完了，最后连绑麻皮把子的绑麻都要捋整齐，抿一抿唾沫，将绑麻拧进绳里搓了。一匹麻绩好后，铁盘子上绕了一盘匀实、上足了劲的麻绳。母亲把绳头编好，再绕成手掌长的一把，或绕成馒头大的一疙瘩。

等麻绳搓得差不多了，开始打被子（旧布或布头用糨糊一层一层粘在一起，土炕面大小，半指厚的方块），剪鞋底、鞋帮，拿出麻绳纳鞋底。

整个秋冬，母亲只要有闲暇就会干这些活计。若秋收打场活儿多，冬天积肥任务重，她就得挑灯夜战。常常是我们听完故事散场了，她的第一搓完工，开始第二、第三搓。我半夜被尿憋醒了，迷迷瞪瞪地爬起来，看到母亲还在那盏油灯下纳鞋底。

母亲纳鞋底就像做操，盘腿坐在炕头，针线笸篮放在身边。左手拿鞋底，右手拿锥子，扎一锥，放下锥子，拿起穿了麻绳的阔鼻大针，从扎的眼儿中穿过，顺劲一扯，吃了劲的鞋底就会噘的一声形成凹陷的麻绳小窝窝。

母亲是村里拔得头筹的"上炕的裁缝，下炕的厨子"。她纳鞋底就像写一篇文章，鞋底前掌要结实、耐磨，母亲的针脚又细又密，为的是经磨。中间要疏松，鞋底中间不受力，无须纳得密，否则费时费工。母亲会粗针大线，甚至会纳出"十"字、"米"字花样，既好看又出活儿。结尾要响亮，鞋底后跟是走路时脚的着力点，母亲往往会多糊一层，纳得细致、精密、紧实，像做了个加强版的后跟。若哪个孩子是"拐蹄子"（鞋的一侧易磨），母亲还会针对性地剪块被子做"外掌"或者是"内掌"，纳在鞋底易磨的一侧，特制的鞋能帮助孩子矫正拐脚。

母亲搓的麻绳有长有短,长的正好能纳父亲的一只鞋底,短的恰好纳孩子的一只。她搓麻绳时已经算好了长短、数量,心中是有数的。母亲纳的鞋底,经常是一根麻绳纳到底,中间很少有绳结,美观且不硌脚。

母亲纳三五下,就会举起锥子在头皮上蹭一下,说是蹭蹭头油锥子光利。我不知道这样做是否有道理,可喜欢看母亲这一戳、一举、一抹的连贯动作,觉得舒服、好看。

一个冬天,母亲给全家每人都要做五六双鞋,能穿一年。大姐、二姐能做针线活儿后,成了母亲的好帮手。不用紧赶活计的母亲就开始创新,松紧鞋、拉带鞋、方口、圆口、"V"字口……还会给我们女娃鞋上绣花,一枝梅、一朵莲、双头菊……村上的妇女们都跑到我家来看鞋样,学绣花。大姐她们这些大姑娘,经常跑去买绣花线。五颜六色的丝线是姑娘们的挚爱,也是那个物质匮乏年代最缤纷的色彩。

阴雨天,或者落雪日,我们不能出门疯跑了,也会学着母亲的样子绩麻。拿根筷子,大头戳一个圆洋芋兜底,细头绑个活扣儿当钩,做个简易的搓子。我们也像母亲那样露出小腿,啐口唾沫在手心搓两下,有了摩擦力,搓根麻绳引线,绩起麻来。

母亲干活儿不停手,瞟两眼就能看出我们哪里不得门道,三下两下就捯饬顺当了。"飘风不终朝,骤雨不终日",下大半天的雨,我们也能搓一筷子麻绳,虽然搓得不及母亲的匀称、结实,但也能得到母亲的表扬。

在母亲的带动、鼓励声中,我们学会了绩麻、捻线,收获了勤劳的品质、劳动的快乐和人生的成就感……

河的方向

洋芋王国

一

台子村是洋芋王国，近三千亩的农田，三分之二种的是洋芋，三分之一种的是大麦、荞麦、谷子、糜子、扁豆、大豆等其他五谷杂粮。

大黄山河河谷里的河湾地、黄深崖子一长条的沙土地、沈家锅底坑那一坑红土壤，皆为既透气又肥沃的洋芋地。

"五一"种洋芋，"十一"挖洋芋，那是台子村专为洋芋创制的节令。学校专门为此放一星期的"洋芋假"，老师也加入切种子、丢种子、挖洋芋、烧洋芋的劳动中。

我们村上的洋芋窖是把一座土山掏空而成的。一条中央直道，马车都能赶进去。道两边是五六个偏洞，每个都比村里人住的一间房子大。哪些是做种子的，哪些是人吃的，哪些是喂牲口的，村里人门清。

"五一"放假了，孩子们就跟着大人来到洋芋窖前的场子上。全村的妇女是洋芋种子的选种手、切洋芋种子的快刀手。男人们从窖里把洋芋一车一车拉出来，倒在场子上。妇女们开始挑挑拣拣，把那些芽眼深、出苗高的切成种子。孩子们跟妈妈学着切种子，小木板、小切刀齐全，关键要会选能够发芽的芽眼。那种像洋芋浑身长的眼睛，细看又像肚脐眼儿一样的深窝窝就是长芽的芽眼。种子要切成三角形，大人说只有切成这样的才能发芽。孩子们笨手笨脚地切，有时不得法，一不留神还会切破手指头，那可就闯祸了。我们小时候都怕血，只要看见鲜血流淌便会声嘶力竭地号啕，似乎世界都被割破了，血带给我们的恐惧远远大于疼痛的感觉。

开始种洋芋了，车户们赶着马车把种子拉到地里。男人们扶犁、耕地、耙地。我们又坐着拉种子的马车，到父亲他们种洋芋的地里，抓两块种子，蹭在妇女们丢种子的行列中，丢在刚刚犁开的黑油油的地沟里。母亲总会提醒我们丢的距离要不远不近刚刚好。芽眼小的，估计不保险的就丢两块。牛犁沟，人丢种，马拉着耙子随后耙过，一块地就种好了。

跑饿了，母亲会选个又水又甜的洋芋，三下五除二把皮削了，切成小块，微黄、流汁的生洋芋很好吃，孩子们边吃边玩，也就不闹腾大人了。

场子外，家家户户的猪、驴、鸡等牲畜都守着，切种丢弃的洋芋块，烂的、不发芽的洋芋都丢给了它们，它们也吃得嘴角流白汁、肚大腰圆的。

那个六月的正午，放学后的我独自从小路回家，远远就看到我家洋芋地中间的大榆树头顶一片新绿。越过地边的水沟，走在窄窄的田埂上，忽然看到母亲壅成的一垄一垄的洋芋开花了，初绽的花

75

蕾像小喇叭似的，有粉红色的、月白色的、蓝紫色的。一个五岁的孩子，第一次从自我意识层面发现了绽放的洋芋花，宛如发现了新大陆。我兴奋得大笑起来，只想飞奔回去告诉母亲。

窄窄的田埂并不适合一个儿童奔跑，没跑两步，我就摔倒在沟里。这一摔又警醒了我，怎么让母亲相信呢？我赶紧爬出土沟，跨进洋芋地里，摘了白的、粉的、紫的各一朵洋芋花，握在手里，就像握着一个巨大的惊喜跑回家，远胜那个法国药剂师献给路易十六的那束洋芋花。

那个流火的七月，母亲在河湾地里面壅洋芋，我在地边的大杨树下看蚂蚁窝。蚂蚁垒了个城堡，松枝、树叶、草根，一层一层地垒筑，像我家驴背上的驮筐倒扣在了地上。层层叠叠的纹路都清晰可见，蚂蚁也是个编筐的高手。

蚂蚁窝上红肚子黑蚂蚁忙忙碌碌地跑来跑去，它们一群抬着一根树枝，哼哧哼哧地爬上它们的城堡。我看它们干得吃力，便伸手将树枝放到了窝顶上。它们齐刷刷地抬头望着我，小眼睛圆睁，一副吃惊的样子。也不知道它们明白我的好心没有，始终没有转换表情，低头匆匆离去。一会儿它们又抬着一根树枝来了，我又替它们拿上了窝顶。它们又是抬头一惊，还是没有任何表情，转头又忙自己的事去了。我不知道它们什么时候才能把活干完，城堡修到多高才能停止。村里那些半大小子若看到蚂蚁窝，非得用铁锹、棍子，甚至用石头、水去将它捣毁、冲垮。这时候蚂蚁们就疯了，乱跑乱窜，上树过河，似在纷纷逃命。我不忍心把它们辛辛苦苦搭建的窝弄坏，它们就像我的父母一样勤劳，一刻不得闲地劳作，怎能无缘无故地破坏人家的家园呢！

母亲一锄一锄地壅土，锄头挥起高过头顶，锄头落进黑土，乘劲一拉，土就壅到洋芋根上。一条一条的地沟被挖开，一垄一垄的土抱着洋芋根。母亲说沟壅得越宽越高，洋芋就结得越多。洋芋在土里潜滋暗长，壅土就是给洋芋建更宽大的生长宫殿，让每一墩洋芋都能充分繁衍子嗣，至少有七八个儿女。

一锄又一锄，一沟又一垄，母亲额头上黄豆粒大的汗珠滚落如雨。蓝蓝的天空中几团倦怠的白云栖在山顶，一动不动。盛夏正午的阳光直射向母亲，她浓密的黑发泛着光，两条粗长的辫子在后背上微微抖动，后背已被汗浸透，湿湿的平布衣衫黏在背上。

蚂蚁都进窝午睡了，母亲方才放下锄头到河边洗把脸。她从杨树杈上取下装吃食的花书包，坐在树下，倒一缸子茶，一口气喝进肚里，才喘着大气，擦干汗水，剥煮熟的洋芋。剥好一个先给我吃，她再给自己剥。蒸的花馍馍也先紧着我吃饱，她才将剩下的吃净，连掉的渣子都用手捏起来，吹一下土，扔进嘴里吃了。

母亲在大杨树的树荫里选了个地儿，将外衣铺在新锄的洋芋沟里，还用土给我堆了个枕头，让我睡在她的衣服上。她在地旁拔了一把苍耳叶子，给我的脸上、身上盖上苍耳被。然后给自己也铺了一张苍耳铺，枕着锄头把子午睡啦！

透过苍耳上的虫眼，我看到高远的蓝天变成了一块毛蓝色的布，被风吹着一跳一跳地远走，仿佛要逃离这个星球。我骇得一把掀开苍耳叶子，天还在呢，蓝蓝的，完整无缺。山头的云还未睡醒，像狗一样趴在山顶上吐着舌头。风懒懒地吹进了洋芋地，紫色的洋芋花摇头摆尾，像是在给不远处的白花、粉花说着什么。我忽然害怕得要命，以为母亲趁我被苍耳盖住眼睛的当儿走了，就像那片越走越远的毛蓝布一样的天。

我深一脚浅一脚地找到了母亲躺着的洋芋沟，母亲睡得很踏

77

实，双眼紧闭，鼻息匀实，不甚宽阔的额头上布着密密的细汗珠。几只蚂蚁在她的身上、脸上、脖颈儿上爬着，它们不紧不慢，宛若闲庭信步，走走停停，东张西望，又像是驻足寻找东西。它们一定是大杨树下城堡里的蚂蚁，它们想从母亲的身上抬走些什么呢？我惊得不知所措，生怕它们钻进母亲的鼻孔或耳朵，窃走母亲的脑子。不谙世事的我只知道脑子是人至关重要的东西，人的七窍里都有一条通往脑子的路。

然而，母亲是如此劳累，睡得那样沉，小小的我又多么想让母亲多睡一会儿呀！我终于想出了一个两全其美的好办法，揪了一些洋芋叶子，放到每只蚂蚁前行的路上，让这些跃跃而动的小爬虫走上它们的绿色小船。每当蚂蚁爬上洋芋叶时，我赶紧用叶子包裹着蚂蚁，将它运到蚂蚁城堡。

母亲醒了，看到我护在她的头前抓蚂蚁，便爱怜地夸我是有善心、会疼人的孩子。

在河湾洋芋花初放之时，我学会了善待生命，懂得了关爱他人。在母亲水灵灵的双眸中，我得到了肯定和赞许，这是一个孩子对土地的博爱。

那年秋天，我家河湾地的洋芋丰收了，休养了几十年的土地爆发出了旺盛的生育能力。一犁头犁开垄，白花花、鞋底一般大的洋芋在犁铧两边翻滚。苏大爷用手掂量了一下，说："成了，一个也得有两三斤。"

半村的人都来给我家帮忙了，不仅出人力，还出畜力。苏进民牵着他家的毛驴来了，关大爷骑着他家的叫驴来了，羊把式扎克汗也拉着他家的草驴来了。我家河谷地没有车路，全凭驴驮人挑。犁半天，运半天，场院里堆满了山一样的洋芋都来不及下窖。

父母看到一院子硕大的、冒着新鲜气息的充裕粮食，心宽了，脸上笑开了花。我们孩子们更是快乐的劳动者。村里的老人都说："老天爷长眼，不亏待好人。"

每年"十一"国庆节放的就是挖洋芋的假，我们加入村里、家里收获洋芋的队伍之中。秧子蔫了，叶子黄了、枯了，洋芋就该挖了。洋芋是根据光热水土情况的不同，一片一片成熟的。

男人们是村里的主要劳动力，扶二牛抬杠犁地。女人们主要是拾洋芋，把犁出来的洋芋拾到筐里，提到地中央堆成堆。洋芋堆上要苫上洋芋叶子，否则经过风吹日晒，洋芋就变绿了，吃起来舌头会麻酥酥的。

堆在地里的洋芋山是要等外面拉洋芋的车来拉走的。洋芋地一般要犁三遍，头遍犁出来的大洋芋用来卖钱，二遍三遍犁出来中不溜的、匀实的要做明年的种子。牛犁过三遍，孩子们还要用铁锹翻一遍，叫翻洋芋。那些个别隐匿的家伙都让我们一个个揪了出来，就连被犁烂的残次品，我们都不会舍弃，捡回家还要喂猪羊呢。

村上有个不成文的约定，公家地犁完后，孩子们翻出来的洋芋都归各家，有些孩子多的人家能翻出来好几麻袋呢。自家自留地里犁洋芋，村里会派给二牛抬杠，但不派工，只能自己扶犁或找人犁。村里人大多是互助式的，地头挨地尾，你家犁时我家帮，我家开犁你家助。一片地大家说说笑笑，热热闹闹地就收完了。

二

收洋芋的那段日子是台子村最热闹、人气最旺、与外界交流最频繁的时节。二十世纪六七十年代，甚至延至八十年代初期，洋

79

芋、萝卜、大白菜是城乡人民度过漫长冬季的必备品。特别是洋芋，既能当菜又能当粮，是那个年代餐桌上的绝对主角。村里人皆言：洋芋是个宝，可以当菜吃，也可以当饭吃；可以鲜食，也可以储藏起来慢慢吃，一年四季都可以吃；可以做粉条，做粉面子，也可以包包子、饺子，做汤饭，富人穷人都爱吃。洋芋吃法多多，既是救命粮，也是翻花菜，好种好养又好吃。

台子村是阜康洋芋产量最高的地方，每年秋季，县委书记、公社书记都会来台子村。乌鲁木齐、阜康来拉洋芋的单位可谓人欢马叫、汽笛长鸣。公社书记笑眯眯地调侃父亲："你的黄金时代来啦！"

每年九月中下旬，村上就开始准备挖洋芋了。乌鲁木齐、阜康等城里的大单位开着汽车就来了，村庄一下热闹起来，汽车从河谷里爬上台子，一出现在村头，孩子们就跑着迎上去，追着送进村。你看吧，一群大大小小的孩子，奔跑在汽车后面，淹没在尘土里。一个个如土猴，与汽车赛跑，嬉笑着、欢腾着，彤红的脸蛋上挂着一道一道混合着尘土的汗渍，早已成了一张张花猫脸……

父亲是读过书的人，做人讲究仁义道德，不论认识的与不认识的，老买家还是新客户，只要来了都是客，都要让他们到我家吃顿饭。我家变成了客人们免费的食堂、免费的旅店。母亲做得一手好饭菜，家里的肉、野蘑菇、野地皮等食材都不缺，来客了还会格外多放些，做香些。满满一锅羊肉野蘑菇揪片子，吃得来人赞叹不已。母亲欣喜，全家人都觉得脸上有光。

记得有一次，乌鲁木齐无线电厂、红雁池电厂和阜康的供销社、商业局、外贸局、教育局等单位的人一下子都来了。母亲那天做了十七顿饭，我们都没有吃上饭，饿着肚皮，噘着嘴上学去了。

下午放学回家，我们饿得哇哇大哭，父亲说这样下去不行，便与副队长、妇女主任商定，建议村里办个临时食堂。来三四个人以内在我家吃，以上就在临时食堂开火。那时大姐跟母亲学做饭已经出师了，被指派为临时食堂的大师傅。

乌鲁木齐无线电厂的管理员是个陕西人，操着一口浓重的乡音。他们单位年年都拉洋芋，他们的嘎斯车还带翻斗。那年他拉洋芋赶上了雨天，一连三四天都在下雨，没法犁洋芋，被困在了我家。看着窗外淅淅沥沥的雨，他背着双手在房里踱方步，无限惆怅地自言自语："下吧，下吧，下到七七四十九天！"我们便给他起了个外号，叫他"七七四十九天"。

父母亲不允许我们乱叫人家的外号。管理员个头高挑儿，刀把子脸，肤白唇红，当兵出身，很干练，人也很随和，他爽利地笑着说："没事没事，七七四十九好听、好记！"

台子村的洋芋为村上挣了大钱，壮大了集体经济，村上的马、牛、羊成群，有耕地、打场、拉运的青壮畜力，也有养肥育壮专门冬宰吃肉的。六十年代末，乌鲁木齐无线电厂给我们村装了高音喇叭，村上办公室门口专门栽了根木杆子，架上铁灰色的喇叭。

高音喇叭一响，全村人都能听到，父亲经常在喇叭里通知开会、分粮、打草等事情。村上有个下放下来的能人叫王有信，学无线电专业的，是广播管理员。中午、下午收工后，他就放一两个小时的歌曲，《翻身农奴把歌唱》《洗衣歌》《金珠玛米亚古都》《九九艳阳天》《花木兰》《朝阳沟》等，这些歌曲我们村的人都会哼唱。

七十年代初，无线电厂又给各家各户装了小喇叭，一个方匣子装在墙上。收工后小喇叭自动就响了，声音听得清清楚楚。一家人听着歌，和着面，切菜，做饭。孩子们踏着节拍劈柴烧火，就着歌曲吃饭喝茶,心里流淌着音乐的轻快旋律,人人脸上都是一片艳阳天。

苏进民的二儿子小名叫亚古都,每当喇叭里唱起"亚古都,亚古都,金珠玛亚古都",也就四五岁的他羞愧难当,似乎自己的秘密被当众揭穿了,气得他大哭不止。气得受不了时,他还会从门外的榆树上折下长榆条,使劲抽喇叭。直到喇叭里唱完此歌,他还要上气不接下气地哭闹许久,方能平复内心的羞愤。我们这些孩子看到他恼羞成怒的样子都觉得可笑又不解,有时还故意在他面前唱"金珠玛米——亚——古——都!",惹得他顿生气恼,起脚追打,我们嬉笑着如鸟兽散……

七十年代初,红雁池电厂给村里引进了电灯和小钢磨,说老水磨效率低,电磨半年就能磨出一年的面。父亲他们把老磨坊重新翻修、扩建了一番,安装了发动机、钢磨。

技术员给家家户户拉电线、按电灯时,村民们都很兴奋。来电的那晚,我们仰着脸盯着屋顶上的电灯泡,突然灯亮了,屋子里一片明亮,闪得我们眼睛一闭,再睁开时,看到电灯泡慢慢暗了,灯泡里的钨丝红红的,像一截烧红弯曲的铁丝。河谷里传来的发电机的突突声也停止了,说是发电机坏了。原来发电机也是有马力的,就像村上的马一样,银鬃紫马力气大,瞎青马就乏塌塌。

再点上马灯,怎么看都只是一团亮,不能把整间房子照亮。仅那么一亮,电灯就已经点亮了全村人的心。我们都喜欢上了电灯,再也不能忍受马灯的那一团光亮了。

在我的记忆中,最初的灯是带灯笼形玻璃罩的煤油灯。灯油和灯罩都很金贵,需到大黄山街去买,而且不是随时能买得到的。碰上了,母亲都会一下子买一罐子油、好几个罩子。透明的玻璃罩用麻绳穿着绑好，挂在房梁上轻易够不着的地方。煤油也要放到桌子底下靠墙的深处，以免我们这些疯玩的孩子踢翻了。若不小心碰打了玻璃罩子、弄洒了灯油，那可就闯祸了，轻则挨顿骂，重了就得挨打。煤油灯总是放在高处，我们轻易不敢碰、不敢拿，生怕一失手招来灾祸。

家里孩子多，晚上凑在一盏煤油灯下学习都想争光亮，越凑越紧，越挨越近，弄不好就把谁的头发、眉毛燎了。母亲等我们写完作业才坐在灯下纳鞋底，给我们缝补衣裳。

有一段时间流行用墨水瓶做灯，我们每个人都做了盏自己的灯。用完的墨水瓶装上煤油，塑料瓶盖用烧红的炉钩烫个眼儿，再用棉花或麻搓根灯捻，在油里浸透，穿过瓶盖上的眼儿，点着就是一盏灯了。我们每人点一盏自制的灯，不再为了争光亮而你捣我挤地吵闹了。只是作业写完，两个鼻窟窿就像两个煤洞，擤出的鼻涕都是黑乎乎的，眼睛也常被油烟熏得淌眼泪。

父亲买回来了一盏马灯，像葫芦肚子一样大的玻璃罩，能聚更多的光亮，照的范围也更大了。最先进之处是油烟小了，灯罩子卡在上下灯座的卡口里，不容易打翻。我们围着方桌写字，母亲就着余光还能做针线活儿。

马灯很快盛行，村里人几乎每家都有一盏大而亮的马灯。加灯油、擦灯罩是家里老大的任务，老大一般年长、心细，有责任感。大姐擦灯罩时怕我们莽撞、淘气，一般都会把我们赶出门外，自己一个人平心静气地干。邻居高奶奶家大儿子擦灯罩时不小心把薄薄的玻璃捏碎了，他母亲立刻剥夺了他的这项权利，并成为各家警示教育的案例。

电灯三分钟，彻底打败了"霸夜"三年的马灯。第二天，村里人都无比关心地询问电灯的事情。红雁池电厂的技术员专门回了趟乌鲁木齐，拿来了配件。三天后，电灯亮了，人们高兴得满村窜。你家进，我家出，观看评说谁家的亮，谁家的不亮，谁家的挂得低了，谁家的挂得高了……

没过两天，关于电灯的各种笑话就传到了我家。王家姑爹嫌电灯太亮，睡不着觉，半夜起来找了个大毡筒套在电灯上才勉强睡着。马庭贵家也嫌电灯亮得不行，最后没办法，摆弄再三才把灯泡拧掉了。高进选家的哑巴拉灯绳劲使大了，绳断了，灯亮了一宿。

电灯点亮了村庄，点亮了笑容，点亮了心灵。台子村成了西沟山、大黄山河第一个用上电灯的村庄。洋芋给村庄带来了福利，带来了好处。

小钢磨磨面粉的确快，可村里的老人说钢磨磨的面火气大，不及水磨磨得好。宁愿在老水磨上磨半日，不愿在电钢磨上磨一时。我们村水磨和电磨并行多年，最终还是效率赢得了时代的挑选。

乌鲁木齐无线电厂还给村里好多人家送去了半导体收音机，那个小小的黑匣子，扭一扭就能听到广播。我们小时候对外面世界的了解大多是听来的。收音机还配有黑皮包，可以斜挎到身上，带着收音机去劳动。村上爱听广播、关心国家大事的那几个知识分子都喜欢背着收音机脱土块、打埂子……

老解放、东风、苏联嘎斯车……那个时代最好的汽车开到了台子村，开到了洋芋地。王家姑妈第一次看见汽车时问父亲："这个东西轮子这么大，能拉这么多麦捆子，它吃的啥力气这么大？"父亲认真地说："肯定吃的肉、喝的油，吃洋芋没有这么大的劲。"逗得大家笑成一团，王家姑妈还是不解地看着大家。

一麻袋一麻袋的洋芋过秤、装车，村民们以洋芋为傲。"台子洋芋"成了那个时代我们村的品牌。

因为运洋芋，许多村里人都去了乌鲁木齐、阜康这些地方，见识了城市的样子、城里人的穿着打扮。一九六五年，我家买了一台"东方红"牌缝纫机，结束了我们村手缝衣服的历史。一九七二年，我们村的夏木须买了一辆自行车，从西沟口骑到了村上，在村里骑行展示，全村的孩子尾随数日……

三

大锅底坑的洋芋长熟了，大人们在西湾犁，我们在地边的田埂上挖炉灶，用土块垒土灶上的"碉堡"。大些的孩子挖灶，我们这些小不点儿就拾柴火。

挖土灶简单，找个土坎，挖个洞。洞要掏得肚大，能盛下足够的洋芋。垒"碉堡"可是技术活，要心细、手巧。二姐是我们这帮顽童的孩子王，常常都是她组织垒"碉堡"。将我们捡拾来的拳头大小的土块一层一层地往上垒，稍不留心就塌了，还得重新垒。垒好的"碉堡"是镂空的穹顶，最后大伙儿再一起封顶。

灶垒好后就开始烧火。柴草熊熊地燃烧着，火苗、烟火从镂空的"碉堡"缝隙冒出，将土灶烘干、烧红。等"碉堡"上的土块烧成火焰色，柴草也烧尽了，灶膛里积了半坑青蓝色的灰烬，我们便挑选大小均匀、浑圆、顺溜的半筐新洋芋放进灰烬中，填满灶膛。最威武的动作是一铁锹将"碉堡"拍塌，这个往往由有力气的男孩子们来干。我们常常还会为争这一拍而争吵，甚至通过掰手腕、斗鸡、摔跤争胜负而获得一拍定乾坤的权利。宝平、木沙两个敦实有力的小子总是赢家。

获胜者兴奋地笑开了花，猴子一样雀跃着，拿着铁锹，站在灶头，选好角度，比画两下，然后深吸一口气憋住，高高举起铁锹，若雷电自天而降，啪的一声，"碉堡"碎裂入灶，冒出一团青烟，紧紧盖住灶口。紧接着盖上事先准备好的湿土，一锹一锹，一层一层，直到把灶埋成一座湿湿的、新鲜的"小坟茔"，冒不出一丝一缕的热气，我们才罢手。

我们胸有成竹、放心大胆地去帮大人们拾洋芋，完全把烧洋芋这件事丢在土里，撂给了时间。当甜糯、清香的第一缕香风飘进我们的鼻孔里，我们正在拾洋芋的手会顿一下。孩子们你看我、我看看你，那飘忽的、略带疑惑的眼神似在寻求彼此的肯定。当香风飘成一股、一片，我们便像被香味蜇了一下，扔下手中的活儿飞向灶边。

一团香气氤氲在小土包上，散着缕缕白烟，这一年的第一炉香就这样鲜香袅袅地出世了。孩子们伸着长脖，只听一阵吞咽口水的声音，有的忍不住还会流出口水，赶紧用手抹掉，生怕遭人笑话。

宝平用铁锹小心翼翼地拨开土，露出一片焦黄浓香。我们都深深地吸口气，想把这第一炉香吞到肚里，眼巴巴地盯着埋在青灰里、冒着热气的洋芋。大孩子们总是让着小的，他们徒手从又热又烫的灶火里取出烧洋芋，像猴子火中取栗一样，一边哎哟着吹手，一边拿给我们这些小的。我们赶紧兜起衣襟，将香喷喷的烧洋芋接上，走到树下，找个坐处，美美地享受这一年的第一个新洋芋……

台子村谁家没有个洋芋窖？人吃马嚼，喂猪喂羊，给在寒冬里瑟瑟发抖的毛驴加料，一家上下只要是出气长毛的，过年度日都指望着洋芋呢。

家家户户一日三餐都离不开洋芋。早上母亲切半盆肉、一盆洋芋片，炒一大锅。一个人舀一碗，连菜带馍全在这一碗里了。中午一般做汤饭，炝锅后下的菜还是切成丁的洋芋。秋冬煮肉汤的时候多，配的主食就是一锅蒸洋芋，肉汤里下的还是切成滚刀块的洋芋、萝卜。下午饭花样就多了，可万变不离洋芋。大姐吃过中午饭后就得擦两盆洋芋。下午放学后，一家人围在锅边搓洋芋鱼鱼、洋芋丸丸、洋芋疙瘩……尽人所想、所能，做什么样式的都成，只要能煮熟。

我们最爱干的就是搓洋芋，两只手随性地抓、捏、揉、搓，做出心里想要的样子。有次我想做只洋芋鸟，洋芋泥黏性不足，母亲还把盆里的洋芋泥捞出来，把水滗掉，将澄出的洋芋粉掺到洋芋泥里，揉搓了一番，用这个特制的洋芋泥做了好多只洋芋鸟。煮熟后孩子们都在锅里面抢着舀洋芋鸟。

夜宵的可选性就更大了，可以在炉灰里烧洋芋，也可以在炕洞里拨开火烧，还可以在炉板上烤洋芋片。再豪华点就是把平底锅搭到炉火上，锅底抹些麻籽油煎洋芋片。麻籽油的香是钻脑子的，浸在沙沙的洋芋片里，焦黄清香、外脆内沙、回味清香。那人间美味，能把我们的睡梦都浸润得香甜。

若哪天中午洋芋泥有剩余，大姐有兴致还会调些盐、野椒蒿沫，摊几个洋芋饼，在油锅里一煎……我的天哪，简直能把我们的牙香掉。

河谷里还有粉房，是专门制作洋芋粉条的加工厂。每年秋冬洋芋收完了，村里就开始做粉条了。粉匠是白杨河请来的，十天半月后，村里许多人都会做了。母亲拿回来一板一板的冻粉条继续冻在凉房子里，吃时整块放在热水锅里化开，筷子粗细、半透明的洋芋粉条像鱼一样在水里翻浪。大肉炖白菜粉条是过年饭桌上的上席菜，氽汤粉条、凉拌粉条，那是来客人了才有的口福。

单薄、体弱的牲口天寒地冻时也有吃洋芋的口福。家里的几只秋羔和瘦弱的大母羊，每天下午都会得到洋芋拌麸皮的加餐。这也是孩子们的功课，拾一筐洋芋切成小块，拌上麸皮倒进木槽里。这几只受特殊照顾的羊闷头儿就吃，直到槽底的麸皮用舌头都舔干净才抬头感谢给食的人。有时我们玩疯了，忘了按点供食，那些吃惯嘴的家伙就会找上门来，用头拱你的腿。若我们装作不知道的样子，羊儿们就会用头砸，抬起一双双疑问的眼睛，可怜兮兮地望着你，冷不防还会叫一声"咩——"。我们的心马上就软了，立刻跑去给它们拌食。

上冻后，家里准备宰的年猪就要追膘了。我们天天下午煮一锅洋芋捣碎，提一筐秋天储存的荨麻衣子和半盆麸皮，倒进专门给猪煮食的大锅里，煮成黏稠糊状，晾温后盛在猪食桶里，提到猪圈倒进猪槽里。在暗淡的暮色中，只需听猪吃食声，你就知道晚餐多么合口美味了。那吭哧吭哧的吃食声是有韵律的，洋溢着轻快、舒适的旋律。

腊月杀猪宰羊了，用洋芋喂养的猪、羊都变成了皮球，特别是猪，浑身皮肤绷得紧紧的都不够用了，猪毛都快被挤出皮肤了，毛囊清晰可见。一根根又粗又硬的猪毛油亮亮的，就像个滴油的漏管。五指的膘常见，喂好点的还有六指七指的膘呢。父亲用手指量膘情时，往往一只手不够用，还要另一只手伸出两根指头来并上。猪越肥，家人越高兴，我们孩子也越有成就感，似乎给家里立了大功。

每天下午到窖里拾洋芋是我最发愁的事情，不是怕累，而是怕癞蛤蟆。我认为癞蛤蟆是世界上最丑的动物，也是最阴险、无耻的家伙。它那咧到耳根的大嘴有如无底的陷阱，一对圆鼓鼓的灯泡眼瞪着你，充满了邪恶、挑衅和藐视。那浑身长满的毒疙瘩，更像一个个毒药包，让人不寒而栗。防不住它张开夸张的四肢一跃，那真是夺命惊魂跳，吓得我吱哇乱叫。它还没有吧唧贴到窖壁上呢，我已经吧唧栽倒在洋芋堆上了。我不明白，癞蛤蟆为什么要待在洋芋窖里，难道它是洋芋的保护神吗？

拾洋芋一般都是大小搭配，大孩子在上面用带钩的绳子吊洋芋筐，将小孩子吊到窖里拾洋芋。一则小的身小体轻，上下好吊；二则洋芋窖口一般都留得小，适合小孩子出没。我家的洋芋窖口似乎是给我量身定做的，只有我上下四边不沾，于是就成了拾洋芋的种子选手。哥哥姐姐们拾洋芋总要叫上我，而我总怕窖里的癞蛤蟆。

每每掀开窖盖，我都要仔细观察一番窖底的情况，确定无癞蛤蟆才肯下窖。若发现癞蛤蟆，必须是哥姐先下到窖里，用铁锨把癞蛤蟆铲出窖外，扔到河谷里，我方敢下窖拾洋芋。

千小心万小心，还是遭遇了一次癞蛤蟆。那个丑陋的无赖躲在偏洞里，我下去正拾着洋芋，它忽然蹦了出来，直接把我吓得晕了过去。父亲为此把窖口拆了，做了更宽大的门盖，哥哥姐姐们也都能上下自如了，我才彻底消除了对洋芋窖的恐惧。

"台子洋芋"是村里的招牌，招来了城里的人。各家各户的洋芋也是每一家的友好使者，给城里的亲戚、好友带一两麻袋，亲友们高兴，感激不已，山里人也觉得长面子。我家戈壁上的亲戚，每年到山里拉洋芋，那必定是一件关乎全家老小吃饭的大事。他们赶着空空的马车来，装满满一车的洋芋走，给父亲母亲留下感激不尽的话。予人洋芋，心有余香，我们在洋芋王国里体验着给予的快乐、幸福。

吃了半个世纪的洋芋,我还是喜爱这一口。煎炒烹炸、焖煮烩炖,无论怎样做都好吃。它的味道与什么都能搭配,还不失自身的绵长香糯,赢得了世界人民的喜爱。

香雪落红

十岁那年秋天，我第一次离家到二十公里外的一个煤矿子弟中学去读书。我和姐姐住在父亲的一位老熟人家，非常思念母亲，以至于刚刚开学的第一周，我根本不知道老师在讲些什么，心早已乘着云朵飞回到小山村，我甚至看到母亲正在割草、生火、做针线活儿……

每个周六的早晨，我已经做好了回家的准备。每当中午下课铃声响起，我便迫不及待地飞出教室，踏上弯曲细长的回家路。心情宛如鸟儿在飞翔，身体似已栖上了朵朵白云，悠然飘向大山的深处……

沿西沟河河谷逆流而上，走到河里的大拐把子，便离开了河谷，踏入了我们村的土地——红土坑。

红土坑是个红色的山间小盆地，造物主给这里留了一块色彩浓艳的红土地。一下雨红土就变成了红胶泥。若从红土坑走过，你的两只脚就像穿了一双红泥靴子，甩都甩不掉，除非站在泉溪里冲洗，或用木棍、石片刮。

红土坑连着锅底坑，似两口红艳艳的锅。不同的是，锅底坑红色的盆沿山上生长着沙葱、莎草、碱蒿……一丛丛绿草就像母亲新栽的韭菜，虽未成行成排，倒也生机勃勃。在鲜红土地的衬映下，绿草更显青翠，有种相互辉映的夺目。

锅底坑坑底是平展的田地。沈家人耕种之前，就有人家在此春种秋收，现在是台子村最优质、丰产的洋芋地。

红土坑四周低矮绵延的山脉上长着稀疏的沙葱，更多裸露出的红，可能是用来映照坑底的庄稼的。红土坑坑底仍然是起伏的农田，这里最适合种的作物是荞麦。

那个秋天的下午，我和姐姐爬上红土坑大坡，满坡的荞麦花如梦境一样起伏在眼前。我们无法确定真假，看看彼此，又看看铺到天边的花海。

"秋花深入云，风浪绮霞动。"那香雪的白，栖在酱红的枝杈上，映在深红的土地上，形成荞麦花独有的一种颜色——雪青。雪白中闪着青紫的光芒，像一匹雪青马，驮着花的光彩，奔向天际。是的，母亲说这就叫雪青色，是荞麦花梦幻的色彩。

我和三姐像两个梦游者，完全无意识地走进花海，在荞麦花簇拥的红泥小路上跌跌撞撞。我的那件心爱的蓝白格子西装，母亲的第一件西装作品，竟全然不知什么时候从胳膊上滑落了！我们仿佛骑在荞麦花做成的雪青马上信马由缰……

我们伸开双臂，指尖触动着这些满头繁花的酱红枝秆。花束颤动着、嬉笑着，似乎是碰到了它们的"痒痒肉"。我嗅到了雪的香，一股悠远、清冽、且略带寒意的芬芳。

荞麦是省劲的庄稼。春天把麦子、豆子、洋芋都种完了，把羊毛剪完了，时节应当到夏半了，人们手里没活儿干了才会想起来种荞麦。

荞麦是不挑地的庄稼，即使土薄些也无大碍。它还是省水的作物，从种到收四道水就能成熟。红土坑是村里比较偏远、土薄的地方，父亲他们把这几十亩地当闲田种。种好了有收获；种不好，歉收或绝收，也不影响村里人吃饭。只有种荞麦年年有收成，这里便成了村里人种荞麦的地。

荞麦也是省心的庄稼，种上不用除草，无须间苗。种子撒稀些，按时把水浇上，任其生长。荞麦长得快，两三个月就有收成了。九月中下旬收割时，恰逢空当。麦子已经收完，洋芋还没有挖，大姐她们连玩带耍地就把荞麦收割完了。

红土坑是离村最远的地，一般都是年轻人跑远路来收。年轻的车把式拉着青年男女，一路欢声笑语，一片高枝籽实，没两天就收割完了。

荞麦也如小麦一样要打场，只是它的果实是黑褐色三棱状的。荞麦按收成分给各家各户。母亲磨面时，会将荞麦淘洗干净，拿到水磨上磨成荞麦面。

荞麦只需磨四遍就磨好了，荞麦面是雪青色的，和荞麦花的颜色相近。只是花是鲜活的，有生命的光彩，而面是提取颜色后的色相——庄重、严肃，有些装腔作势的样子。

母亲掺水和面，沾了水的荞麦面"原形毕露"，变成了酱褐红色，更像它秆子的颜色。其实荞麦骨子里就是这个颜色，它是秋天最后的灿烂，是迎接冬雪的使者，要不它怎么会艳得那么彻底。

荞麦面不仅吃起来口感粗糙，难以下咽，而且还容易引起便秘。母亲心灵手巧，发明了花馍馍。就是发一盆白面，一盆苞谷面，一盆荞麦面，把三盆发面各擀一张大饼，白面饼托底，荞麦面

93

饼夹中间，玉米饼封顶，再将三色的饼卷起来，拧成大麻花，像蒸蒸饼一样蒸成"漫蒸子"。

大木笼蒸气弥漫时，母亲用手抓一抓气就知道蒸笼里的食物是否熟了。母亲还把这一手绝活儿传给了我。几十年后我成了家，第一次在婆婆家蒸馒头亮了这一手，惊得婆婆刮目相看，还以为我是大厨呢。

撤火开笼，白、紫、黄三色缠绕的花馍馍新鲜出笼。等晾凉了，母亲再把它切成指头厚的馍片，在大太阳底下晒成风干馍片。我们去河里采蘑菇、拔猪草、挖野菜都要装几片。饿了，坐在河边，把花馍片拿出来，浸在水里，蜂窝状的发酵孔里浸入水，只听到一片炸响，那是水与火的激情欢唱，是太阳一头扎进河水中的那一激灵。我们举起浑身兜满颗颗水珠的花馍片，嘴张得大大的，一口吞下一条河和所有的庄稼地。

母亲蒸花馍馍的方法也是在实践中总结出的。刚开始做荞麦面时，母亲也曾蒸过"黑电灯泡"荞麦馍。她用温热水和面，小酵头掺入，发两三个小时，上笼锅蒸。当掀开笼盖时，笼屉里一层闪闪发亮的"黑电灯泡"。母亲领教了这个好种、好长的荞麦并不好做。她一次次地实践，终于总结出和荞麦面必须得用凉水，温热水会把面烫死，发不起来。而且荞麦面不能单做，与白面、苞谷面搭配着做，既好吃又好看。荞麦面的粗糙感被稀释、冲淡，细与粗、糯与糙、脆与韧，甚至营养搭配，都达到了至高的新境界。

母亲的花馍馍立刻成了村子里的推广品，她三天两头就会被邻居请去现场指导。荞麦面渐渐成为人们饭食的调味、调色品。母亲又尝试着做荞面洋芋搅团、荞麦面兑白面切刀子、荞麦面兑玉米面面条……

那个秋天的下午,我和姐姐梦游一般走出红土坑,走过荞麦地,刚走到红土坑和大锅底坑交界的三块大黑石头旁,我们似乎都醒了。姐姐看着我空空的胳膊,吃惊地问:"你的西装呢?"我的西装呢?母亲在大黄山街看了一个穿西装的女孩一眼,便在商店里买了一块蓝白格子的斜纹布料,给我做了一件西装。因为她没有看清西装领是怎么对接缝合的,只看到了一个"V"字形,很别致,她就给她女儿的西装领照猫画虎地剪了个"V"字形,并反过来沿着"V"字的边缝了暗线。她在腰的位置前后左右缝了九道收缝线。那件格子西装恰如其分地勾勒出我纤细的腰身,当我穿着这件时尚的西装走入西沟煤矿子校时,那些眼神如马驹一样清澈且跳脱的男孩子们,一律抬头盯着我的西装看。就连数学老师讲课时都不时地瞄我一眼,我知道他在看我的西装。怎么能丢了我如此珍爱的西装呢?

我和姐姐转身跑回荞麦花海,我们的脚印还冒着热气,踩倒的野草还匍匐在地。当我们翻过一面坡时,西边的天山一口把太阳吞了一半。半轮夕阳流着胭脂红的血,晕染了整片西天、河谷和荞麦花田。雪青色的荞麦花盖着一件新娘的婚纱,朦朦胧胧地看着残阳。我那件蓝白相间的格子西装,正飘在荞麦花上,像一只飞向夕阳的雪青鸟儿……

果园芬芳

父亲离开台子村之前，做的最后一件开拓性的事，就是种植了一片果园。

一九七三年的秋天，父亲去奇台县参观学习，看到人家山里种的苹果，他动心了，估摸着山势、地形、气候差不多的台子村也能种。于是他拿了一捆苹果枝、海棠枝回来，种在大锅底坑的西湾子里。

西湾子是大锅底坑里套的一块"小锅"，三面被低矮的红山环抱，一面临水傍路，浇水便利，拉运不愁。这块地肥沃，种什么都成，且聚风纳气。本来大锅底坑就凹在群山中，气候温和，"大锅"里的"小锅"更是热得比别处早，冷得比他处晚，有着更优越的光热水土条件。

父亲把带回来的一箱奇台苹果、海棠果摆到桌子上，请村上德高望重的人来品尝，并把打算种植果园的事情说了。大家吃着香甜可口的苹果，说人家能种，我们也能种。西湾子的土那么好，插个树棍都能长叶，肯定能种活苹果树。

村民们平整了土地，修渠挖坑，把树苗种进去，还用木头修了一道栅栏，用来挡牛羊牲口。马庭贵有一些种果树的经验，于是便成了果园的看护人。

第二年夏天的一个早晨，天刚蒙蒙亮，马庭贵着急忙慌地来找父亲，说昨晚三只狼把他围了一晚上，幸亏有父亲给他的电把子（手电筒）。他躲在房子里吓得够呛，用床顶住门，站在窗口，用电把子照狼眼睛。照了一整晚，天麻麻亮时，狼才走了。他看见狼翻过山口向红土坑方向跑去，才赶紧跑上台子找父亲。

父亲是老猎人，对狼的习性很熟悉，这么多年来，很少听到、见到狼围攻人。他不解地问马庭贵："狼是冲着你来的吗？"马庭贵也是老实人，禁不住父亲的质疑，说了老实话。原来他们家油水少，娃娃多，一个个瘦得像麻秆。果园四周草多，他就偷偷地养了三只羊，狼是冲着羊来的。

父亲叮咛马庭贵养羊小心些，不要啃果树苗子，不要吃庄稼，不要招摇惹事。为了掩人耳目，又能做伴壮胆，父亲把马庭贵的二儿子派去和他一起看果园。

第二天早晨，天刚亮，马庭贵的二儿子又飞奔到我家，慌张得话都说不清楚了。他说昨天晚上那三只狼又来了，俩眼睛里放出六条绿绿的光，比电把子的光还亮，吓得他们父子俩在房子里不敢出门。他手抖得拿上电把子光都照不到狼眼睛上，牙齿哆嗦得咯咯直响。挨到天亮跑回来了，说啥都不去了。

父亲琢磨再三，合适的顶替人选就是哑巴。村西头的哑巴二十五六岁，虽不能说话，但脑子聪明，且胆子大、力气大。

哑巴来了，父亲边比画边说，哑巴听后直摇头。他也害怕狼，不愿意去。二姐是个小鬼头，在一旁比画着告诉哑巴，西沟村那里漂亮的丫头有呢！哑巴立刻面露喜色，同意去看守果园。

第三天早上，哑巴来了，咿咿呀呀地比画着，意思是狼的眼睛就像灯一样，吓人得很，他也不敢去了。马庭贵也来了，告诉父亲备用电池都用完了，但是那三只狼天天晚上来。父亲哀叹了一声说："把羊拉到大黄山街上卖掉吧，狼盯上了，逃不过，顺便再买些电池。"

羊卖掉了，狼好像听到了这个讯息一样，当晚就没来，之后也没有再来，马庭贵也不再在园子里养羊了。

一年过去了，果树长得一人多高，开枝散叶，极为茂盛，但不结果子。村上有户人家，男的是河南来的大学生，见过世面，村里人都叫他大金。他给父亲讲，果树得修剪、嫁接，否则就不结果。父亲问他会不会修剪，他说不会，得去学。父亲又问他去哪里学，他说昌吉园艺场可以学。父亲就派他到昌吉学果树修剪、嫁接去了。

秋天了，村里人都在果园里拔草、施肥，大金修枝、剪叶，孩子们帮着捡枝抱木。二姐眼尖，忽然发现枝头上挂着一枚红艳艳的苹果，她大气都不敢出，急忙呼唤父亲。人们不知道发生了什么事，都过来围观。父亲走到二姐身边，二姐激动得话都说不出来，用手指着蓝天下果园里的第一颗果实，傻兮兮地说："看——看——"村里人顺着二姐手指的方向，看到了那个红红的苹果，看到了惊喜，看到了希望……

大家还沉浸在看见第一个果实的喜悦里，有人抢先一步，摘下那个苹果，张嘴就咬掉了一半。此人是村里的"潘巧嘴"，她是个个子大、长相俊、伶牙俐齿的女人，是从临县的潘家台子嫁来的。素日里就能言善辩，说话做事都要占上风，她的公婆、妯娌都要让她三分，村里人也都尽量避让着她。这一刻，她的本性使然，咬掉了全村人辛苦耕耘后结出的第一个苹果，咬光了村民们的忍耐。第一个反应过来的是副队长苏进民，他三步并作两步，上前夺下那半块苹果，顺势扔出去。苹果划出一条高高的抛物线，正好落进我家麻驴的嘴里。这一系列动作就像设计好的电影镜头，掐秒定点，天衣无缝。

"还想看一下苹果的样子呢……""这个馋死猫……"台子村的第一个苹果在村里人的抱怨声中，一半让人咬去，一半被牲口咀嚼。

第三年，果园的苹果挂满枝头，绿苹果、黄苹果、红苹果，还有红光闪闪的海棠果……一树一树的累累硕果散发出浓郁的果香，直接芬芳了一村的人。村里的牲口也都在果园里徘徊，落到树下的果子人吃马嚼，羊咀猪吞，鸟啄蚁扛……个个都吃得满口流香、神清气爽。

父亲组织全村人编不带把子的榆条筐装苹果。果园旁的溪流边，长着一窝子大榆树，年轻小伙子爬到树冠上剪嫩的榆条，妇女们用它编织大大小小的果篮。父亲还发明了一个叫"亚腰子"的过秤筐，就像驴背上驮东西的驮筐，只是编织时中间连成一体。两边筐篮里放果子，中间连接处就是穿棒抬着过秤的地方。

每家分完果子，余下的就装在大、中、小三种筐篮中，一层叠一层装到乌鲁木齐无线电厂的汽车上，运到城里卖了。

大人们收完苹果就去干别的活儿了，孩子们还要在果园里浪逛好久。一是摘大人们漏摘的、难摘的果子。无论果子挂得多高，叶子遮得多严，我们都能找到那些侥幸逃脱的果实，并悉数收回。二是一遍遍地遴选落在地上的果子。哪些可以吃，哪些可以晾果干，哪些可以熬苹果酱，哪些只能捡回家喂牲口，我们分门别类地捡拾干净，不糟蹋一颗果实。三是等待霜杀海棠果。海棠树枝头稀疏的果子，我们不急着摘，而是等一场一场的霜杀出冰糖心来。

深秋的早晨，那雪粒、砂糖一样的霜麻子落在海棠果上，给红红的果子穿了件雪纺纱。寒气静静地沁入果子，沉淀到果心。一日日，一层层，直到海棠果变成一颗透亮的冰糖，我们才小心翼翼地摘下这些熟透的，能把我们童年所有的口味锁住的霜杀海棠果。

整个冬天，家家户户都有几口盛苹果的缸，和水缸、咸菜缸、酸菜缸并排站在墙根。谁家的缸多，谁家的生活就富裕。我们家装苹果的三个缸在伙房的拐角处，母亲在缸上盖了件棉衣，怕把苹果冻坏。虽说苹果不少，但孩子也不少，胃口更不小，苹果还是要惜着吃。逢年过节或是家里来客人了，母亲才会拿出来几个分给我们吃。一定要分，否则哥哥姐姐们嘴大胃大，三两下就吞下一个。我们这些小的，即使嘴里吃着、手里拿着也不及他们吃得多。"不患寡而患不均，不患贫而患不安。"母亲深谙此道，回回都分，而且还会有意无意地把大些、红些的分给小的。哥哥姐姐们吃着自己的，瞄着我们的，冷不丁冒出一句："垫窝子（对最小孩子的昵称）！"

只有过年时我们才舍得拿出自己珍藏的霜杀海棠果。在春节的第一缕阳光中，在一碟蒜苗绿出一派春光的窗台前，我们拿着霜杀海棠果，在阳光下照着，比谁的冰糖心大、红、透亮……

第四辑

野菜地图

野菜就是大地供养生灵的果蔬粮食，岁岁年年，周而复始，就看你识不识得。我们村的野菜是有季节和地点的。这张野菜地图铺在大地上，长在四季里，鲜活在我们的脚步里，丰盈在我们的指尖上，装在我们村每个孩子的心中。

春天的第一口鲜——野蒜苗

春天，雪未化净，阴洼、河谷深处还藏着星星点点的雪斑。然而春风已经以绝对压倒寒气的暖，抚摸着我们的脸颊。我们的身心在明媚的阳光下获得解放，欢笑着、奔跑着，飞入家门。

书包还没有放下，母亲正在下揪片子，锅里的汤饭飘散着清淡的香味。母亲唤我："赶紧到河边拔些野蒜苗，调饭呢！"

我撂下书包，飞身奔向河谷。河谷刚醒来，还睡眼迷离呢！河水不大，淙淙地流淌着，似有消息要传递。白杨、桦木、花楸也都半梦半醒，闭着眼挠痒痒，树皮、枝条都有些微微红肿。草儿们纷纷登场，那些探春的报春花溢出一片鹅黄，散布着春天来临的讯息。鸟儿们站在树梢，你歌哆，我唱咪，开始练声。

河对岸黄柏刺墩长成了一道河与山之间的篱，生生地将这对恋人分开。野蒜苗支棱着三棱状的绿秆，这是天山长出的第一道春天的美味。

野蒜又叫山蒜，是多年生草本植物。基生叶子丛呈狭三棱形，中空。根呈独头蒜状，长老了会生茎秆，头顶一朵浅紫色球状花。野蒜苗长到寸把长，我们只掐叶子，它还会发叶、长大、结籽。若不小心抷出白嫩嫩的蒜头，也只有指头腹大小，心里会暗暗地可惜一下，它本可以长大，走完它的一生的。

野蒜苗不好拔，它们喜欢长在刺丛中，得披荆斩棘方能采到。越是长得粗壮、高大的，越在密丛中，更不易得手。有些看到了也采不到，只能多望两眼，记在心里，然后告诉哥哥姐姐们，他们总有办法。

拔一把够调饭即可。过河时顺带在河水里冲一下，带着盈盈水珠的青绿野蒜苗回家。母亲正好把面揪完，将野蒜苗放在菜板上切碎，调进锅里，一锅春意盎然的汤饭在大铁锅里盛开。

热汤氽过的野蒜苗更加翠绿，像展翅欲飞的翠鸟，轻轻地漂浮在汤饭上，母亲用饭勺在锅里搅一搅，翠绿的野蒜苗上下翻卷着，在白鱼一样游动的面片间穿梭，在沉浮的野蘑菇的纹理间飞掠，在汤汁头冲浪……那弥漫着的辛辣、清香，和着野蘑菇的药香、洋芋的糯香、萝卜的甜香以及母亲的绝世手艺，冲撞出一派春光。这独属于初春的香，是野蒜苗点染的第一口鲜，是每个春天都必须有的迎春汤饭。家家户户的孩子们都喜欢奔向河谷，在那浓密、扎人的刺丛中掐春头、闻春鲜，那冲人的辛辣中一缕悠远的清香，一下子打通了我们对季节的感知，敲醒了我们拔野菜的神经。我们打着喷嚏，像是在给春天报到，又像是发出了野菜采集令。我们欣喜地攥着春天，告诉河水，告诉春风，告诉迷迷瞪瞪的万物。

我们跑着去，冲向春天；跑着回，举着春天。只有奔跑，才能传递我们内心不可名状的欢喜；必须奔跑，方能赶上那顿充满春天味道的汤饭……

吹响春天的喇叭——老鸹蒜

河谷阳坡上，草芽露头了，从去年的老叶中探出两片细弱的叶子，像是互相壮着胆打探。

草芽旁，老鸹蒜赤红的幼芽破土而出。拧得紧紧的独苗，转天就展开一对叶片，一大一小，就像一对姐妹。我们像呵护自己的宝贝一样，蹲在幼苗旁，在春光里痴痴地看着，嘻嘻地欢笑，风紧时还用小手护着，生怕它们被风吹倒了。充满生机的春天，是老鸹蒜用金黄的喇叭吹响的进行曲。

全村的孩子天天都跑去看山坡上的老鸹蒜，等待它由红变绿、慢慢长大，长出锯齿边来，估摸着蒜头有指头蛋儿大了才能挖。

河谷阳坡上的老鸹蒜花几乎是一夜之间绽放的。那些沾满阳光碎屑的金黄色的花盏，像一张张向天高歌的小嘴，像一个个拥抱太阳的怀抱，像一把把吹响春天奏鸣曲的喇叭……

我们跟着这片明艳，踏着老鸹蒜吹响的节奏，转战村庄的东西南北，将整个春天攻陷。

每天鼓鼓囊囊两衣兜的老鸹蒜是我们主要的战利品，副产品是在深草丛里，或是刺墩缝里，拔得又高又壮，举着一个花骨朵儿含苞待放的老鸹蒜花。那鹅黄的、月白的、浅粉的花苞中，鼓胀着满满的香气，一层一层的花片都裹不住那些清香。最外面一层的花片，总会与它的本色不同，从花片的尖端晕染出洋红的过渡色至花蒂。

大姐、二姐最喜欢这些花束，各种瓶罐里装满清水，插入花茎，摆放在五斗柜、三匣桌、窗台上，将山野的春天招引到土屋。我们幽暗的老屋一下子也亮了起来，和山野间的春天一样明媚。花十天半个月才会开败，我们立刻又会续上。童年的所有春天，我们家都是在老鸹蒜花的清香中悠然度过的。

老鸹蒜长着光洁的深褐色鳞茎包皮，剥开包皮，饱满的月白色果仁，咬一口清香脆甜，这是春神赐给我们等待一冬的清香糖、呐喊呼唤的润喉片、追风找绿的冰糖果。我们不仅和兄弟姐妹分享，和小朋友共享，还要把最大、最饱满的留给父母，等待他们收工后，坐在炕头，一边品尝春天的果实，一边抚摸我们被春风吹皴了的脸。

那年春天，我家门口阳坡的积雪已经融化了，阴坡的雪还斑驳地挂着。草芽子破土返绿了，正是诗中"草色遥看近却无"的意境。圈了一冬天的羊，闻到青草的味道，我猜测还有老鸹蒜花清冽、悠远的射破灵魂的味道，冲出羊圈，撒开四蹄向山上跑。

春天就在羊群的声声呼唤中来临了，摘野蒜苗、挖老鸹蒜是春天扑向山野的第一道春鲜。我们村的老鸹蒜有两个品种：面老鸹和石老鸹。面老鸹长在海拔低一些的河谷、缓坡地、田地头，茎秆矮一点儿，头顶开一朵明黄色的花。挖出蒜头，鳞茎皮比较厚，剥了一层又一层，大多剥个七八层才能见到乳白色的果肉。吃起来口感面一点儿，肉丝粗一些，味甜而涩。

石老鸹长在山里，尤其爱生长在石崖子上。高高的山崖上，一朵朵高茎花朵在风中招摇，甚是明艳。石老鸹根扎得深，只有用特制的铁苗子才能挖出来。一拃长的白茎上带一枚指头蛋儿大的蒜头，褐色鳞茎皮很薄，只有一两层。剥去薄皮，月白色半透明的蒜头如一枚细腻、温润的玉雕，散发着淡淡的清香，让人忍不住咽口水。嚼一口生脆清香，无比满足。

只有二哥口袋里有石老鸹，为了吃到这一佳品，我们常常会殷勤地给他脱去湿漉漉的靴子，帮他烤淋湿的衣服⋯⋯

我们家的一只母羊丢了，估计这只大肚子母羊把羊羔生在外面了。二哥要去南山找羊。他备好马，拿上心爱的有踩脚镫子的铁苗子开始诱惑我："想不想吃石老鸹？山上多得很，一挖一个，一阵子就能挖一口袋。"二哥又晃了晃闪闪发光的铁苗子，两只眼闪出真诚的光。我动心了，坐上他的马下了河谷⋯⋯

河谷地还没有完全解冻，星星点点的雪还散布在田里。我坐在马背上，搂着二哥的腰，春风吹着我的脸，痒酥酥的。我听到鹰在头顶发出的哨音，那是种极具穿透力的、抑扬顿挫的声音。抬头仰望，两只鹰在低空盘旋，双翅舒展，御风滑翔，充分地享受着和煦的春风和明媚的春光。

我们走在泥泞的羊道上，翻过一座又一座山，终于在一座山半山腰的石崖子下面找到了母羊和小羊羔。小羊羔一身褐色的小卷毛，两只白色的耳朵，已经能够站起来跟着妈妈走动了，喜悦立刻浸润了我们兄妹二人的身心。二哥取下马背上的褡裢，把小羊羔装好驮在马背上。就在收工抬头的那一霎，我看到山崖顶上长着一朵洁白的石老鸹花，在风中向我招手。二哥顺着我的目光找到了石老鸹，他拿上铁苗子，爬上山崖惊呼："多得很，一大片！"

那一捧石老鸹让我在村里威风了好几天，那些想尝鲜的小伙伴们跟着我，或乞求或物物交换，才能获得一枚生脆清香的石老鸹，也因为这片石老鸹开在我家春羔的产床顶，便永远绽放在了我的记忆中。

将陆海八珍比下去——荠菜饺子

"君若知此味,则陆海八珍,皆可鄙厌也。"苏轼在大宋的春天食荠,小时候我并不知道他比我还爱吃、会吃荠菜。

小时候我还以为只有我们村的人爱吃荠菜饺子,每年四五月间才能吃到的荠菜饺子,是一道属于春天的美味。长大后才晓得,早在《诗经》中就有"其甘如荠"的记载。

"钻重冰而挺茂,蒙严霜以发鲜。"荠菜是冰雪消融之际就冒头生长的野菜。正如晋人夏侯湛在《荠赋》中所描述的萌芽于严寒,而茂于早春。荠菜是春天的信使,更是人们尝春的舌尖美味。

"城雪初消荠菜生""春在溪头荠菜花",我们合着元代诗人杨载给出的节拍,沿着南宋大词人辛弃疾绘制的路线图出发了。在河谷阳坡的石缝草丛里,在田埂渠沟的低洼向阳处,一棵棵细弱清瘦的荠菜贴地展叶,锯齿状的嫩叶卷曲着、伸展着,一副楚楚动人的俏模样。发现一棵,我们立刻奔过去,用小刀、小铲在根基部一撬，一棵莲座荠菜完整地脱地。捏着根把儿抖两下，把连带着的荒草、枯叶、尘土抖干净，轻轻放到小筐篮中，然后再去寻找下一棵……

台子村荠菜长得最茂盛的地方是河谷地和黄深崖子下的羊场子上。那里肥力强劲，土质松软，又有一屏石崖子聚光挡风，是春天最早问候的地方，也是我们年年踏春挖荠菜的打卡地。

"春来荠美勿忘归"，那个情深意切的南宋诗人陆游，在《食荠》诗里提醒我们，可是我们偏偏春来荠美已忘归。

采集是镌刻在女性基因里的密码，一旦在春野里开启，便浑然忘了时间、忘了劳累、忘了所有，眼里、心里、手里只有野菜。那种原始基因带来的强大力量，完全颠覆了几十亿年的进化史。我们回到了编写基因的采集时代，女人和孩子在族群和部落里专门负责采集的。在那些晴朗的初春中，我们解锁了祖先的密码，完全沉浸在采摘的快乐中。

几十年后的一个春日，我约了友人一起到白杨沟挖荠菜。我们从早上一直挖到下午，一条十多公里的长沟，几乎从头挖到尾。不说话、不喝水、不吃饭，眼里只有前面一丛一丛鲜嫩的荠菜。一股奇怪的力量裹挟着我们忘我地挖。一袋满了，再挖一袋，挖野菜的欲望单纯、直接，且没有尽头。

日落西山了，我们坐在河边择菜。友人备感奇怪地说："这是我三十多年来最专注、心无旁骛地干一件事情。挖野菜真的能让人十分投入！"

"荠菜春盘"里有些什么花样呢？于我，当推荠菜饺子。鲜嫩小朵的荠菜焯水、切碎，新鲜肥嫩的羊肉剁碎。肉馅里剁根葱，放把盐。菜肉搅拌均匀，闻一闻，荠菜的清香与羊肉的腥香混合出一种美妙的气味，引得我们口水直流，强忍着咽下去。赶快包吧！擀皮的、运皮的、包的、摆的、生火烧水的、下锅煮饺子的……一家人都忙碌在吃荠菜饺子的期待中。

母亲是煮饺子的行家，煮的饺子没有一个破皮的。揭开锅盖煮馅儿，盖上锅盖煮皮，点三次凉水，是皮欠一分火还是馅儿少一分熟，母亲用手指一碰就能知道。

当一盘荠菜饺子端上桌，我们是不能先动筷子的。母亲要选几个俊俏的，献给赐予我们食物的天地。她拿到屋外，一边小声祷告，一边掰开，向天扔一半，向地扬一半，祈求天地保佑我们风调雨顺、五谷丰登。还要在祖先的牌位前献上热气腾腾的一盘，报告春天来了，一年又开始啦！祈盼祖先护佑家人健康平安。

我们已悄悄蘸着自己小碗里的蒜泥、辣子、醋汁开了好几次胃。馋虫早已穿过薄薄的饺子皮，抵达那青青绿绿、闪着油光的馅儿了。母亲行完这一套"春神礼"，我们终于开吃了。咬一口，春天的清香浸齿没舌，真与东坡先生同感："则陆海八珍，皆可鄙厌也。"

这春盘里还有郑板桥的"三春荠菜饶有味"的凉拌荠菜。村里人都说吃了荠菜眼睛亮，各家母亲都会给孩子拌一盘荠菜明目。还有陆游的"荠糁芳甘妙绝伦"的荠菜鸡蛋煎饼。早上没馍了，母亲搅一盆面糊，打两个鸡蛋，切一把荠菜末掺进去。平底锅刷层油，面糊倒一股子，摊成薄饼，两面煎得油黄，惹得我们胃口大开，本来只能吃半个馍，却吃了一整张饼。这美味清香的荠菜鸡蛋饼抗饿，直到中午都不会觉得饿。

这春盘里当然少不了苏大厨《与徐十二书》里介绍的味外之美。我们没有士大夫文人那么讲究情调："其法，取荠一二升许，净择，入淘米三合，冷水三升，生姜不去皮，捶两指大，同入釜中，浇生油一蚬壳多于羹面上……"我们用最简单的方法，择净、洗净、拌面（可用白面、玉米面、荞麦面），上笼，蒸出来青翠完整，只是荠菜上沾了斑斑驳驳的面，若下了一层霜。吃时葱花炝锅，用麻油一炒，那也是：今日食荠极美，是谓荠菜琼琼子也……

爱无止境——蒲公英的种子

小时候，不知道蒲公英叫蒲公英，我们叫它黄花菜，开着黄花的菜。

蒲公英是开春较早长出来的那拨菜之一。四月天星星点点的绿在山野间探头探脑，母亲就吆喝开了：剜些黄花菜去。一定是剜，最好拿把刀子。看到黄花菜，瞅准基根一寸处，刀尖斜插入土，一剜，一撬，一朵毽子一样开枝散叶的鲜嫩黄花菜就跃出地面。揪着头顶的叶子抖干净，摺进筐里，一朵一朵的黄花菜就如此完整、完美地进入家家户户。

若手法不当剜高了，黄花菜就不是一朵，而是散落的叶片，那我们就看不上了，便弃之。要是硕大肥美的一朵剜散了，心里还会惋惜一会儿，像做错了事一样，自我检讨一下。尽管拿回家母亲还会一片一片地剥开淘洗，但是采挖时被割散是不完美的，也是我们内心不大愿意接受的。没谁规定，可我们心里就有这样一个不成文的规定。

剜黄花菜最好用刀，只有刀才能干净、利索地在一寸处进入，在一寸处切断，才能最大限度地保持一朵花的完美状态。铲子刃太宽，不灵巧，也不精准，往往将黄花菜铲成一团凌乱的枝叶。

我们很少将黄花菜连根拔起，只是在根基一寸处斜切一刀。那时候我们朴素地认为，只要把根留在地下，黄花菜就会永远不死，叶会年年长，花会岁岁开，我们也会有取之不尽、用之不竭的黄花菜。

黄花菜在我们的食谱里是春天的时令菜，但又不是一般的菜。它不仅营养丰富，还清热解毒。嘴里长泡了，咽喉干疼了，眼睛干涩发红或眼屎多了，母亲都会支使我们剜些黄花菜，吃几顿就好了。黄花菜是村里人春天隔三岔五就会吃一顿的美味。

黄花菜生长的季节长，从春天长到秋天，春、秋各开一次花。它的叶子、花、花茎、根都可以吃，用父亲的话讲，叫全草入药，食药同源。

黄花菜的吃法很多，可以凉拌着吃；做拌汤、汤饭、烧籴汤时，又可以当调味的绿菜；还可以炮制一番，做一年的茶饮。

每年春天我们都会剜许多黄花菜，除时鲜之食，还需储备一些，以应不时之需。我们将它采摘回家，母亲挑、择、拣、淘洗干净，放置屋里阴至半干，放到大铁锅里面烘焙。奇了，那些波状齿、羽状叶在锅里一炒，全都做卷腹运动，包成团，拧成圈，成了一朵一朵、自成一体的墨绿云纹卷。母亲将这些烘焙好的黄花叶茶盛到陶罐中，就是我们一年消暑去燥的清热茶啦！

三伏天、秋燥时，拿出几棵放在茶杯中，烧一壶开水一冲，这些云纹卷又舒展开来。浅绿的茶色荡出一缕微苦、略涩、清香的味道，黄花菜变身为我们的消暑茶。

大人们说黄花菜打花苞时蓓蕾的药性最强，我们每年都盯着每一片黄花菜丰茂的地方。其实黄花菜是遍处可生长的植物，田间地头大朵小朵地长，那是我们春天剜叶的地方。渠沟谷底一簇一片地生，那是我们做茶、晒干菜的地方。河谷草原上那是成片成片地疯长，它们夹杂在草丛之中，不便分朵论个，只见波齿、羽状长叶，"蓬生麻中，不扶自直"，一支支、一片片，像刺天的花戟，摇曳成绚丽的草地，这里是揪花、拔秆的地方。

那个春天，我和姐姐走到黄深崖子河谷地，一大片含苞待放的黄花菜花骨朵儿就像一片小灯笼。红褐色的外包叶片似包不住内里的金黄，一绺一绺地伺机闪动着。这不是最有药力的花苞吗？我们兴奋得忘了正事，跑进草丛中揪花骨朵儿。我们脱下外衣，扎了个口袋，美美地揪了两衣袋花苞，兴奋地跑回家给母亲看，母亲说现在是阴干花苞做花茶最好的时候。

我和姐姐细心地在上房地下铺上麻袋，把花骨朵儿晾好。睡了一宿，第二天天刚亮，我们从被子里伸出头，看到满地黄花分外亮，惊得我们面面相觑。不是揪下来了吗？不是已经死了吗？难道死了也会开吗？母亲说开水焯一下会好点。即使焯水，有些花苞还会绽放。我们算是见识了一种花的执着和顽强。

秋天了，风冷了，草黄了，还有一拨生命力顽强的黄花菜挣扎着绽放。那些明黄的花骨朵儿与枯寂、萧条的大地很不和谐，它们好像活在四季之外、自然法则的边缘，黄艳得让我们放心不下。我们只能远远地看着它们，任它们胆大妄为地挑衅自然法则。其实小小的我们，还是对它们的勇敢和执着，投去了赞许的目光。

当然，广阔的草地上更是遍布蒲公英白花花的种子。这些洁白镂空的球形籽实，已经长成了一个星球，辽阔成了一个个看得见、摸得着、能飞翔的自我。这些种子，驾着一艘艘伞状花序的自由飞船，想飞到天上去播种……

看哪，秋风的号角吹响，无数艘飞船起航，银色的轮盘在秋阳里闪闪发光。嗡嗡的马达声汇聚的次声波环绕地球，与银河共振。这些种子将把它们的梦想播撒到你能看到或看不到、你能想到或想不到的地方……

我们目送着这些蒲公英种子，沿着河的方向飞离村庄，登上云梯，飘过白杨高高的顶梢。我们的向往已经搭乘着飞伞一起飞走啦！

我们接下来关注的是黄花菜的秆子，那些送走飞船的发送塔。这些青白、黄绿、褐红的茎秆排列成一片森林，我们只管一把一把地把这些中空的高塔拔起，变成我们口中的美食。

这是黄花菜一年中献给孩子们最后的美食。吃饱了这些先苦后甜的茎秆，我们把它当喇叭吹，似乎给那些飘远的种子叮嘱回家的路径。我们会扯开管口，做一朵花，别在发际，像准备出嫁的新娘。我们还会用茎秆编一枚草戒指套在手指上，仿佛与蒲公英签订了"死生契阔，与子成说。执子之手，与子偕老"的契约。

长在树上的粮食——榆钱

春天的北方，黄绿还没有接上头。储备的食物不充裕时，面缸米袋也见底了，这个青黄不接的空档期，人们称之为"春荒"。

榆钱长出来了，是大自然派来救荒的。急急慌慌地不等长叶就先开花、结籽，有些慌不择路的错乱，可我们喜欢。

大锅底坑里长着成片成窝的大榆树。这些长得粗壮、矮胖、疙疙瘩瘩，身材不怎么样的榆树，像大地上的老者，其貌不扬，但沉稳踏实，心里有数。每年春天人们没啥吃食的时候，它们总是爆出满枝头嫩绿的榆钱，应时应景，关照我们的肚皮。

那嫩绿的榆钱串成一枝繁密的钱串儿，给人们带来踏实的感觉。那些长在枝头的粮食层出不穷，绿意盎然，是人们度过春荒的依靠。那些猫尾巴一样摇摆的诱惑，枝枝摇动，条条丰茂，碰撞的是我们对生活的期待。

榆钱季是孩子们最有收获的时候，几乎见天骑着毛驴，拎着大筐、麻袋下锅底坑。我家麻驴是孩子们捋榆钱时共同的坐骑，只要有本事爬上驴背，大多数时候，驴是忍辱负重、默不作声的。

下锅底坑的大坡上，有一条弯弯的山道。我们一群孩子从驴的屁股爬上驴背，又从驴头上溜下去。然后跑到驴后面再爬，再溜，循环往复，非得"骑驴下坡"。最多的时候，一头驴背上扒着五个娃娃。你抱着我的腰，我扯着你的肩，大家挤在驴背上乐不可支。

驴被欺负急了也会使坏，看背上坐了一群你拖我拽似结成一体的孩子，驴前腿打个摆子，头一低，我们便稀里哗啦从驴头上滚落下来。欺驴太甚，驴会定着不动，撂挑子罢工。驴半眯着眼，喘着粗气，四条腿像长在地上，任你脚后跟磕它肚子，鞭子抽它屁股，双手用力地提缰绳，它就是纹丝不动，似在原地做梦。只有等驴梦醒了、气顺了、想通了，它才抬起四蹄嘚嘚嘚地一路轻尘，走向锅底坑。

那年春天，我们下到锅底坑，迎面的那一窝子大榆树绿出一条诱人的天际线，姐姐说就在这儿捋。

自己挑选榆树，凡是与自己有眼缘的、攀登难度系数在自己能力范围内的，或者还有什么秘不示人的各种缘由的，均被允许。我看中了路东的一棵三杈大榆树，三人合抱的树干上两米左右开了三个大杈，好爬。每个水桶粗的大杈又生出自己的一树世界，仿佛一棵树上又长了三棵树，冠大、枝茂、榆钱繁密，好捋。

我们小时候有个不成文的约定，挑选好的要事先声明，他人不可觊觎。若两人同时宣布，便用猜丁壳决胜，愿赌服输。

我和凤玲子看上了同一棵树，猜丁壳我赢了，于是便占了这棵大榆树。我提上筐，拎上麻袋，上了树。一般上了树就无须下来了,渴了、饿了,拣枝上最肥大、最鲜嫩的榆钱吃,既能解渴,又能止饿。累了,坐在树杈上,靠着树干歇一会儿。有"三急"也无妨,扫一眼四下里没人,爬到离路远的偏梢上解决。

我高兴地爬上那棵大榆树,站在分杈处正在选择先捋哪一杈,忽然看到树干中间盘着一条灰麻色的蛇,它把身体盘成一盘规则的麻绳,脑袋从绳盘中翘起。显然我搅醒了它的梦,它那双圆而亮的眼睛,愣怔地看着我。我吓得倒吸了一口冷气,差点儿从树上掉下来,愣在那里,进退两难。我们面面相觑,对峙了十几秒。我僵在那儿动不了,心跳如擂鼓,快要从嘴里蹦出来似的。

当然是我败下阵来,大气不敢出地溜下树,生怕打扰了"树蛇神"。离开那棵大榆树老远,我仍然心有余悸,甚至不敢回头望一眼。老觉得身后那双圆而无边界、亮而无表情的眼睛阴冷且深不可测,让人毛骨悚然。

我跟跟跄跄地走到姐姐爬的那棵树下,喊了一声姐,就大哭了起来。姐姐说我吓得脸都白了,眼睛也散光了,就像丢了魂似的。

从此以后,那棵三杈大榆树就是蛇的树,我们谁都不敢再上,任那一树的榆钱青了黄、长了落。我们眼睁睁地看着那棵蛇选中的树,在四季的轮回中遗世独立,长在我们的世界里,又与我们的生活无关。无论它繁茂还是凋零,似都是蛇的事,我们只能冷眼旁观。

再后来听哥哥姐姐们说,那蛇还在分杈处做了窝,生养了小蛇。我们更不敢靠近了,远远地看到那棵树,后背都发凉,绕道远行。"蛇树"成了我们心头的一道坎。

被蛇选中的就那么一棵,剩下的可选的树多了去了。榆钱生长期,我们隔三岔五就来捋榆钱。这是一年只有一季的馈赠,怎么能错过？错过就得等一年哪！我们争先恐后地捋榆钱，你追我赶地收"粮食"。麻袋装得满满的，用手压一压，还可以再倒进一筐。驴背上左右绑两袋，中间再压一袋。我们的胳膊上还挎着瓷实的一筐。

满载而归的路上，我们是惜牲口的。麻驴驮着三麻袋，走的又是大上坡路，想站着歇歇脚，喘口气，叼一口路边的青草，喝一口泉眼里的清流，我们都是允许的。走到陡坡时，姐姐们还会卸下筐子，手推麻袋，帮着驴爬坡使力。

一进家门，母亲像迎接凯旋的战士一样迎接我们。她接过我们挎的筐子，就赶紧卸下驴背上的重量。驴一身汗，哥哥们赶紧给驴背上搭个小毯子，怕驴受凉伤风。

榆钱不能长时间捂，发热了易腐烂；榆钱也不能暴晒，得放到阴凉通风处阴干。我们赶紧把麻袋抬到凉房子里，扫一片干净地，将装得瓷实的榆钱摊开晾晒，即便如此，麻袋中间的榆钱还是发热变黄了。

将新鲜的榆钱择净、漂洗、拌面、上笼，灶里火旺旺的，锅里的水翻滚着、蒸腾着，母亲和姐姐们忙碌地蒸着榆钱琼琼子。这一段时间，我们每天都离不开榆钱饭。蒸着吃、炒着吃、拌着吃或者磨成面，和着其他的粮食，一起烙饼、蒸馍、擀面条……

榆钱最经典的吃法还是蒸琼琼子，就是这么简单的饭食，在口感上仍然有散黏、香糯之分。母亲总能把面拌得恰到好处，蒸出来的琼琼子散散的，像一枚一枚的绿钱。裹着的面仿佛下了一层霜，薄厚均匀，白里透绿。切根葱，锅里化一勺白白的猪油，爆炒只需放点盐，喷香软糯、清香养胃的榆钱饭就出锅了。我们一人一碗，饭菜、果蔬，一碗全有了。

整个榆钱季，我们天天吃都爱吃，肠胃也欢喜，母亲可着劲地做。

榆钱长老了，榆荚变得大而黄，荚里的那颗籽实饱满凸起，说明榆钱马上要落啦，我们又赶着去收最后一波磨面的榆钱。这时候的榆钱营养价值最高，也最出面。我们将它们捋回来，母亲择净、阴干，在小石磨上磨成榆钱面，装在面袋里，重要的日子才拿出来掺和着吃。榆钱面爽口滑溜，吃进嘴里像一条鱼滑进嗓子，那种口感很是独特。

我们小时候，榆钱就是度春荒的粮食。母亲说她小时候，榆钱可顶半年的粮呢，磨榆钱面就得磨一面柜，从开春吃到收新麦。我们听后不觉得苦，反倒羡慕起母亲有那么充裕的榆钱面吃。

我家洋芋地中间的大榆树也长着稠密的榆钱，被鸟儿们占领着。因是独独的一棵，我们也不与鸟雀们争抢，给它们享用吧，这也是榆树给它们长的粮食。

河的方向

金雀栖枝头，飞花入春盘

　　金雀花开了，在河谷的阳坡上，金灿灿的一片。近旁，方见"枝头羽，风前舞，各个轻盈欲飞去"。这些金色飞鸟似的花朵，以欲飞的姿态煽动着春天的热情，也挑逗着我们的口舌。我们提着篮筐，三五成群，呼朋唤友地去采花。

　　河谷阳坡是金雀花的家园。这种较干旱的石头坡只适合金雀花生长，其他能耐旱的草稀稀拉拉地点缀其间，这里是金雀花的谷地坡头。

　　金雀花正如它的名字一样美丽，整个花的样子，就似一只优雅整洁、振翅欲飞的金色鸟儿。金灿灿的豆科花瓣顶端稍尖，似鸟儿的头，旁分两瓣，犹如鸟儿鼓风欲飞的翅。让人看一眼就心生爱怜和喜悦，想伸手护一护，别让它飞走啦！

　　一朵花长成了一只鸟儿，这该是造物主怎样的逆向思维？或许违反规律存在的东西更会拨动人的心弦。我们欢喜地坐在河谷坡头，看着满沟金色的"花鸟"傻乐。我们也弄不明白金雀花怎么长成了鸟的样子，可我们喜欢这些金亮轻盈的黄,有着太阳温暖的金光。更着迷这展翅欲飞的花姿,心里既有种害怕失去的不安,又有种鸟儿飞翔般的舒畅。看着花,我们似乎也张开了双臂,飞向春天的长空……

金雀花好看但不好摘。这些和大人一般高的灌丛,长得圆墩墩的,浑身长满了又长又硬的刺,似专职守护金雀花的尖兵。稍不留神就会被扎一针,手指头要么被刺破见红,要么被刺疼刺痒。如果刺扎进手指的角度刁钻,刺痛之时你的反应过激,还会将刺尖断在指头的皮肉中,那麻烦就大了。若刺给你留了个把儿,一只手掐挤着受伤的指头,喊姐叫友,请人小心翼翼地掐着把儿,一抐,出来了,再忍着疼挤出几滴血就无妨了。刺若扎得深,又断得绝,压根儿没留抓头,就得举着手,哭着跑回家找母亲。母亲会取根缝衣针,在火上烧一烧,消消毒,一只手掐挤着将刺固定住,一只手捏针挑刺,终能挑出。扎的刺粗些,挑口就开得大,一针一针挑破皮肉,那种疼是钻心的。我们有时忍不住会号啕,甚至拼命抐回手指。母亲早防着这一手了,把扎刺的手指捏得紧紧的,任你怎么抐都抐不脱。缓一缓,等疼痛劲过去了,又开始挑,直到刺被挑出。末了母亲还会把挑针放倒,顺着刺扎的洞,逆向捋一遍。若无疼痛,说明挑净了;若还有丝丝缕缕的疼,那说明还有毛刺,母亲就得进一步精挑深究了。

若父亲恰巧在家,那就更好办了。父亲有把小刀,经常带在身上,"削刺"不疼不痒,既快又准。只是那寒光闪闪的刀刃贴着你的手指削过时,心里非常害怕把手指头削了。实则这一担忧是多余的,刀刃贴在手指上,皮肉自然下陷。刀刃滑过,碰上了又硬又挡道的刺,自然被带出指外。

父亲刚开始给我们"削刺"时,我们都害怕。父亲让我们背过脸，或把我们扎刺的手指拽到他胸前，不让我们看见。还在给母亲叙说中，刺就被削出来了。从此以后，我们扎了刺都找父亲。

三姐是摘金雀花的高手，我们摘半篮，她已摘一筐。我发现她有好办法，一手抓着金雀花的长枝条，一手揪。筐篮放在花枝下接着，就像揪揪片子一样轻松、自如。我们也学她的样子，效率果然提高了很多，而且扎刺的概率也降低了不少。我们喜欢看善于动脑筋的三姐，簌簌地摘着春天飞来的金雀花……

如今已年过半百的我们，还喜欢在金雀花绽放的季节，重温那金灿灿的童年记忆。三姐仍然是采花高手，每次在相同时间内，她比我们采的都多。

我们走出大山后，三姐在戈壁上发现了长相与金雀花相似的铃铛刺花，似更硕壮的粉红色飞鸟。骆驼们站在灌丛中，笨拙的头颅，灵巧的唇舌，一卷一朵花入口，吃得投入而忘情。姐姐说牲口能吃人也能吃，这花长得多像金雀花呀！同样具有野菜情怀的友人也坚定地认为它准能吃。我们品尝后总觉得铃铛花有股沙漠的干燥气，口感沙沙的，缺少河谷里金雀花春发水养的清润和轻柔低缓的韵味。

金雀花难摘却极为好吃。我们摘花回来，一筐金色的"鸟"趴在案板上，失了欲飞的势头，但仍艳得亮眼。一缕淡淡的清香弥散着，母亲匆匆上笼蒸金雀花琼琼子。我们闻着金雀花特有的清香，宁愿饿着肚子等饭熟。

笼盖开启，一屉黄白清香的金雀花琼琼子馋得我们涎水直流，母亲赶快给我们盛饭。我们端着清香的金雀花饭，一边吃一边畅想着一些天上的事……

在所有可蒸食的野菜中，唯有金雀花琼琼子蒸着吃味道最纯正、香甜。若用葱油炒，反而降低了它的美味等级。其他的野菜蒸食，包括榆钱琼琼子，都须蒸熟后用葱油翻炒，方可美味倍增。可见金雀花的清香是天地间大自然的气息，无须葱香、油香增色添彩。这"化作枝上花，凌春独开早"的金雀花，自身便足以撑起一个花与鸟的世界。我就是我，一朵从天空栖落人间的春之花神，在舌尖上欢舞的金色飞花……

河的方向

童年的味道——野草莓

一提起野草莓,我就下意识地咽口水,野草莓那酸酸甜甜的味道,就会回荡在我的口舌之间,真切地给我味蕾以强烈的刺激,唤起脑海里关于童年味道的记忆。

我们将暑假都送给了野草莓,一放假就呼朋唤友出发了。旱沟是野草莓的生长区,那里有甘甜的山泉,遍地的野菜,整个山坡都被葳蕤的草木覆盖着,红嘟嘟的野草莓就掩映在草丛中,闪烁着诱人的身影。

只要找到几颗,就会发现一片。拨开厚厚的羽衣草、三芒草或酥油草,野草莓鲜红的卵球形聚合果挂在长长的茎上。顺藤摸瓜,一颗一颗鲜美无比的野草莓即可入筐了。

摘草莓是一项充满乐趣的事,找到一颗还想找下一颗,摘完一片又看到不远处更茂盛的另一片。我们乐此不疲,忘了时间,满心满眼只有闪烁在草丛中的一颗比一颗红艳、一颗比一颗诱人的心形红果。直到小筐盛满溢出,才肯心满意足地收手。时值中午,我们才感到两眼发直、腰酸腿痛,十指被草莓汁染得看不出本来的肉色。

常常这个时候,我们才会想起小伙伴,抬头满坡寻觅,山上、山下、草丛中、灌木旁,同行的小伙伴们像散开吃草的羊,占领着各自的领地。先摘满筐的总会骄傲地放声叫喊:"摘满了没有?该吃饭了!"大家才会从摘草莓的痴迷中惊醒,三三两两聚拢一起。有些手慢的,没摘够的,还不放过返程途中看到的草莓,就像没吃饱的羊羔,边走边叼路边的草一样。

大家总会选个遮阳的大石头边或大刺墩下,席地而坐,开始享用美味午餐。每个人都先从自己的篮子中挑出那些熟透了的草莓放在最上面,一颗一颗摘掉草莓把儿,然后掰开大白馒头,将这些汁浓欲滴的草莓排成密密匝匝的队伍,两片馍对合,用劲一捏,红润酸甜的草莓汁顺着指头流淌,把白馒头晕染得鲜红流香。我们大口大口地吃着鲜美的草莓午餐,馒头吃完了,还意犹未尽,舔着满手流淌的草莓汁。

那个下着暴雨的夏天,我们刚刚摘满小筐,准备回家。天空瞬间积满了乌云,轰隆隆的雷声在云层之上滚动叫喊,哥哥姐姐们催促道:"快跑,回家!要下雨了!"

我们还没有爬上坡顶,雷就在头顶炸响,伴随着明亮的闪电,倾盆大雨哗啦啦地下了起来。我们一个个被淋成了落汤鸡,怀中还紧紧抱着草莓篮子。我的布鞋里积满了雨水,走起路来直往下掉,走不快,落在了后面,呜呜地哭了起来。

瓢泼大雨连成一道道雨幕,雨幕又形成扯天扯地的雨烟,白茫茫地弥漫了整个天地。我们迷路了,站在坡头辨不清方向。大点的孩子惊慌失措地寻找回家的路,小点的孩子惊恐至极,哭声一片。小弟不知是受凉了还是吓坏了,脸色青紫,小筐子都不知扔到哪儿了，两手插在袖筒里，站在队伍的最后面。那一刻，我惊恐极了，害怕再也找不到家了，在这荒郊野地里冻死、饿死，晚上还有可能会被狼吃掉。各种恐惧混合着冰冷急迫的大雨，笼罩着我们的身心。

害怕、恐惧和不知所措使我们在山坡顶上一会儿向南走，走一阵觉得不对，又折返回来向北走。任何一个人的判断都会使我们改变方向，就这样，来来回回折腾了很长时间。恐惧、寒冷和饥饿侵蚀着我们的心灵，绝望的情绪就像雨砸在草地上冒出的白烟一样，很快包围了我们。大孩子们都哭了起来，我们几个小的抱成一团，哭得上气不接下气，好像世界末日来临一般。

就在这个时候，父亲像天神一般出现在我们面前，他骑在大青马上，穿着深绿色的雨衣，怀里抱着大大小小、花花绿绿的棉衣和雨布。他把每个孩子父母的牵挂和爱送到我们手上，穿在我们身上。我们一下子不害怕了，也不哭了，心里踏实了。父亲把我和小弟两个最小的驮在马上，其他的孩子抓着他给的长长的马绳，跟着他的马，一路走回家。

我钻进父亲的雨衣里，紧紧抱着父亲温暖的后腰，骑在大青马柔软温暖的背上，沉浸在幸福中。那条回家的路似乎很长，又似乎很短。我躲在雨衣隔出的温暖的小世界里，靠在父亲的背上睡着了……

那个骄阳似火的夏天，戈壁上的亲戚带着一麻袋西瓜，还有迫不及待来山里度假的孩子来到台子村。他们带来了山外的消息和山里吃不到的西瓜。我们全家人，准确地说应该是全村人都很高兴。大伙儿聚在我们家吃西瓜、聊天。孩子们围着喜子，听他讲戈壁上的故事。他讲什么我们都爱听，并约好第二天一起去摘草莓。

第二天一大早，父亲专门给不善走山路的喜子备了一匹马，母亲给我们装了一个大西瓜，说是中午吃西瓜泡风干馍馍，于是我们就高高兴兴地出发了。到了摘草莓的西沟，我们把马鞍子卸下来，在刺墩边把西瓜小心放稳，又用马鞍子盖好。我们还不放心，又拔了些青草在鞍鞒前后的空处做了伪装，一点儿都看不到西瓜了，才用三叉绊绊好马，把马赶到沟底，让它慢慢吃草。我们放心地摘草莓去了。

快中午了，我们的篮子摘满了，想起了西瓜。我们以冲锋的速度冲到藏西瓜的山坡，掀开马鞍子，西瓜安安稳稳地待在草地上，但拿起来准备切时，它却裂成两半，瓜瓤没有了，只剩下两半空空的瓜壳。抬头发现对面山坡上，大哥的马群正悠然地吃着草，放马的大哥靠在马鞍上，悠闲地晃着二郎腿，笑嘻嘻地望着我们。我们顿时明白了偷瓜贼是谁，饿狼扑食般地冲向大哥所在的山坡。大哥早已做好准备，翻身骑上身旁的儿马，向更高的山坡奔去……

那些美丽的夏季，那些夏季走过的山冈、躺过的草坡、望过的云朵……宛如一幅幅画，一首首歌，一阵卷着草香的山风，一场说来就来的暴雨，隐藏在我周围的角角落落。常常在梦里，或是不经意间飘入耳畔的班得瑞的空灵的音乐声，或是随意浏览的一帧风景图片……那些记忆如山岚晨雾、林间细雨，丝丝缕缕、点点滴滴地渗漏下来，淋湿了我的心情。

红艳、酸甜的野草莓，是跳跃在我舌尖上的"芭蕾"，是珍藏在我心间的一幅永不褪色的"采莓图"，是我深藏心底又一触即发的童年味道……

黑果小檗馈赠的零嘴

黑果小檗长在河谷底和对岸的阴坡上，显然它更喜欢阴凉和湿润，与金雀花的偏好相反。它们连片生长，似一个个大家族，占据在河谷的肥水之处。

那时候，我们根本不知道它有这么洋气的名字——黑果小檗。孩子们都叫它酸揪片子，大人们叫它黄柏刺。

春天来了，黄柏刺长出披针形油纸一样泛光的绿叶，这是我们春天的第一道零嘴——酸揪片子。

酸揪片子刚长出来是长条形，叶缘细长，叶子长着长着就变成长圆状，到了秋天绿叶变成了红叶。不管怎么变化，叶子能从春天吃到秋天。只不过越老越酸，长老的酸揪片子咀一把，酸度不亚于喝一口醋。

春天的酸揪片子鲜嫩，酸涩之中还有青草的味道，我们把它当作春天开胃的零嘴。河里抬水、放羊、挖野菜时，遇上酸揪片子枝条爆出的新绿，总会停脚揪上一把，品一品。那酸酸的味道，总会让人一激灵，身心为之一振，干劲都被酸出来了。抬水有了臂力，放羊有了脚力，挖菜有了眼力……酸揪片子似是激发活力、唤醒春天、提神醒脑的一味药，让我们在酸溜溜的滋味中认清自我和世界。

黄盈盈、倒卵形的花，一簇一簇地夹杂在绿叶间绽开。黄花映衬绿叶，两米来高的灌丛轻盈、生动起来。狂蜂浪蝶萦绕花间，孩子们追花逐叶，专拣繁花高枝捋。

酸揪片子的枝条上长满又长又硬的刺，可是刺不胡乱长，都是一顺儿长。抓住一枝，选个恰当的位置下手，从根向梢，一把捋下来，花叶满把。瞅一瞅，挑拣掉刺，一把喂进嘴里，先解了馋，再论其他。

这种花叶混合的酸揪片子最有嚼头，叶子的酸涩和花的酸甜，中和成了一种酸爽，越嚼越有味。酸苦甘辛咸，五味生活在酸爽中开启。

五六月，酸揪片子结果啦！一串一串的黄绿、红黄浆果挂满枝头，那是黑果小檗赐给我们的第二道零嘴——酸纠纠。酸揪片子的浆果长得像野山楂果，一穗穗卵圆形的果子繁密闪亮，煞是惹人，极好揪，吃起来贼酸。咬破皮，那股浆汁像箭一样射向你的脑子，先把你的脑子酸掉，然后再是你的胃。我们手捏那串红得泛光的圆浆果，是需要鼓起一番勇气才能送到嘴里的。用牙咬破的那一瞬，我们不自知地紧闭眼睛，那股钻脑子的酸劲似能被拧巴着的眼眉阻截一部分，减缓一小会儿。

就是这种酸，诱使我们一次次地走向河谷，一串串地揪下酸果，相互勉励着，勇敢地吃下。仿佛只有吃了它，才能对得起这诱人的天品；只有吃了它，才能向小伙伴们展现自己的勇武之气。

放暑假了，我们无拘无束的好日子来啦！最自在的活儿就是到河谷里放猪、放羊，每家都有一个放牧娃，我们立刻组织起来摆家家。

　　酸揪片子的刺墩下就是我们玩耍多年的"家"，我们基本都有了相对固定的"家"和"家庭成员"。你装爸爸，我装妈妈，我们再挑选几个孩子。

　　刺墩长得又高又大，枝干有我们的胳膊粗，且长得稀疏、无刺，枝头多分叉，长满叶、花、果，形成一个个天然的带屋顶的房子。我们在刺墩里开始建设自己的家园，从河里搬来平展光滑的片片石做成炕，做饭的炉灶、切菜的案板都置办齐全了，像一家人过日子一样。

　　假装爸爸的孩子要去劳动，关照一遍散落各处的猪羊。满河谷都是优质草料，不挪窝就能吃饱喝足，倒地就睡。冷了向阳光下滚一滚，热了向树荫下爬一爬，这些牲畜过着天堂般的生活。

　　我们是天堂里的演员，演绎着非虚构的戏剧人生。假装妈妈的孩子在臆想的案板和炉灶上切着酸揪片子，炒着酸溜溜的浆果。

　　此时红黄的浆果已经转为深紫黑色，包着一包紫药水色的果汁。这个时候酸揪片子长成了它的标准相——黑果小檗。果子黑黑的，宛若一枚枚黑色炮弹，炸开就是一片紫黑液体。放在嘴里，酸味开始向下沉，而且无边无际，深不见底，更像老陈醋的那种酸。

　　我们仍然禁不住这酸的诱惑，沉思良久，还是把那一串黑炮弹扔进嘴里，紧闭着嘴，生怕那浓烈的酸漏了气，变了味。慢慢地咂摸这厚重的酸味，强忍着一波一波的酸像钱塘江大潮一样涤荡身心。我们已经是摆家家中的父母了，怎么能没有一个做父母的样子呢？我们坐在刺墩里的石板炕上，更多地在塑造自己的人生。

　　嚼尽黑果里所有的滋味，吐出空瘪的果皮，一个个舌头都染成了黑紫色。酸揪片子还是我们小时候的指甲油、染膏和口红。

坐在石板炕上，我们相互染指甲、画眉毛、涂嘴唇。十个黑紫的指甲盖，一个个黑嘴、黑眉眼，自我感觉挺酷的。日压山头时，赶牲畜回家，猪羊都用奇怪的眼神看着我们。回到家，大人们看到这一脸黑，更是吓一跳，呵斥我们赶紧去洗掉。

哪么那容易洗掉，打了几遍胰子还是青眼窝。几十年后才晓得，酸揪片子竟然的确是用来提取色素的野生染料。我们小时候以身试色，早已将那抹紫黑印在了生命的底板上。

开春酸揪片子长叶时，还有新发的刺秆，红红的刺秆浑身长满细密的刺，但剥去红刺皮，里面像去了皮的笋子一样青绿脆嫩，半透明带着清甜味的刺秆是我们的"甘蔗"。为了吃上刺秆，我们不惜掘地三尺，挖出根部，那里没有毛刺，可以徒手剥皮。

秋天紧挨着酸揪片子长着有更细密毛刺的邻居，又会结一串红艳艳的灯笼似的果子。红润水嫩的果皮，是我们啃食的"果丹皮"。皮里包着瓷实的麻籽一般大小的一包黄白色种子，种子间夹杂着白色的绒毛，那可不能吃，不小心吃进了果毛，嗓子会痒得直咳嗽，喝几大口河水，才能把痒痒止住。

我家盖新房时，房笆全是酸揪片子秆铺的。父亲和哥哥们把酸揪片子秆搬回家，母亲和姐姐们用镰刀剐皮，把比父亲的大拇指还粗的散发着柏木清香的黄白色秆子一劈为二，截成一米长的段，连成房笆，铺在椽子和椽子之间。用酸揪片子秆铺的房笆结实耐用，而且还有柏香味，比起用苇帘子、麦草铺的房笆要高级得多。正房的明亮、豪华、气派就靠这酸揪片子做成的天棚展现。

酸揪片子的根熬水还能治拉肚窜稀。那年我们村的"车轴汉子"达西拉肚子拉得站不起来，扶着墙走到我们家。父亲说"好汉抵不住三泡稀"，指派二哥到河里挖了酸揪片子根，熬了一锅药汤，达西喝了两天就好了。父亲说这是一味药。

  酸揪片子赠予我们的零嘴,从春尝到秋,从叶吃到果。这酸爽的诱惑,只能品一品,尝一尝,解解馋,当作零嘴,调剂下我们平淡的日子。记忆味道是人类的本能,至今我看见酸揪片子这几个字,那种酸溜溜的滋味立刻就涌满口舌。我们一辈子可能都走不出自己的童年世界。

花边野菜

春天来了，万物复苏，各种野草、野菜冒头露脸来世上走一遭。常言道，人生一世，草木一秋。这不长不短的一年就是野菜的一生，好在这些野菜的生命可以在时间的车轮中循环往复。野苜蓿、曲曲菜、灰灰条、扯扯秧……它们哪一种都比人的寿命长。或许去年的那一棵已非今年的这一棵。然而，在人的眼里，它们始终是它们，是我们岁岁年年可以尝鲜的花边野味。

野苜蓿——品一口牲口的粮

五月，我们结伴到李家湾子掐苜蓿。李家湾子是野苜蓿长得最丰茂的地方，荒野未开时长野苜蓿，后来父亲他们开发了河谷的土地，这里仍是种苜蓿的饲草料地。

如今的苜蓿齐刷刷地连成一张绿色的毯子，铺在河与山之间。我们扑进这张绿毯里，和牲口抢食吃。

羊、马、牛都喜欢啃苜蓿芽。它们吃了一冬的黄草,牙口都磨秃了,走近苜蓿地里就如掉入了福窝,头都无暇抬,一门心思地狂啃乱嚼。

我们提着篮子,走在牲口的前头,专挑鲜嫩、硕大、完美的苜蓿尖掐。只取头顶的两片,最多三片叶子,要的就是最嫩、最鲜的叶子。

贪婪的牲口们很快就有人来管了,羊把式、马把式、牛把式,举着他们的牧鞭,一边吹着他们牧放的牲畜能听懂的口哨,一边挥舞着鞭子,慢悠悠地把这些贪嘴的家伙赶出苜蓿地。青苜蓿吃多了会胀肚子,过量了还会把肚皮胀破。这样的"胀死鬼"我们见过,死了也博不上好名声,大人们不论过去多少年都还是会絮叨,那匹马或那只羊,没出息、贪嘴,是吃青苜蓿胀死的。

听话听声,锣鼓听音。大人们念叨牲口,孩子们便暗暗地从中吸取教训,干什么事都不敢干过,绝了对方的路,也就绝了自己的路。摘野菜揪一个尖留一个尖,插花揪;挖野菜大都会把根留下,吃根的也要间隔一定的距离挖;揪艾叶定是把结籽的头穗留下,只把茎秆上的叶子倒捋下去;掐苜蓿更是千里挑一,只掐嫩尖。

野苜蓿只能吃嫩尖,而且是现掐现做,放一夜就老了,嚼不动了,只能给牲口吃。

野苜蓿主要的吃法是凉拌,开水锅里焯一焯,盐、醋、油泼辣子一拌,就是一道美味的爽口凉菜。也有包包子的,我家邻居高奶奶是山东人,她家天天都在蒸包子,不论是家菜还是野菜都能包。苜蓿包子是在她家吃的,不过咬开包子皮,已经看不出苜蓿芽青绿鲜嫩的品相,变得黄绿乌黑,像腌过的咸菜,只是吃起来还有野苜蓿的清香美味。

野苜蓿芽也就只能在刚长出来的半个月里吃几次,过了时间就长老了。人不能吃了，牲口却一直喜欢。七八月，黄花苜蓿、紫花苜蓿开得黄一片、紫一片，煞是好看。

野苜蓿的花穗长、花头多，钟形花朵黄灿灿、紫莹莹的，在山风里集体摇摆。牲口们看见这片耀眼的花海就走不动了，非得多望几眼，畅想一下在秋冬的暖圈里，品食野苜蓿的美好时光。有些活泛些的牲口会趁机叼几口，先享享口福。牧人们吆喝着，快马溜边从苜蓿地边跑来，轰赶着畜群离开。等苜蓿结了镰形荚果，营养长全长足了，秋后收割晾干粉碎，冬天追膘度荒寒时，定时定量地给牲畜补饲。苜蓿是牲畜最喜爱的优质牧草之一，我们只是从牲畜嘴边掐些尖，品尝一下它们粮食的味道。

黄连——每年败火解毒的药食

黄连长在河谷对岸的阴坡草丛中，这是种喜欢阴冷、湿润和荫蔽环境的害羞植物。黄连是药材，而且很早以前就是人们用来治病的一味良药。《神农本草经》《伤寒论》《药类法象》等数十本药书中都有关于它的记述，它是清热燥湿、败火解毒之药。然而，山里人则把它生活化了，化作每年春天必吃的一道药食。

阴坡的雪化了，黄连冒头长芽，长出了寸把长的嫩尖，母亲便叮嘱我们：掐些黄连芽败败火。

一个冬天吃肉喝奶，户外活动少，体内积下了食火和湿毒，阳春三月就得排解一番，吃顿黄连芽那是每年的必需。即使有些年份黄连跑到别的山谷了，我们也要跟风而去，非得吃上这顿败火解毒的药食。

若哪年夏月发现某个小伙伴的嘴角或鼻孔边吊着黄疤，问是不是今年没吃黄连，答曰忘了，想起来时，黄连已经长老了。

说来也奇怪，只要每年春天吃几顿凉拌黄连芽，全年基本不上火，这是山里人总结出来的生活经验，我们便年年吃顿黄连芽。经过生活经历的反复验证，大人小孩都牢牢记住了这顿春天必不可少的败火菜。

俗话说："哑巴吃黄连，有苦说不出。"众人皆以为黄连苦，成熟的黄连根、茎、叶确实入口极苦，正所谓"良药苦口利于病"，殊不知春天长出红秆嫩芽的黄连幼苗并非如此，青草的味道盖过苦味，即使有淡淡的苦味，也是人们能够接受并乐于品味的微苦。我们争相进食的凉拌黄连便属此类。

几十年后，我在一个景区工作，常年在山上生活的护林人、看山人皆有春吃黄连败火的习惯。每当黄连初长之际，我们见面的问候语中必有"小天池的黄连长出来啦？""今年气象站坡头上的黄连咋没长出来？"诸如此类通报黄连消息的话语。看来吃黄连败火的观念已经渗入我们的生活中。

黄连的吃法就是这么简单，嫩芽焯水，盐、醋调味，一盘凉拌黄连就上桌了。从母亲的手到自己的手，岁月匆匆走过了半个多世纪，黄连的做法始终未变。黄连始终是我们岁岁年年不能忘记的春天里的那道败火菜。

流淌奶汁的曲曲菜

我终于明白曲曲菜为什么叫这个名字了。因为它呈毽子一样的放射状、披散开的长叶子边上，全是曲里拐弯、皱皱巴巴的绿裙边，像母亲给我做的裙摆下嵌着的皱皱纱，本身就皱，缝纫时还要挤着缝合，皱上加皱就皱成了曲曲菜。

曲曲菜喜欢长在田埂、水渠边，一大朵连着一大朵。刚刚长出时像地上长出的绿毽子，叶子青绿脆嫩，连根拔起，手里的断根流出奶白色的汁液，和牛奶一样。我们忍不住用舌头尝一尝，似真有牛奶的黏稠和清香，只是这香里少了些牛奶的乳香，多了些草木的清香和丝丝苦涩，可以说是"素奶"。

我们偏爱这口，拣碧绿肥壮的来吃。曲曲菜是为数不多可以直接拌着吃的野菜。洗净、撕开，撒点盐、浇点醋就直接入口了，吃的就是那口脆生和清香。

曲曲菜也是小猪的最爱。我们成筐地拔回家，还在去猪圈的路上，曲曲菜的清冽就已经穿透了猪的鼻子，猪们哼哼唧唧地聚拢在圈门口，摇着短尾巴，一双真诚的眼睛直勾勾地盯着我们手上的筐，哈喇子已经流出了嘴角……

我们紧走几步，踩在圈门槛上，举起筐，翻个底朝天。流淌着"奶汁"的曲曲菜从天而降，众猪张着嘴，半空截一口清脆，喤喤喤一阵争抢后，只听得一片脆生生的咀嚼声。

当你从圈门槛上下来，转身还没走两步呢，身后又传来猪们哼哼唧唧的讨要声。转头一看，三五头猪嘴上沾着白白的"奶汁"，一边咂嘴，一边又用真诚的眼神瞅着我们手中空空的筐子，地上连一根绿叶都没留下。

曲曲菜田间地头成片生长的，长得肥硕；混杂在众草中的，长得细瘦高挑儿。毽子一样的曲曲菜没几日就抽茎起薹了，长高的茎秆上转着圈地长着披针形长叶，叶边弯弯曲曲的。这些生发的新叶始终是脆嫩可食的，从春天采到秋天，想什么时候来一盘，拔猪草时顺带揪些嫩叶就能一饱口福。

曲曲菜的茎秆是中空的，遇到草丛里成片的高茎，折断茎秆的脆响伴随着沾了满手的白奶浆，看着满把断口处乳白色的液体滴滴答答，禁不住咽了咽口水，试问谁能抵挡得住如此的美味？

吃了别晒太阳的灰灰条

房前屋后，田间地头，路旁河谷……只要长野草的地方，就能看到灰灰条的身影。

灰灰条太好活了，一片、一簇、一株，不论是集体出行、三五好友结伴，还是形单影只孤旅，灰灰条都活得开枝散叶、朴素大方。

为什么叫灰灰条呢？翻开叶子的背面，答案就写在那里。

灰灰条菱形卵状的叶片长在分权众多的枝条上。正面深绿，背面灰绿，且覆有一层灰白色的灰，轻轻一抖，纷纷扬扬的灰就落了下来，这就是灰灰。再看它的茎秆，粗壮、直立、中空，通体布有绿色或紫红色的条棱，这便是条。

山里的很多野草，凡是猪能吃的人也能吃。灰灰条是猪爱吃的草料，也是追膘育肥的头等好饲料，尤其是秋天长老了结了一穗宝塔状的籽实，割下来晒干，育年猪时将它和麸皮一起煮，稠糊地炖煮一大锅倒进猪槽里喂猪，不出半月，膘一指一指地长，赶到过年，猪都长成圆球了。

春日阳光正好，我们拔灰灰条时掐了头，茎秆依旧疯长。奶奶腿疼了，小腿肚抽筋了，母亲就叮咛我们掐些灰灰条，给奶奶做菜拌汤。灰灰条洗净、焯水、剁碎，与白面或苞谷面掺和均匀，起锅添水，把拌好的灰灰条碎放进锅里煮至黏稠，调味、起锅，奶奶吃几顿腿就不疼了。

灰灰条凉拌着吃，口感绵软香糯。蒸琼琼子，用葱花、猪油炒着吃，那是美食。只是吃灰灰条是要看天气的，母亲只有阴雨天才会做。有时刚吃完灰灰条，雨停了，太阳出来啦，大人们就不准我们在外面疯跑了，说是吃了灰灰条，不能晒太阳。问为什么，大人们多半搪塞说："脸上长红疙瘩呢！"不知是否属实，只记得灰灰条是雨天吃的菜，吃了不能晒太阳。

有一年，应邀参加会议，在黄山市的一家大餐厅里，吃到了一笼蒸菜，一下品出是灰灰条独有的绵软香糯，没想到童年的野蔬，竟裹了一层金黄，登上了大雅之堂……"嘿嘿，吃完了可不能晒太阳。"我悄悄告诉邻座的同道，她惊愕地问："世上还有这么神奇的菜吗？"

五月椒，六月蒿

五月是拔椒蒿的黄金时期，新发的椒蒿小枝杈上长着柳叶形的嫩叶，上面还覆了一层细细的绒毛。椒蒿有红秆的、绿秆的，秆上有棱线，掐了头还会长枝杈。河谷的刺墩边是椒蒿宜生之处，阴坡的鲜嫩碧绿，阳坡的矮胖粗壮。椒蒿可生吃，嚼一嚼满口花椒的麻酥辛香，是极鲜的调味品。

五月椒，六月蒿。椒蒿只有在五月才好吃，六月后就长老了，只能给牲口吃了。

小时候，椒蒿是主要的调味菜，印象中几乎没有花椒的身影，汤饭、拌汤、煮肉、炒菜、蒸包子都离不开这一口麻酥辛香。

五月正是山野青葱的时节，我们提篮挎筐去河谷揪椒蒿。椒蒿

141

是丛生的，发现一棵，周围就会有一片，弯腰弓背掐尖，沿着椒蒿指引的路，不知不觉就从山底爬到了山顶。回过头看，椒蒿大多是沿山坡上有水的沟谷生长，像是给山画了一条绿线。

若发现一片青绿的椒蒿，我们便蹲下一丛丛挨着揪。往往在刺墩深处，不易揪的地方，椒蒿的长势更茂，诱使你想尽办法，非得揪入篮里。钻刺墩、踏荆棘、伸长胳膊揪……能使的招数皆使尽。那一丛青蒿的吸引力，在彼时彼刻已经达到了顶点，我们常常为了揪一丛险处的青蒿，挂烂衣衫，擦破皮肤，刺扎石磕，甚至滑坡滚洼都在所不惜。我们从来不管值不值，就是一根筋要将椒蒿揪入篮中。

我们从早上揪到半下午，肚子饿了，嗓子冒烟了，眼睛从椒蒿墩移开，一起身才感觉腰酸腿麻。于是坐到地上休息片刻，挑几枝肥美的椒蒿尖吃，舌头麻酥酥得像过电，满嘴麻得刮起了风，张大嘴巴漏漏气，让这些风跑出去。

这一麻顿时让我们感受不到渴和饿了。酥麻之感刺激出了口水，嗓子润了，空空的肚子也麻木了，不知道饥饱。好在筐篮也装满了，我们踏着压山头的余晖，晃晃悠悠地回家。

新鲜的椒蒿揪回家，母亲赶紧摊开，怕捂热变质。椒蒿一晒就变黄、腐烂，得阴干。五月就得把可供全年食用的椒蒿囤足，我们聚集在五月的山坡，一筐一筐地揪椒蒿，赶在六月之前完成这一节令给我们下达的任务。

在我童年的食谱里，椒蒿就是调味品，偶尔焯水凉拌也是尝尝鲜。后来人们发明了椒蒿土豆丝、椒蒿鱼、椒蒿饺子……把椒蒿晋升为菜品。我的花边野菜椒蒿当行出色，调味品与菜品兼而有之。

野蘑菇

一

午饭后，天空黑色的积雨云层散开，天亮了，雨也小了。我们按捺不住急切的心情，冒着淅淅沥沥的小雨，提着筐，装把刀，跟着母亲下河谷。

小径草上的露水打湿了布鞋面、裤脚，雨洇湿了头发，头皮痒酥酥的，边走边抓挠两下。母亲个头不高，但走路迅疾，我们紧追慢赶才能勉强跟上，但总是还落十多步。

我们直奔河谷距离最近且长得最多的一棵"蘑菇神树"。大黄山河河谷哪些树长蘑菇，母亲早已摸得清清楚楚，心里有张"蘑菇地图"。什么时候去大河，什么时候去哈巴河，需多少时间，拿多少盛器，母亲心里有数，估摸得八九不离十。我们跟着母亲采蘑菇，渐渐熟悉了之后，心里也绘制出了自己的"蘑菇地图"。

粪场子上一窝一窝的草皮蘑菇，我们看不上眼，我们说的蘑菇，那得是松树上长的松菇，白杨树上长的青皮菇、柳树上长的柳树菇、松林里的鹿茸菇、鸡腿菇、羊肚菌。其他五颜六色、奇形怪状的蘑菇根本入不了我们的法眼。

我们暑假放猪羊、摆家家的刺墩边有一棵大锅锅口一般粗的木墩,地下的根杈像钉子一样把这截灰白色的朽树根系住,没有一点儿生机,但还顽强地挺立着。

这棵高大的白杨树,不知什么时候被什么人锯走了,只留下一米来高的树桩。这截树桩在岁月中已掉了树皮,失了血脉,变成了一截灰白枯木。就是这截朽树成了野蘑菇生长的福地,从头到脚长了一身的蘑菇,露出地面的根杈上也是一朵挨着一朵,连树桩顶部的截面上,从年轮缝里还生出朵朵青皮蘑菇。

这截枯树桩就是我们的"蘑菇神树"。因距离村庄近,又在河谷的小路旁,易被人发现,我们经常有意识地忽略它的存在。小伙伴一起放猪时,尽量离它远点。迫不得已从其身边走过,也要转过头,故意不看它,且步履匆匆,生怕泄露了秘密,被小伙伴们发现。有时树桩上长的蘑菇太小了,指甲盖儿似的密密麻麻,我们叫它蘑菇娃娃子,采了可惜,不采又怕被别人发现采走。纠结再三,我们找些枯树枝,摘些苍耳、牛蒡的大叶子做掩盖,过几天长大了再来采。

在我们的秘密掩护下,这截树桩一直都没被人发现,最显眼的地方倒成了最隐蔽的地方。这截树桩上的蘑菇长得好,一次就能采一筐。像这样下了两三天雨,那树桩上定能长出一树的惊喜。

母亲急匆匆地出门,定是预想到了"惊雷菌子出万钉"的盛况。我和姐姐也满怀期待,提着篮筐,紧追母亲。

我们娘仨站在枯树桩前惊呆了,层层叠叠的蘑菇扇子长满树桩,两三层巴掌大的青皮菇像塔楼一样,在细雨微风中晃动。我们竟舍不得下手采了，看着这一树仙品，脸上抑制不住地露出笑容。

年幼的我笑得前仰后合，在一起一伏间，我看到树桩凹陷处长了一朵硕大的多层蘑菇。我惊得说不出话来，只能用手指着喊母亲。母亲抬头看我。我笑傻了，只会用手使劲指着那朵大蘑菇。奇了，只要我眼睛移开，再望那朵巨型蘑菇，那蘑菇似又长大了一圈。我故意移开眼睛，眼角的余光还留在蘑菇上，那朵神奇的蘑菇真的在长，一蹦一跳地长。我索性不移开眼，盯着它看，它仍然在不停地生长。就在我说话的工夫，它已经长得比我家的面盆还大了。

我被这神速生长的蘑菇震惊了，怀疑自己的眼睛可能出了问题，使劲地眨眼。再定睛看时，这朵蘑菇又长大了一圈。我惶恐地躲在了母亲的身后，好奇心又促使着我从母亲的身后探出头，偷窥那朵疯长的蘑菇，它仿佛又大了一圈……

母亲小心谨慎地找到了这朵巨型蘑菇的根，把刀紧贴树身，完整地切下了这朵盛开的大花。这一个树桩就采了三筐蘑菇，我们满载而归。母亲把那朵巨型蘑菇稳稳地放到筐中间，提着回了家。

母亲采了一辈子蘑菇，这是最大、最肥嫩、最灿烂的一朵。她惊奇地说要把巨型蘑菇完整地拿回家，让父亲和哥哥姐姐们都见识一下。我们就更兴奋了，仿佛打了大胜仗，没有想到巨型蘑菇会落到自己的手里，这个勋章也来得太突然了。平淡的生活，阴沉沉的雨天，陡然变得光彩夺目。父亲和哥哥姐姐们围过来观赏这朵奇品，啧啧称奇！大姐赶紧把大木卡盆拿来，单把巨型蘑菇放在木卡盆中，剥去根上的木屑、土渣、杂草，将菇扇撕成一条一条，竟然装满一大盆。那是我生命中遇上的最硕大、最生机无限的蘑菇。

二

一场一场的春雨把山野润泽。五月的暖阳，将万物催生。野蘑菇是这万千蓬勃生命中，与我们生活息息相关的那一个。

山野已葱绿，森林也已苏醒。睡了一冬的疲惫的绿，抖去浑身的倦意，一个激灵，醒了，变成了清醒的绿，琢磨着生枝长叶。

林下黑褐色的土壤里，冒出探头探脑的绿草芽。羊肚菌举着黑褐色、皱巴巴的伞，也出来望风。这个只有尺把长的菌子，细白的茎秆上顶着一顶卵状的黑褐色蜂窝帽。帽子显然比身体大多了，更像一个白皙直瘦的人，举着一把大黑伞。这把黑伞上凹凸有致的坑穴因像翻个儿的羊肚子，人们便给它取名羊肚菌。我们不在意它是名贵的野生名菌，还是被人们捧上天的"草八珍"。我们只顾背上小药铲、小布包，在林下草丛间寻找。

羊肚菌特别神奇，数量不多，还东躲西藏，行踪不定。今年在这片山林里采了一窝，明年按图索骥，它又了无踪迹，甚至连续几年都不见它的踪影。一年年地跑空趟，当你绝望，准备放弃之际，它又忽然冒了出来，好似逗你玩呢！

羊肚菌也是个好浪荡的菌子。今年在这里，明年就可能跑到另一面坡上游逛，后年又翻了几个沟，跑到更远的地方玩去了。就像调皮贪玩的孩子，性情不稳，让人琢磨不透。

然而，羊肚菌的香味是独有的，是其他菌菇所不及的。尤其是炖鸡汤、羊肉汤的时候，放一把羊肚菌，那汤鲜美得穿透舌尖味蕾直抵脑仁。让你吃一次就再也忘不掉，每每五月都满山遍野地寻这份口舌之欢愉。

我们更倾向于寻找真正的羊肚菌，那种像一个完整的羊肚子翻了个儿，向外界显示的是像鹿角杈那样的触角，夸张地鼓在松树根，或树林边缘，那才叫"西天长出的白蘑菇"。碰上了，那就是与蘑菇仙子的神遇。

那年，我和二哥在林子里游牧，隐隐感到幽深的林子里有一线洁白的亮光，那绝对是蘑菇散发出的光芒。我们全凭感觉找到了那朵栖在松树上，面盆般大小的羊肚菌，采摘回来，招来半村人的羡慕。村里人没见过如此硕大、洁白的羊肚菌，纷纷奔走相告。采蘑菇高手——我的母亲和王家姑妈都觉得稀奇，说以往采过羊肚菌，但没有这么大的。见多识广的关大佬说，这就是"西天长出的白蘑菇"出现了！

这种羊肚菌吃起来口感爽滑、筋道，像肉一样耐嚼，又比肉多一味草木特有的清香。羊肚菌如果没了药味，那清冽的香味更悠长。

这朵"西天长出的白蘑菇"就是一座洁白的雪峰，你的舌尖再也翻不过去。即使翻过，那边则是一派荒凉，它仍然是你美食之路上的唯一一座雪峰……

最可靠的还是夏秋之际的蘑菇，品类多、数量大，是我们采摘的主要对象。母亲好似长着蘑菇眼和能闻出蘑菇味道的鼻子，河谷、山林里的"蘑菇树"基本都是她发现的。

母亲说蘑菇有光，走到林子里，哪里白光一闪，哪里就准有蘑菇。凭借这些奇异的光芒，母亲找到了许多"蘑菇树"。我们在大黄山河河谷中穿行，采完枯树桩上的蘑菇，正奔向拐弯处那棵浑身长蘑菇的大白杨树，母亲则偏离了小路，朝河边走去。我和姐姐奇怪地看着她边走边眺望的样子。"妈，你在找什么呢？"我有些犹疑地问。"河边好像有蘑菇。"母亲语气不确定地说,但她的脚步却坚定地向荆棘丛生的河边走去,我们也踩着她的足迹走过去。

河水在这里绕了个弯,弓到南边山根了,河谷中的马道则在北边谷底。河湾里的刺墩、白杨、松树混杂着生长,枯枝朽木拦挡得靠近不了河水。母亲硬是披荆斩棘,又跳又蹦地越过这片沼泽地。河边的草丛中斜倚着一棵被水冲空了根,斜躺在大石头上的水桶般粗细的白杨树。黢黑的树皮缝隙里长满了小扇子一样的蘑菇,而且整整齐齐排着队,犹似蘑菇园的小姑娘排队做操呢!我们又发现了一棵新的"蘑菇树",而且位置如此隐秘、难走,绝对无人知晓。

母亲说她瞥了一眼河湾,一抹蘑菇的青白色在眼前一闪而过,她感觉那里有蘑菇,果然如此。母亲这双眼睛,似乎有发现蘑菇的感光系统,走到河谷山林里就自然开启,隐藏再深的蘑菇她都能发现。

在母亲的言传身教下,二姐是最早领悟"蘑菇经"的一位。那天雨后,母亲和二姐去采蘑菇,走到河谷宽敞处,母亲沿着小路走,二姐走中间上了乱石冈,母亲还责令她下来,别崴了脚。或许是蘑菇仙子的指引,二姐偏偏不听母亲的话,走到石堆中央,看到河对岸临水处长了一树桩白蘑菇,只有这个角度能看到。二姐惊喜地大呼母亲,母亲上了乱石冈,看到如此刁钻的角度,说二姐神了,成蘑菇精了。娘俩涉水采了这一树桩的蘑菇。

大河宽展,哈巴河陡窄,合流而成的大黄山河,时而宽阔,时而狭窄。无论多么难行、多么幽深的地方,只要有蘑菇,母亲都能看得见、采得着。这两条河谷里,我们已知的"蘑菇树"就有二三十处之多,大多是母亲发现的。每每雨脚将收,她就迫不及待地提着筐,拿着白面布袋出发了,还常常会领上我们姐妹几个中的一两个。

在细雨中，只要有一缕风刮过，她就能分辨出蘑菇的味道，从哪里吹来，在哪里盛开。往往她闻着蘑菇的味道，就能找到长蘑菇的地方，从未跑过空趟子。偶尔也有因事耽搁，出门迟了的时候，但只要走到河谷看到有人走过的脚印，她就当机立断："有人先去采了，不去了，回！"

每个人都有自己的采蘑菇路线，母亲有她的秘密长线，王家姑妈有她不为人知的密道。葛汝深也有每年只长一朵盆子那么大的孤品的孤菇神树，我们至今都不知道它身在何处。当然也有一些易到、易见的"蘑菇树"是公共的，那就得碰运气，看谁能抢先一步，先下手为强。

我们有个约定俗成的规矩，只采比手掌大的蘑菇，绝不采蘑菇娃娃子。我们要给小生命留有成长的空间，谁要连指甲盖儿大小的蘑菇娃娃子都采，心里也会觉得做了亏心事，不敢再戕害小生命了。

面对未成年的蘑菇娃娃子，我们通常的做法是伪装现场，用枯枝败叶撒一片盖上，看上去像自然状态，若显得突兀，再从别处捞些树枝堆放在四周，制造些进入的难度。长在树身上的实在不好掩盖，就找些大叶子盖住，尽可能地掩人耳目。

这下心里有了惦念，过了一日半晌，我们估摸着长得差不多了就去采。有时去后发现被人采走了，知道是遇到了行家高手，一笑置之。我们也有揭开别人伪装的时候，采或者不采完全视蘑菇的大小而定。

母亲采蘑菇眼力好，削得准，茬口又小又整齐。看到哪一朵削下来就是那一朵，殃及不到周边的蘑菇，而且削的深浅也刚好，给孢子们留下了再生的基础。采回来的蘑菇极干净,几乎不用再次削拣,掰开晾晒即可。

母亲有几处险要的采菇点,一个在哈巴河河谷的一棵白杨树根上。这棵树正好长在湍急的河水边,临水的一面被河水冲去了土壤,交错盘绕的根系悬空在漩涡上。这些根上长着一朵朵水灵、丰润的蘑菇。然而,一边是陡坡,一边是激流,采蘑菇的人很难采摘。母亲则有她的办法,她找了根碗口粗的长木,两边担在盘根错节的根藤里,搭了座独木桥,走到独木桥中央,轻松地把蘑菇采下,然后将长木抽回,放在数十米远的一个秘密藏匿点。每每这些悬空蘑菇长好,母亲就会上演一出空中独木采菇的戏码。有几次王家姑妈也看到了这些水灵灵的仙品,只能隔河长叹:"这是你妈的!"

二姐和母亲在大黄山河郑家小水老庄院的河里发现了一棵大树根上的几朵蘑菇,长的位置更凶险。河水在树下冲刷出一个更大更深的倒窝,水流打转翻花,掉下去头牛都能被淹死。接近水面的弯脖子树根上,长着几朵蘑菇。二姐和母亲都发现了,却没法靠近。端详了半天,一边是陡直的山崖,一边是汹涌的激流。二姐那么要强、不服输的性子,都觉得没辙,打算放弃了。母亲却沉思默想了一会儿,找了几根木头,割了一捆芨芨草,打了几十个绳子,把木头用绳子捆绑成一个木筏,又做了一根三四米长的绳子绑在木筏上,像木筏的纤绳,另一头绑在河边的另一棵树上。母亲让身轻体健的二姐坐在木筏上,她用力一推木筏,木筏箭一样冲过水面,准准地插进弯脖子树根里,二姐没站稳,一头撞在树根上,头上撞了个包。就这样,她们硬是把那几朵蘑菇采到了手。回家后,父亲看到二姐额头上的青包,责怪母亲胆太大,为采蘑菇命都不要了。从此以后，母亲不准我们去哈巴河河谷采蘑菇，除非她带着我们，她说："河谷陡峭，女孩子家家的，把门牙磕掉，可就找不到婆家了。"

"嬷姑天花当拱揖"，采蘑菇的吸引力是无法抵抗的。雨天是邀请书，我们在细雨中飞奔，沿着母亲蹚出的蘑菇线路图，奔向秃孤桩、歪脖子树、躺倒的朽木、水中央的大柳树、林地中风吹倒的松树，还有黄深崖子坡下的那棵浑身长菇的大杨树。

这棵枝叶稀疏的大杨树有两人合抱那么粗，蘑菇长在高高的树杈间，一朵连着一朵，铺成了一条蘑菇爬树路。难的是树干离地两米高都光溜溜地没生一个杈，人没法爬上去。二姐、三姐搭马架子，连推带搡把我推上大树，可没采几朵，年幼的我就从树上摔了下来，胳膊上蹭破了皮，吓得两个姐姐再不敢让我上了。

第二天，心思缜密的二姐把当时驻村工作队的大个子哄到树下，这个城里来的大个子虚长那么高，既没有胆量也没有力气爬树，遭到伶牙俐齿的二姐一顿嘲讽，弄个大红脸也没采到那些长在树上的蘑菇，只好留给蚂蚁、小昆虫当美餐了。

三

"甘餐自当肉，石鼎香漠漠。"

野蘑菇汤饭是我们每天都要吃的一餐，或者午餐，或者晚饭。一天不吃些汤汤水水，大人们觉得干得很，孩子们也惦记着那口香，老少都离不开。

母亲的野蘑菇汤饭那是出了名的香，闻香而来的人不在少数，我们放学跑进院就能闻出做了什么饭。伙房门窗里溢出的香都凝成了烟云,满院飘荡,沿着门前小路飘进了工作组的办公室,上山下乡知识青年住的知青点,村里一些有事找队长且中饭无着落的人的鼻腔里。总有那么几个人踏着饭点进我家,我家什么时候都摆着两张饭桌,父亲和客人坐大方桌吃,母亲和我们这些孩子挤在矮饭桌上,小板凳挨着小板凳,头对头,稀里呼噜地将饭一扫而光。

母亲每次做汤饭都用最大的锅,那口大铁锅和煮猪食的锅差不多大。来人多了,多加瓢水,剁几个洋芋增量。齐锅沿的一大锅汤饭,在稀里呼噜声中见底。全家人的第一碗饭全是母亲盛,第二碗只有奶奶、父亲和客人们的由母亲盛,我们的就自己盛了。当然第二碗是紧着客人先盛,客人盛过后,我们就分而食之。尤其是大哥、二哥,正是能吃饭的年龄,奶奶常说:"半大小子,吃穷老子。"母亲用家里最大的搪瓷盆给他们盛饭。哥哥们盛好第二碗,还要到廊檐下的洞洞筐里摸一片风干花馍馍泡在汤饭里,连吃带喝才能吃饱。

母亲的野蘑菇饺子可是把城里的人惹下了。秋天,乌鲁木齐、阜康拉洋芋的车都来了,那些常年来的单位管理员、司机都成老熟人了,也不见外,来了就点名要吃野蘑菇饺子,说比肉还香。无线电厂的"七七四十九"拿着方糖、黑茶,一进门就说:"老嫂子,我用方糖换你的野蘑菇饺子来了!"

母亲既贤惠又利索,她抓几把野蘑菇温水泡上,挖几勺肉臊子,面和上,火架上,水烧上,然后把发好的野蘑菇剁碎,和肉臊子掺和在一起,剁把小葱,放把野椒蒿,馅就拌好了。母亲一次擀两张饺子皮,一根搓动的擀面杖下,飞旋着鸽子一样扑棱的饺子皮,围着一圈人包她都能供上。她擀完了皮,又开始包饺子,三两下就包出一弯月牙饺,饱满、周正、花口匀称,褶子一般大小。她包的饺子外形美观、皮薄馅大，咬一口馅，不干不稀，软糯油香。特别是野蘑菇，嚼起来韧中带脆，香滑爽口，的确比肉臊子有味。

母亲和二姐从哈巴河采蘑菇回来，一路上商量着天凉用新鲜蘑菇好好做顿汤饭。前脚迈进家门，后脚工作队的小朱子就来了，进门便问："做野蘑菇汤饭吗？"二姐说："你咋知道的？"小朱子说："你们提着蘑菇筐，在王家大坡上走回来时我就看见啦，还闻见了蘑菇香，知道能吃上新鲜蘑菇，赶着脚就来了。"

野蘑菇几乎成了母亲做饭的撒手锏，炖鸡、炖肉放一些松树菇，耐炖、提鲜；熬汤、汆汤放一把羊肚菌，大补、汆味；包饺子、蒸包子那主打自然是杨树菇拌肉馅。最具代表性的汤饭，各种野蘑菇就是灵魂，完全主导了汤饭的方向，并将其他汤饭挤兑得几乎没有了市场。不放野蘑菇的汤饭，我们都觉得不香，大多会有剩饭。

味蕾驱动着我们采蘑菇。夏秋之际，在每一场雨后，采蘑菇的高手在河谷里沿着自己的路线图采撷。新户生手多在粪场子上、渠沟边、草地上挖一窝一窝的粪蘑菇、草皮菇，这里则是大呼小叫，惊喜不断。行动的方式不同，欢喜的表达方式不同，采得的蘑菇也不同。最不同的是味道各异，相同的是蘑菇给生活增添的味道。

采蘑菇不仅有采摘的快乐，也有痛苦的记忆。跋山涉水，上树下坑，刮擦破皮，流汗流泪甚至流血，那都不算什么，一时之累痛忍一忍就过去了，所谓"好了伤疤忘了痛"。最忘不了的是失去心爱的东西，在那个物资匮乏的年代，孩子们拥有一样属于自己的东西，那可是视若珍宝。

那年，二姐随母亲到大黄山河河谷采蘑菇回来，都走到家门口坡下的河谷了，一摸，头上的钢丝发卡没了。二姐惊得脸都白了，

153

继而放声大哭了起来,牛(耍赖之意)在地上说什么都不回家,执意要去找她的发卡。

那是翠兰结婚时从城里买回来送给二姐的。黑钢丝拧成一排齿,从脑门发际线向后一别,头发都倒向脑后,不遮眼,干活儿利索。二姐喜欢得不得了,也引得许多女孩子羡慕不已。母亲许诺让翠兰下次去城里再给她买一个。二姐偏说不行,非要丢了的那个,而且一边哭一边返回去找。

母亲威逼利诱皆无效,打定主意的二姐非要找回她心爱的钢丝发卡。百般无奈,母亲只好领着她原路返回,按照青草倒伏的印迹,寻找丢在采菇路上的一枚钢丝发卡。

终于在刺墩的枝杈上找到了那枚黑亮且有齿的发卡。在山谷中某个分岔口,它悠然地挂在刺枝上,全然不顾深爱它的女孩的焦虑、难过、心痛。二姐心爱的发卡终于失而复得。

三姐丢失的手帕就没有那么幸运,它飘逝在幽深的哈巴河了。当她回到家后才发现无比喜欢的花手帕不见了,追到哈巴河口,没有追到。天已经黑了,她只能望着黑洞洞的像一张大嘴巴一样的河谷,默默地流泪,让泪水把心泡软,然后再撕开粘在心尖上的花手帕上,任它埋葬在幽暗的河谷中……

那年盖房子,父亲上山砍木头时,木头压断了父亲的腿。我们既害怕又难受,哭着看着父亲被村里人送去城里的医院。当父亲腿养好回家时,给我们每个孩子都买了礼物。三姐一眼就喜欢上了那块上面有一对粉红色娃娃的花手帕,赶紧装进口袋。之后,我们想看一眼都得再三地恳求,三姐才肯掏出折得方方正正的花手帕,抖开让我们欣赏一番。末了,又认真仔细地对着折线折好装进口袋。

那天在哈巴河采蘑菇,她用手帕擦了汗后没装好,不知什么时候花手帕从口袋里逃跑了，也不知道逃到了什么地方。她只能忍痛割爱，用泪水掩藏那方有故事的花手帕。

我的黑条绒布鞋上的那朵嫩绿的春芽，也是被采蘑菇路上的栽桩石撕裂成两半的。我和母亲匆匆地往家赶，因为吃晚饭的时候到了，母亲还没做饭呢。一个尖头尖脑的栽桩石挡住了我的脚，可是我的脚上没有长眼睛，没看见。这个邪恶的东西竟得寸进尺，在我一崴脚的同时进入我的鞋口，我一个趔趄，它扯住我鞋面上的两瓣春苗，将它一撕为二。母亲给我绣的春天，被这个夏天的石头撕破了。扭肿的脚踝没有让我哭，但撕烂的绿芽却使我号啕大哭。母亲揉着我的脚，问我痛不痛，我说："我的春芽烂了。"母亲说："没事，回去再缝上。"

母亲在我的那朵春芽上绣了一条褐色的茎秆，将春苗修补成了一棵草。为了对称，母亲还将另一只鞋上的绿秆覆盖了层褐色的布。即使时空倒回以前，也回不到我鞋面上的春天了。有些事情就是这样，过去就过去了，既找不回来，也断不了，留给你的是不断变化的未来。

蘑菇采回家就得快快晾晒。母亲的"三步走"节奏把握得刚刚好。雨后采回，削去根上黏的杂质，直接撕成条。不可水洗，洗了晾干的就有一层黄气。拾掇好，雨过天晴，太阳出来了，拿到院里大太阳底下暴晒。晾晒时最好用筛子，下面通风通气，晒出的蘑菇颜色不变。吃时温水泡发，萎蔫的蘑菇似又苏醒了过来，努力追思从前的山野清风。

至于两头的事，生长交给太阳和雨水，吃喝交给母亲和我们，那又是另一个关于野蘑菇的无限绵长的故事啦！

沙 葱

一

我们骑着毛驴,捎着塔哈,挎着筐篮,拔沙葱去喽!

沙葱最茂盛的地方在大黄山河河谷东岸,郑家小水庄子边的帐房山山顶上。那座方方正正的山,像四棱见方的帐篷,拔地而起,坐落在南北两座山的山口,有一夫当关,万夫莫开的雄壮和威武。路,走到帐房山前就要分岔绕行了。一条从南边的山道通过,那里长沙葱。穿过去后是绵延起伏的红色小丘,一直和吉木萨尔县的二宫河相连。另一条从北边的山夹缝穿过,是条陡而窄的险路,北边是墙一样耸向天际的石崖子。不过那一道一道的石壁间长着红葱,要想拔红葱,就得走此道。

帐房山山顶一马平川,如刀削过,长满了郁郁葱葱的沙葱,这是二姐和秀萍她们半大姑娘的领地。她们会手脚并用地沿陡坡爬上山顶,拔韭菜一样,一上午工夫就能拔一塔哈。

扎好袋子口，从山坡上滚下来，正好滚到毛驴正在吃草的嘴边。提着一筐沙葱的姐姐们，从坡上溜下来，相互帮衬着将装满沙葱的塔哈搭上驴背。毛驴肚子吃饱了，甩甩尾巴，将人和货一起驮上，回家了。

半道上，碰上了宝平他们几个半大小子。他们只拔了半筐沙葱，追问着二姐和秀萍："你们在哪里拔的？你们咋拔那么多？"二姐她们怎么会告诉别人这个长着丰茂沙葱的平顶山头，那是她们的秘密采撷地。支吾一句"你们手太慢了"，便扬鞭打驴，一溜烟地跑远啦！

我们这些碎娃，只好在帐房山的山根和南边的红山上拔沙葱。这里的沙葱三步一丛、五脚一簇，半晌也能拔一筐。宝平他们也和我们混在一处拔。大姐她们这些大人会穿过帐房山，到更东边的沟谷里去拔，据说那里的沙葱长得更茂密、壮实，一个个像胖锥苗子一样，直直地朝天撅。只不过那里沟谷深，坡很陡，路难行，孩子们都没本事去，大姐她们去一次能拔两塔哈。

我们村长沙葱的地方有四五处，沈家锅底坑、红土坑、沈家坟院南的小小锅底坑都长沙葱。不过这些地方的沙葱都是成堆长，且长得细瘦。沙葱长势最好、长得最多的还是帐房山。

每年六一儿童节放假，我们集体出动，骑着毛驴，拿着吃食、盛具，这是拔沙葱的黄金时节。

孩子们一波有一波的领地，还有意相互错开时段。最后在归途中以拔的量分高低、较能耐。

二姐是拔沙葱队伍中的头儿，她见识广、主意多、动作快，每次都比别人拔得多。她和秀萍的关系好，她俩的驴跑得也快，想要甩掉其他人，她俩使个眼色，抽驴一鞭子，就驾驴飞奔了。一路蹚土，飞扬的尘土迷得其他人看不清前方，等紧赶慢赶追上，只见她们的驴在河边吃草，人早就不见了踪影。

那些半大小子比不过二姐和秀萍，很不服气。话不多，但很有心机的舍布设了一计。他打听到二姐她们要去拔沙葱的消息后，那天早晨，早早躲到帐房山下路边的大榆树上观察。看到二姐和秀萍縻好驴，拿上东西迅速向帐房山后跑去。他躲躲闪闪紧随其后，到了帐房山东边，看到二姐她们沿着小山背左转右转转上了山顶。舍布也兜兜转转跟了上去。

舍布爬上山顶大吃一惊，山顶比他家的菜园子还平，沙葱长得比他家种的韭菜还旺，他看傻眼了。秀萍看到有人跟上来，吃惊地看着舍布。只顾一把一把拔沙葱的二姐还未察觉，秀萍撵到舍布跟前，问："你跟踪我们？"舍布大叫："这么多的沙葱，你们偷偷地自己拔，也不给我们说，怪不得你们每次都拔得那么多。这下我知道了，回去就给大家说。"秀萍急了，竟一把将舍布推下了山顶。舍布顺着陡坡滚了下去，秀萍和二姐吓坏了，把人摔死可就闯大祸了。她俩不拔沙葱了，赶紧下坡找舍布。

舍布坐在山洼里，吓得脸都白了。她们到跟前检查了一番，舍布毫发无损，只是吓蔫了。为了安慰他，她们允许他上山顶拔沙葱，并再三让他保证不给别人说。

他们仨拔完沙葱装满塔哈，正准备搭上驴背时，宝平一伙人过来了，看到他们的丰收成果，问他们在哪拔的？舍布刚张嘴说："山……"秀萍把手里拿着正准备吃的一块苞谷面发糕，一下塞进了舍布的嘴里，直接把舍布的嘴给堵住了。机灵的二姐胡乱地指了一处山头，把宝平他们支走了。两个女娃子把不守信用的舍布收拾了一顿，末了还恐吓他说："说出去，下次把你从西南角上推下去，推到蛇窝里！"

帐房山西南角过去有人家住过，蛇特别多。大人们说，人住过的地方蛇就多。还真是这样，我们在那里碰到过很多次大麻蛇、大黑蛇、小红蛇。

那次我们拔红葱返回，没骑驴，提着满筐红葱，走到山脚下累了，坐着休息。三姐看到一块石板平平的，就坐了上去。我们也都找到了可坐的石头，正在吃喝呢，看到哑巴从远处一边跑，一边挥手。我们都不明白他的意思，依然吃喝说笑。哑巴看我们不知就里，开始挥舞着双手。我们仍然不能理解，疑惑地看着急得满脸是汗的哑巴。哑巴跑近了，两只手像鸡啄米一样指着三姐，竟喊出了话："蛇！"

我们全都吓得跳了起来，三姐更是"妈呀"尖叫一声，一个箭步飞了出去。原来三姐坐的石板下正盘着一条蛇，像拉套车的麻绳一样粗。我们吓得屁滚尿流，向河边飞奔。三姐后来说她坐上后感觉到石板在动，以为自己没坐稳，还有意朝石板中间挪了挪。

哑巴的年纪与我二哥差不多，已经是大人了。虽然不会说话，心里却如明镜似的，啥都知道。他手里拿着一根长树枝，一边扫着眼前的草丛，一边"啊，啊"地叫喊，领着我们沿着河谷里的小路回了家。

那年，二姐骑驴驮着一塔哈沙葱，不小心走进蛇窝，一条大黑蛇盘着驴腿爬了上来，二姐吓得直哆嗦。一向胆大主意正的二姐，想起父亲曾说过打蛇要打头，打身子没用。她举起鞭子，瞅准丑陋的蛇头，猛抽几鞭。两鞭打中了蛇头，蛇掉了下去。驴也惊得魂飞魄散，驴尾巴都跑直了，叫喊着绝尘而去……

拔沙葱的路上，我们每人手里都拿根棍，边拨拉野草，边发出"嘘嘘"声驱赶爬虫走兽。最怕的就是蛇，蛇近旁，人是有感应的，阴森之气弥漫，唰唰的草动声刺耳。有好多次，我们都捏着一把汗，驻足等蛇扭动着可怕的躯体爬过路面才快速通过。

帐房山一带沙葱多蛇也多的矛盾无法化解。为了吃辛辣鲜香的沙葱，我们常常怀着忐忑不安的心情，成群结队地去拔沙葱。

二

沙葱是我们百吃不厌的野菜，头一茬母亲定会烙盒子。圆锥实心的碧绿沙葱与金黄的油炸鸡蛋一拌，盒子的馅已叫人直咽口水，趁母亲不注意，偷偷地挖一勺吃，满口辛辣油香。

母亲包的盒子都是规矩的半圆形，用胡麻油烙得焦黄，一出锅我们的小手就伸去拿，母亲怕烫着我们的手，便给我们一人一个碗。端着自己的碗，我们各找各的地，细品这份美味。

我的老地方是屋后的墙根阴凉处，那里还有我的小伙伴等着我呢。在我的童年生活中，有一双清澈如山泉般水灵灵的眼睛，那就是萍萍的眼睛。

萍萍有心脏病，大人们说她活不长。她父亲高大英俊，之前是矿上的工人，后来下放到我们村。她母亲患有先天性心脏病，面色苍白，什么时候都是一脸病容，什么活儿也干不了，提桶水都会犯病。他父亲把地里、家里的活儿全包了。萍萍从小在我家长大，我的母亲是她的"保姆"。

萍萍的皮肤白得透明，皮肤下青色的血管都能看清。一头乌黑的青丝，扎成一把马尾。她不说话，但只要那双水汪汪的大眼睛望着你，你就能猜出她的心思。

我们常常同吃一碗饭。若吃野蘑菇汤饭，我就盛满满的一大碗，小心翼翼地端到墙后根，萍萍已经坐在那里等我了。我把饭碗放到地上，她从口袋里掏出一疙瘩红糖、一把勺子，把红糖化在汤里，汤变得红亮甜香，我们就一人一勺开始吃。

一碗饭吃完差不多就饱了，即使没吃饱，锅里也早已没饭了，只能再吃点花馍馍。若是吃包子、饺子、盒子之类的干货，逢天阴天凉，我们还会爬到屋顶上，靠着烟囱，一边吃一边眺望远处的雪山，听哗哗的河水声。这样的日子是最惬意的，我们细细地品味着沙葱鸡蛋馅盒子特有的辛香，谁也不说话。

有一年二姐突发奇想，让我们把沙葱根挖回去，种到地里，这样就不用到蛇多的帐房山拔沙葱了。我觉得二姐脑子真灵，说得对，便和她挖了一筐带根的沙葱，拿回来在菜园里专门开辟了一块熟地种上，还定时浇水、施肥、松土，精心养护。可没多久叶子就黄了，有个别新发的叶也是细瘦黄弱，与锥苗子一样的野沙葱没法比。

大姐、二姐又试种了几次，均不成功。母亲说沙葱可能喜欢敞亮的高处，你们在屋檐上种一些试试。我和二姐爬上屋顶，紧靠着廊檐边栽了三行。廊檐正好有土块压边，聚雨水，房土也相对厚一点儿。

我们种上就都忘了，有一天父亲回来，骑马进了院子，看到屋檐上郁郁葱葱、整整齐齐的绿色，问是什么？我们爬上房顶，发现沙葱活了，它果然是喜欢高处，沐浴天雨。三行沙葱长得像韭菜一样高。我们兴奋地割了半盆沙葱，母亲还给我们做了顿羊肉炒沙葱。

之后，母亲做汤饭时，面片快揪完了，看到哪个孩子就支使他（她）去屋顶拔一把沙葱来调饭。我们家的汤饭继春季的野蒜苗之后，就续上了屋顶的沙葱调鲜绿了。

我和萍萍坐在屋顶吃饭时，觉得味道淡，偶尔也会掐些沙葱吃。三五根就辣得我们流出了眼泪，看着彼此狼狈的样子，忍不住又笑了。

沙葱馅的饺子比韭菜馅的还香。沙葱的辛香比韭菜冲，但没有韭菜的臭味，而且口感也更脆爽。母亲总是很忙，我们拔回来的沙葱大多都腌咸菜了。逢了雨天，偶尔能吃顿沙葱馅饺子。每逢这样的好日子，孩子们都格外勤快，积极配合母亲挑拣沙葱、剁馅、挑水、劈柴……都在为漂在大锅里的那一层"白胖子"而忙碌。

母亲用手指按一按饺子皮，说馅熟啦，皮还没熟，点水，盖上锅盖再煮一会儿。我们看不到那些在锅里欢腾的"白胖子"了，赶紧去摆桌子，拿醋瓶子、辣子罐，给自己的小碟里调好汁。点三次水，饺子准熟。我悄悄地盛一碗饺子，端着小碟，跑到房后，和萍萍共享美餐去啦！

姐姐们大批量拔回沙葱，我们全趴在院子里捡拾沙葱。两个大木卡盆放中间，将塔哈里装的沙葱倒进大筛子里，把杂草捡拾干净，才能把沙葱倒进木卡盆里。装满一盆，母亲端到伙房洗净、控水。

腌咸菜的大缸早已洗净晾干，压菜的青石头也已经洗净。那面盆底大小的青石头，是母亲在河里精挑细选的。椭圆形，有拳头那么厚，边缘光滑不硌手。经过数千年的河水冲刷、浸泡、打磨，青石头水色十足，正是压咸菜的好材料。

我家有五口咸菜缸，每个缸里的压菜石一经母亲选定，上岗后再未更换过。那年，二哥用压菜石砸铁锹把上的钉子，把石头砸烂了，母亲才又到河里挑了块补齐。

压菜石在咸菜缸里浸久了，石色更加青绿，甚至有向透明发展的迹象。"要变成玉了吗？"二姐问母亲。母亲说："石头吃了盐，用到最后可能也会变得像盐一样半透明吧。"我们抢着要观赏吃了盐的压菜石，拿到屋外太阳下看，果然青绿发亮，有玉石的透亮。我们都相信，这些石头终将变成玉，成为宝贝，便把自家的压菜石像宝贝一样看紧盯牢。

母亲是腌咸菜的高手，铺一层沙葱撒一层盐，撒多撒少全在手上把握。装好缸，倒多少水，也要视菜的出水量而定。倒什么水，腌好了的菜就是什么味，完全据各家的口味而定。

母亲腌沙葱喜欢用河里挑来的新水，说是这样腌的咸菜口感更脆。用水缸里的陈水或凉白开腌制，沙葱就皮了，吃起来少了那股爽口的脆。母亲会根据不同的菜品，选用不同的水，有冰河水、烧开晾凉的水、半温不凉的水……

用压菜石压一两天就能把沙葱自身的水分压出来。出水了，还要及时翻腾翻腾，给菜透透气，否则菜一发黄，品相就不佳了。

腌咸菜与腌酸菜手法不同，有些需要放茴香籽、花椒粒、洋姜、芫荽等调料。腌咸菜很是讲究，母亲腌的咸菜一吃就能吃出母亲的味道，不柴不皮，又脆又香，咸淡合适，酸爽够味，成了村里的一绝。许多大妈、大婶都到我家学手艺，从头到尾观摩全过程，即使手把手地教，腌好的咸菜还是缺点母亲的味道。母亲说："每个人都有自己的手病，每个人腌出的咸菜味道各不相同，这就是手病的味道。"

我家的咸菜缸可不仅仅是我家的，左邻右舍关系亲近的村里人家里从远方来了亲戚，饭桌上想多个花样，就打发娃娃端个盆来捞咸菜了。"我妈说捞些沙葱，刘家大妈。"土猴一样的孩子伸出手里拿着的盆说。母亲接过盆洗洗手，揭开缸盖，移开压菜石，捞一盆墨绿的腌沙葱，再捧一捧腌菜水涸上。

咸菜缸沾不得荤，沾荤就会烂，一缸菜就完蛋了。母亲轻易不让我们动咸菜缸，只有她和大姐有资格捞咸菜。我们偶尔捞一次咸菜，还需把筷子洗了又洗，生怕沾了荤，更不敢下手入缸，那是大忌！

两缸腌沙葱能陪伴我们到下一个年度的沙葱季。腌沙葱已然成为我们生活中不可或缺的啖嘴佳品，拔沙葱自然成了我们每年至关重要的一项活动，伴随着那些虽清苦却依然快乐的成长岁月。

红葱只长在帐房山北边的石崖子上，石壁特别陡，很难爬上去。男孩子们像山羊一样，再陡的地方都能攀上去，女孩子只有如我二姐、秀萍之类的泼辣女汉子方可问津。

红葱长得就像菜园子里的小葱，二三十厘米长。不同的是这种野葱有一层红色的膜质薄皮，剥开就是葱白。更不同的是红葱辛辣，生吃辣得人直流眼泪。宝平从石崖上扔下一簇，我们几个小的一人分了一根，剥去半透明的红膜衣，嗅一嗅，与小葱差不多，吃一口，辣得直咂舌，立刻就把眼泪催出来了。用手抹眼泪，剥过葱皮的手再次扩展了辣的范围，眼眶、脸蛋上像着起了火，眼泪灼热地涌动，我们哭着跑到河边洗眼，宝平在崖上哈哈大笑。还是哑巴心好，用手撩水给我们示范冲眼的动作，还拔了些皂子草，让我们把手洗干净。

从此以后我们再也不敢生吃红葱。可红葱尖锐的辛辣依然通过手抓肉征服了我们的味蕾，给我们留下了念想。母亲是擅长烹饪的魔术师，她把辛辣的红葱切成斜段，在羊肉汤里焯一焯，那火烧火燎的辣被焯掉了。手抓肉上的红葱段，就成了羊肉的生鲜伴侣。一块肉上附一段红葱，入口咀嚼，羊肉的鲜香带着风的辽阔席卷而来，只听一片风卷残云的吞咽声……

每次开吃时，我总让红葱的辛辣冲了鼻子，让羊肉的香气占据了脑子，自顾自地吃，半响才能恢复理智，想到父母。一抬头看到父亲、母亲拿着干骨头嘲，紧着孩子们狼吞虎咽。我顿时感到心里揪揪的，赶紧把手里的肉给父母。母亲总是眼露爱怜，抚摸下我的头。其实，这样的日子屈指可数。红葱不及沙葱那样普遍地渗入我们的生活之中，因此在拔沙葱的路上，红葱是唯一可以分享的战利品，男孩们拔的红葱会给同行的女孩们分些，以示友好和大气。

沙葱腌绿了生活，岁月从此不老。年近五十的小弟，早已成为"京城人"，电话里竟想要一瓶咸菜，说吃什么都不香，就想吃一口腌沙葱。母亲已作古，幸亏大姐得了真传，腌的咸菜有母亲的味道，还真的快递了两瓶腌沙葱给他。小弟痛快吃着沙葱的样子，像是回到了那个吃什么都香的清苦年代，我猜他是想念母亲了。

河的方向

艾悠悠

这是一种草,我们叫它艾草。

一

端午节的清晨,天蒙蒙亮,我们还沉浸在睡梦中,父亲在枕头边挨个儿摸我们的头,催促我们起来拔艾去。

大炕上,我们一家人排一溜儿睡着。母亲每日天麻麻亮就起身做饭、喂猪。父亲起来照顾他的马,兼代着管管驴。姐姐哥哥们也相继起来打扫牲口圈。我们几个小的沉沉地睡到天大亮才起床。

唯有端午,父亲会三番五次地叫我们起床,让我们赶早拔艾。这是中国人的习俗,也是我们家的传统。迷迷糊糊之中,每人提着筐篮,去拔太阳未冒头带滴滴露珠的艾草。

据说这一天清晨的艾叶最具药效,我们会揉着惺忪的睡眼,走向田野,在端午的晨风里,在艾草的药香中，完成一年一度向一位傲骨文人的致敬。

小时候的端午节，是在父亲讲述屈原的故事中度过的。基本没有地理空间概念的我们，就已经知道遥远的地方有条汨罗江，端午是为了纪念抱石投江的大诗人屈原。那时候我没有读过《离骚》，也不知道有《天问》，我只知道有一位百姓爱戴的诗人投江而死。为了不让鱼虾糟蹋屈原的尸体，百姓包了许多粽子投到江里喂鱼虾。

我们每人拔满一筐艾草时，布鞋已被露水打湿，衣袖、裤脚也湿了半截。当我们载着湿漉漉的晨露，挎着一筐闪烁着露珠光芒的艾叶回到家时，父亲已在门头吊了一把艾叶，门框上插了许多柳条，辟邪的端午门楣已装点妥当。

我家的炊烟在屋顶升起，灰蓝色的柴烟悠悠地向蓝天飘升。母亲正在煮粽子，那可是一年只能吃上一次的稀罕物。

大人们半个月前就开始预热。关大佬在昏暗的油灯下，开始了端午故事会。父亲已探明艾草丰茂之地。艾草是长脚的，今年村东多，明年村西茂，后年河谷长得没膝深。父亲都会留心，每年发布艾草的生长"咨文"。我们按父亲踩的点去拔，总能赶太阳出来之前拔得筐满篮满。

母亲最忙活儿，要提前做一系列的准备工作。那时候没有糯米，包粽子、蒸凉糕用的是大米。大米也是和大黄山煤矿的工人换的。大米稀缺、金贵，一般人想换也换不上。幸亏母亲乐于助人，人缘好，平时结交了好几个老工人，特别是高奶奶。

高奶奶是半个医生，会给小孩儿治病，和母亲是同道，"业内人士"之间交流起来自然熟稔。

高奶奶一辈子没结婚，抱养了一个儿子。父母出山、进山经常都在她那儿歇歇脚、吃顿饭。几十年不间断地把山里的洋芋、蘑菇、肉、奶等特产捎给他们孤儿寡母。我们基本上过成了一家人,逢年过节,有事没事都会走亲串门。

高奶奶早早就打听、联络好换米的人家,母亲拿很多的鸡蛋、洋芋、蘑菇……才能换回一盆半盆大米。

大米有了,还有一样更要紧的东西得自己熬制——糖稀。吃粽子怎能没有糖稀呢?没有糖稀的粽子绝不是端午节的粽子。比起包粽子,我们更盼望熬糖稀。

母亲和大姨妈、三姨妈两位从戈壁上来的姐妹一起熬糖稀。半盆麦子淘净,放在筛子里,将毛塔哈浸湿,盖上。每天在塔哈上浇三四次水,保持潮湿。十多天后麦芽长出来绿油油的半拃长,这时就可以熬糖稀了。

母亲昨夜已将半盆金贵的大米浸泡,今晨用牙咬一下,米心不硬了,就起灶开锅煮稀饭。米煮得全开花了,盛盆,晾温。发好的麦芽洗净,切碎,与温稀饭和在一起,搅拌均匀,盖上湿塔哈,再发酵一宿。第二天,母亲和姨妈们吃过早饭,就开始熬糖稀了。

大锅上灶,柴火架旺,母亲拿出笼布,将发酵好的麦芽稀饭一勺一勺舀到笼布上。两个姨妈用劲把里面的水挤到锅里。一锅青白浓稠的汁水在锅里翻腾,撇去浮沫,武火撤成文火,现在要开始放慢节奏熬了。

母亲把垂涎欲滴的孩子们打发出去,三姐妹围在锅前,一边用勺搅,防粘锅底,一边喧荒唠嗑。因年龄太小,大人们并不提防我。可只有三四岁的我却能分辨出什么是大事、要事。三姨妈搅动着勺子,母亲往灶膛里架柴,大姨妈站在锅边,三姐妹一边配合默契地熬着糖稀，一边闲话家常，没承想竟将大哥、二哥的婚事定了下来。

我坐在咸菜缸边的小板凳上，见证了她们为两位英俊少年商定婚事的过程。此刻，我的两位哥哥正在山野间牧马、放羊，全然不晓得熬糖稀的锅边，熬出了这等人生大事。这是在端午节做出的关于人生方向的决定。后来的人生路，大哥脱离了这一方向，二哥沿袭了这一方向，各自走向不同的旅途。

端午节艾叶鲜嫩，用来做艾面、艾琼琼子味道最佳。端午节当天吃粽子，随后几天就可以吃艾面或艾琼琼子了。母亲把我们拔回的鲜嫩艾叶择出一些焯水、捣碎，和在面里，面团变得深绿青幽。艾面多用来擀面条，一拃长的四棱面条，入口滑爽，有股艾草的味道。父母亲在吃艾面时反复宣扬艾草的种种好！似乎吃了这顿面，全家人的健康就有了保障，从此可以病患不侵了。

二

艾叶要放陈，隔年用，放三四年才叫金丝艾。据说在光阴的熬制中，艾草会发生蜕变，从而进入它的"黄金时代"。

小时候我们一有头疼脑热、拉肚子等小病，母亲就将艾叶搓成捻子，揪成手指长的艾段，再在艾段上捏个尖，作为灯芯，艾段就变成了艾塔。点燃之后，母亲就在我们的前心后背、大椎穴、风池穴、涌泉穴、命门穴、三阴交穴、关元穴等穴位灸艾。母亲知道人身上的许多穴位，懂得什么病灸什么穴。我们在她的絮叨中，被灌了耳音。

随着艾塔燃烧的烟雾升起，药香弥散满屋。浓浓的药香使人迷醉，不知不觉就睡着了。

母亲守在我们身边，艾塔快燃尽，赶紧扔了。温热自皮肤渗到体内，抵达病灶。有时母亲走开，碰巧艾塔燃尽了，酣睡的人被烫了一下，顿时就疼醒了，嗷嗷地叫着，跳了起来。这一叫把病痛吓跑了，人精神了，能吃能睡，又活蹦乱跳了起来。

艾草是每家必备的万能药，可以熬水喝，可以阴干、捶绵做艾条，还可以泡脚，父母亲的口头禅："艾是个好东西！"

爷爷有中医世家的家学，姐姐哥哥们小时候有个小病，爷爷总能药到病除。当时吉木萨尔泉子街、阜康西沟河一带，爷爷专治小儿疾病的名声响亮。爷爷将小儿止咳、退烧、祛除湿热、治疗消化不良等秘方传给了父亲。我们几个小的，没享上爷爷的福，多受父亲的关照。

父亲对艾草情有独钟，每年端午拔晨艾、六月六拔成艾（长成熟的艾草）就像是他的必修课。他引领着我们一家人养成了这一节令拔艾叶的习惯，学会了阴艾、制艾的简单方法。

母亲是受其影响最深且"集大成者"，她学会了艾灸，用艾的偏方、秘方治病。父亲平日里操公家的心、忙村上的事，母亲干脆接过治病救人的接力棒，成为这一带的"疗病专家"。谁家的孩子头疼脑热、伤风咳嗽、肚疼拉稀了，就请母亲去诊治一下。

母亲拿手绝活儿是煮三个鸡蛋，把房子火架旺，待房子热起来后脱去患儿的衣服，用剥了皮的熟鸡蛋浑身上下地滚，手指头、脚指头都不能放过。

一枚白嫩的熟鸡蛋滚得乌黑，换一枚接着滚。三枚鸡蛋滚完，因身体难受而哭闹的患儿大都会安静下来，有了困意。三枚鸡蛋的颜色由乌黑到乌青再到浅青，好似患儿身体里的病痛都给吸附到鸡蛋里了。

滚完鸡蛋，母亲开始掐穴位，从头掐到脚。掐、拧、揉、搓、拍、按、揪、捶……种种手法，弄得患儿哇哇哭叫。

这一通拾掇，患儿在疼痛、胀麻中，随着穴位按摩带来的筋骨之舒畅，脉络之通达，哭闹、叫喊之声渐息，浓浓的睡意再次袭来。

掐完穴位就可以艾灸了。不同的病症，灸的穴位不同。拇指高的小艾塔燃着猩红的暗火，袅袅轻烟缕缕升起。母亲将温热的艾塔灸在病儿的穴位上，患儿在艾灸的舒畅里又沉沉睡去。

母亲留守患儿身边，一边翻看、触摸艾塔，一边与患儿的父母喧荒。等患儿一觉醒来，化一碗红糖水喝上，精神已好了大半。病轻点儿的一次见效，重点儿的灸两三次准好。

母亲的这一手，不知为多少患儿祛除了病痛之苦，为多少父母解除了忧虑，也为我们换来不少好吃好喝的，其中就有方块糖、红糖等那个年代的稀缺物品。

艾草在缺医少药的年代是我们祛病保安康的"万能药"，它"斩千邪，招百福"，药食同源，给人们降一份"艾安"！

我们对一株艾草的敬重和厚爱还体现在采摘的方法上。父母亲教我们拔艾叶时，再嫩小的艾都只能揪叶，不能揪头。艾头要留下来结籽撒种，繁衍生长……

那天拔艾叶时，同行人说古时候军队在野外遇干渴，若周边有艾草，拔一堆点燃，烟会形成带状，这绺带状青烟飘向的地方定有水，挖地三尺就能找到水源，此法在古代兵书上有记载。艾草就是这么厉害，能追寻到外露的、隐藏的，甚至深埋的水源。

我们吃过的艾面，喝过的艾水，灸过的艾塔，拔过的艾叶，都化作一缕清幽艾烟,飘悠在我们的周围,追风逐寒,将我们身心的寒冷与不适驱赶出来。艾悠悠,爱悠悠……

跳脱的零嘴

小时候很少有零嘴，父亲每年去城里开会，买回来的那一包糖果、饼干都要惜着吃。即便这样，过完年后，我们手里也只剩花花绿绿的糖纸了。

没有零食，我们就满世界寻找零食。我们对甜味用情专一，凡大地上有甜味的植物，我们都能闻甜识得，哪怕只有那么一丝丝甜蜜……

吃到鼻血直流的甜草根

下台子尾巴尖，下到大黄山河河谷的半坡上是甜草根生长的地方。夏秋甜草根横走密生之际，每每我们走过这里，都会抓着它的丛生枝叶，一拃一节。剥去浅褐色的鳞片，露出黄白色的木质根茎，这就是我们的糖果。

放进口中嚼，一丝甜从根茎上流出，和着唾液甜度似乎又增加了几分。我们嚼呀嚼，直到把手中黄白色的内茎嚼成渣，吐了，再拃一根，继续捕捉那丝潜藏在根中的甜。

这缕甜就像天上的云，引导着我们一根接一根地嚼，直到吃得鼻血流出。仰头伸脖，把鼻孔翘向天，殷红、热辣的鼻血就会涌到嗓子眼儿里。我们仰头、捏鼻子跑到河边，用冰川水把热血激回，再撩起河水在额头上拍几下。大人说，用河水激了额头，就能从根本上控制住鼻血。

即使鼻血直流，我们还要㧅一包甜草根带回家，留着慢慢嚼，或留着等秋天收药材的来了卖钱。

甜草根极好㧅，揪着枝秆一㧅一根。有些土虚的地方能㧅出一两米长的根，像苏大爷搓的草绳一样。我们把㧅出的甜草根盘成绳把子，用枝条捆绑成把，拎着回家了。往往脸上、鼻孔、衣袖、胸襟上的血污被母亲看到，便会叮嘱我们少吃些甜草根。我们口上允诺，实则根本抵制不住甜草根的甜。

秋收时，大姐在下台子割麦，午饭间隙，勤劳的姐姐都会挖一筐甜草根提回家。母亲和姐姐们在油灯下将甜草根剪成二拃长的段，扎捆阴干，存一麻袋，秋天能卖八九块钱。我们将那些不合尺寸的短节剥了皮嚼。母亲再三看管，还是看不住我们的馋嘴，偷吃了过量的甜草根睡下，夜间鼻血流出来自己都不知道。

第二天早上醒来，才发现枕头上、被角上、脸上，鼻血糊得到处都是，鼻孔像两个黑紫的血污洞。母亲一边洗，一边数落。无论如何，都挡不住我们对甜草根的钟爱之情……

吃到拉不出屎的面蛋果子

下霜了，河谷枸子树上一簇一簇的面蛋果子披了一层薄薄的、轻盈的霜花，愈发红得娇媚、橙得透蜜，馋得我们跟头绊子地往河谷里跑……

下过霜的面蛋果子，消了涩，才有沙沙的口感和浅浅的甜味，是我们一年的最后才能尝着的吃食。

我们管枸子果叫面蛋果子，之所以叫这个名字，可能是因为吃起来有淀粉的面沙感。

河谷里的枸子树长得高，树冠散得大，枝头上一丛一丛的果子像花楸树的果子一样，有鲜红的、橙红的、金黄的，只是花楸树的果子不能吃，枸子树的果子下过霜后能吃薄薄的一层果皮。果皮裹着的还是一包抱团紧实、满是拉嗓子的毛籽。

哈巴河大梁下的谷地中有几棵枸子树，两棵结红果，两棵结橙红果，还有一棵结金黄的面果子。这些寥寥可数的枸子树，虽不多，但年年结果丰盛。一树一树招摇着，引得鸟雀飞舞，孩子们奔走相告，共赴枸子树的宴席。

秋深了，草枯叶落，河谷一片萧索。只有枸子树高耸着满树的红果，一副截然不同的景象。远远望去，像挂满了一树树的欢喜。

枸子树春天时开一穗一穗颜色如月色一样的花，浅咖的米心线像花的眼睛，一眨一眨地散发着淡淡的香。我们只能在树下仰视着，风偶尔送来一缕香，闻一闻枸子树带给我们春的气息。

枸子树的树干直而硬，枣红色的树皮滑得手抓不住、脚蹬不稳，没法上树。果子熟了，鸟雀们栖在枝头，啄食着最软最甜的果子，还不时地看我们两眼，叽叽喳喳地交流几句，似乎在嘲笑我们这些爬不上树的笨小孩。

二姐总是最聪明的那一个，她拿来摘榆钱用的长钩搭（一根自带钩子的长树枝），站在树下就能钩到树上的果子。有些枝条钩上了拉不下来，只好用钩搭打果子。红红黄黄的面蛋果子下起了果子雨，砸在我们头上乒乓作响，乐得我们只顾满地捡拾，倒是把树上的鸟儿吓得扑棱扑棱飞走了。

高处的果子太好、太诱人了，二姐把毛驴骑来，站在驴背上打果子。一个人抓着驴缰绳固定住驴，个子大的、灵巧的孩子站在驴鞍子上，手里举着钩搭，连打带钩，地下便落满一层面蛋果子。

面蛋果子模样漂亮，但能吃的不多，只有一层果皮。下霜后口感也还面甜，只是不能多吃，吃多了会拉不出屎。强子吃多了几天不拉屎，肚子胀得跟皮球一样，他妈拿擀面杖擀他的肚子，用苃苃棍掏他的屁股，吓得我们都不敢多吃了。数着吃几颗，解解馋，更多的红黄透亮的面蛋果子都堆在窗台上。

落雪后，胆大的鸟儿飞到窗前，摇头晃脑地啄食，像黑豆豆一样的眼睛顽皮地看看你，似邀你共享。小弟十分不解地问："鸟吃了面蛋果子也拉不出屎吗？会不会胀死？它们怎么那么爱吃？"我也不知道，我只知道父亲的铁锨把子、锄头把子都是用枸子树的树干做的，说木质紧实，不会磨手，越用越光滑、好用。

面蛋果子挂在高高的枝头，它是鸟儿的果子，留给我们的却是可望而不可即的惆怅。

花盘上那一丝丝的甜蜜

我们抱着糙苏的花盘，坐在八月的草原上，吸花梗上的那一丝丝的甜蜜。

河谷山坡上长满了紫莹莹的草原糙苏。糙苏并不高的植株上盘旋着宝塔状的花盘，花盘一层叠一层，从下到上、由大及小，每层花盘上都挤挨着宛若鸟头一样的花瓣，它们围成圆圈，背靠背，肩并肩，一齐看向外面的世界。

我们不知道花盘布的是什么阵法，也不知晓花朵为什么长成鸟头的样子，还向外张望，似乎有所寻觅。它们在找花蜜吗？其实蜜就在花盘里，在每一朵花鸟伸进花盘中的皎白细管里。

我们一瓣一瓣揪出花朵，将花梗放进嘴里吸，有一丝丝的甜蜜，还有一丝风的清凉。

我们吸完了数只花盘，似乎都吸饱了，舌尖上的甜荡漾着，喉咙里有一条清凉的蜜道，一直通到胃里。这一天，这条道上都有蜜在游走。只要咽一口唾沫，那丝蜜就被冲泡开来，形成一股直到胃部的蜜流。胃是一片汪洋大海，什么东西都能被淹没且不辨形味。我们只在意那一丝丝吸进嘴里，行走在喉管里的甜蜜。

二哥把羊群赶来了，羊儿们也闷头猛啃，它们也喜欢这一丝丝甜蜜。只是它们不像我们会吸花蜜，只能连花盘带叶秆全吞下，储存在胃里，天黑了再反刍，在月光下细细寻找、品味那一丝丝甜。可惜我们不会反刍，只能领受现时的、眼下的甜。

秀花的母亲站在坡头上放声喊秀花，我们谁也没听见，那一丝丝甜需要专心吸吮。二哥走到我们身旁，羊鞭子点到秀花的脑门上，我们才从甜蜜中被叫醒。

路过半山坡上的羊圈，那些长着一张张古怪精灵脸的天仙子开了，白黄色的脸颊上长着紫褐色的斑点和凌乱中透着规矩的咖啡色叶脉线，喇叭状的花朵宛若伸向我们的一张鬼脸。我们在心里打了个激灵，但令人欣慰的是又有蜜可吸了。

天仙子的鬼脸花梗上也有一丝丝蜜，那缕甜中带着浓郁的药材味，是九月我们可吮的甜蜜！

天仙子的植株和糙苏差不多高。糙苏长得中规中矩,一盘一层的花塔有模有样,给人富足和踏实之感。天仙子却徒有其名,完全没有天仙的飘逸,长得张牙舞爪、浑身腺毛,自根茎发出莲座状叶丛,叶为卵状披针形,边缘呈粗齿状,长达三十厘米。青面獠牙的叶丛似披头散发的疯子,缠裹在清瘦的株秆上。头顶一丛筒状钟形花,像一张仰头看的人脸,古怪而灵异,我们称为"鬼脸花"。

八九月,晚开的天仙子最为茂盛。河谷地的羊圈边、田埂上、草坡畔,一片一片地绽放。我们揪下这些鬼脸般的花朵,吸花梗上的那一丝丝甜蜜。

天仙子的花蜜也不能吸多,小菊吸完长在她家羊圈边上的一圈天仙子花的花蜜后,只知道傻笑,嘴都合不拢了。王家姑妈用手把她的嘴捏住,她的嘴角还溢出一缕天仙子的花蜜。王家姑妈说天仙子的蜜能把牙巴骨药麻,才会让小孩子笑得合不上嘴……

为了那一丝丝甜蜜,我们天不怕、地不怕,上刀山、下火海。我们辗转在花朵盛放的山野,从春到秋,直至花朵凋零。那一丝丝甜便是陪伴着我们成长的糖……

第五辑

乡村游戏

我们冲进料峭的初春打尜尜,在草芽吐蕊的草地上玩老鹰捉小鸡,在灿烂暖阳里丢手绢……我们在夏月的光华下捉迷藏、编花篮、指天画星星……我们在秋风的清凉中斗鸡、打沙包、踢毽子……我们在冬雪的宁静中翻花绳、抓骱石、打牛儿、滑爬犁……我们的游戏在四季中开花,我们在游戏的童年中长大。

打尜尜——挥向春天的第一棒

猫了一冬，我们早已按捺不住冲向户外的心情，可是山里的春天来得晚，阳春三月了，我们村向阳的山坡上才开始化雪。

我们踩着半冻半化、半湿不干的土地，迫不及待地打出了春天的第一棒尜尜。

两头尖尖肚儿圆的木尜尜早已削好。哥哥们用刀剔了又剔，光溜溜的如条木鱼儿。尜尜棒像母亲的擀面杖一样长，又略略粗些，哥哥们将两头的断面削了又削，这样就不怕木刺扎手了。

万事俱备，只等院里的雪消冰化，露出土地的肌肤。

打尜尜的规则是画条起跑线，人不能越过线，否则就算犯规。猜丁壳是我们公平地玩一切游戏的开始。两人手背到身后，开始比。石头砸剪刀，剪刀剪布，布包石头。三局两胜决定胜负，赢家获得首发权。三人及以上，大家同时手心手背，异相者淘汰，同相者再争高低，直到层层选拔出最后的胜利者。

也是奇了怪了，如此公开公平的猜丁壳，往往是哥哥姐姐们赢。我们几个小的只能遵守游戏规则，愿赌服输。

哥哥姐姐们力气大，站在起跑线上，一棒子能把夵夵打到院门外面。失败者只有嚎嗦的份儿。嚎嗦是锻炼肺活量的好方法，跑到夵夵落下的地方，拿上夵夵，深深地吸一口气，憋足了劲，一路大喊着"啊——"狂奔，跑到起点，就赢得了发球权。

整个回程不准换气，跑回起点常常嚎得人声音嘶哑，脸憋得紫红，整个人都木呆呆的。嚎嗦途中若没憋好气或气憋得不够，在哪儿换气，打夵夵的主儿就会跑到你换气的地儿，再打一棒。夵夵飞得更远了，嚎嗦的人就得从落夵夵的更远处重新往回跑。

十之八九，我们年纪小的最后都会被气哭。哥哥姐姐们看在眼泪的分儿上，在你换气的地方，象征性地小敲一棒，夵夵基本就地跌落。我们转悲为喜，抹着眼泪，咧着嘴，嚎着还带点哭腔的"啊——"跑回起点，终于争得了发夵夵的机会。

打夵夵是童年用声音和速度跑向春天的序曲，是挥向春天的第一棒！

老鹰捉小鸡——生活版的游戏

鹰在天上飞，鸡妈妈领着刚出窝的小鸡崽儿在春苗新发的大地上刨食，给它的孩子们上关于如何生存的第一课。我们则在"草色遥看近却无"的草地上玩老鹰捉小鸡的游戏。

我们是给天上的鹰和地上的鸡做示范吗？不得而知。我们只知道尽情地玩这个代代相传的古老游戏。猜丁壳选出老鹰、母鸡，其余的人连成串，挂在母鸡的身后充当小鸡。

老鹰凶猛、迅疾、狡猾，除了速度外，最常用的诡计是声东击西。貌似向左，当母鸡展开翅膀，率领着小鸡向左倾时，老鹰迅速调头，向右飞奔，来不及转向的小鸡正好甩尾到老鹰的口中。扮演老鹰的小孩以迅雷不及掩耳之势，逮住了尾梢的小鸡，算是吃了一只鸡。被吃的小鸡只好离开鸡队，站一旁看别人玩。

母鸡要眼疾手快，判断准确，具有一定的领导力。她有权利推搡、拽拦老鹰，而老鹰不能碰撞母鸡。

老鹰只允许抓队伍末梢的小鸡。抓扑的过程过于激烈时，小鸡队伍会断裂。在这一紧急状态下，被冲散了的小鸡们要么立刻集结，重新连成一队；要么立刻蹲下，双手抱头，即使杀将到跟前的老鹰也不能吃小鸡，而是急刹脚步，回到母鸡对面。母鸡重整队伍，排兵布阵，把那些跑得快的机灵鬼放到最后，游戏重新开始。就这样一个简单的游戏，我们能玩半天。老鹰累得汗直淌，气喘如牛，跑不动了。只要吃不到最后一只小鸡，游戏就不会终止。

或许是我们玩得太投入、太生动，直接教唆了天上盘旋的鹰。冰雪将融的初春，饿了一冬的鹰抖动着羽毛缺失的黑翅在天空滑行。看到地上活蹦乱跳的小鸡，鹰眼都红了，做出了孤注一掷的决定。

我们在草地上玩老鹰捉小鸡，不远的我家院子门口，花母鸡正扇动着翅膀，尖叫着、怒吼着，浑身的毛都奓着。它们每一根羽尖上都喷射出怒火，抖动着双翅紧紧护卫着它的小鸡崽儿。

花母鸡的身形瞬间大了两倍，它怒发冲冠，两只瞪得圆溜溜的眼睛，警觉地逼视着半空盘旋的老鹰。火红的鸡冠颤动着，仿佛一面高扬的战旗。它一刻不停地扇动着双翅，喉咙里发出"咯——咯——咯"的声音，就像吹响了战斗的号角。

模拟的老鹰捉小鸡立刻转换为实战，我们加入鸡崽儿保卫战中，又吼又喊，顺手拿起棍子、石头、土块疙瘩等当武器，一顿狂甩乱扔。我们一边抗击老鹰，一边赶紧把母鸡和鸡崽儿轰进院里，赶进鸡窝。黑黢黢的老鹰无功而返，在天空中留下一串长长的叹息，把云彩都叹出了个大窟窿。

那个春天，我们总在玩老鹰捉小鸡的游戏，也总有老鹰真的把小鸡叼走了。大人们便常常叮嘱我们：玩得不要太疯，把小鸡看好，不要让老鹰叼走！可我们总是玩得忘乎所以，又总是在老鹰叼走小鸡后，哭丧着脸、噙着泪告诉母亲。

丢手绢——一块手帕的失踪案

"丢，丢，丢手绢，轻轻地放在小朋友的后面，大家不要告诉他。快点儿，快点儿捉住他，快点儿，快点儿捉——住——他。"我们在校园里、在麦场上、在磨坊边的草地上……随便一块平地，五六个孩子就能玩一场丢手绢。

我们每个人都有一块花手帕，母亲怕我们弄丢，用别针别在衣肩上。玩丢手绢时先猜丁壳，谁赢了谁就把别在肩上的花手帕解下来捏在手心。其余的孩子会自动围成圈，席地而坐，一边拍着手，一边唱儿歌，眼神却如一阵风，跟着丢手绢的孩子转。

捏着手帕的孩子因胜出而有了特权，可以慢腾腾地围着圆圈外围走，也可以如小马驹撒欢一样跑，还有监督围圈孩子不得回头乱望的权利。他（她）走走跑跑来几个假动作，似将手绢丢到你身后了，实则只是虚晃一枪。

等大家只顾拍手欢唱，放松了警惕，丢手绢者悄悄地把手绢丢在一个麻痹大意的孩子背后。然后仍旧不紧不慢地走，绕过半圈，再忽然加速跑起来，后半圈的孩子都紧张起来，以为手绢就在自己的身后，还没来得及摸呢，丢手绢者已如离弦之箭，射到被丢下手绢者的身后，双手抓住其肩膀，物证就在身后。

逮住的人要表演节目。若遇到忸怩的孩子，我们还会唱："叫你唱来你就唱，你为什么不唱，你害羞吗？你害臊吗？你扭扭捏捏不大方。"一遍一遍，一直唱到脸涨红的孩子学一声狗汪、羊咩、驴叫……然后匆匆地从圈中央跑过，继续绕圈丢手绢。

三姐有一块独特的手帕，深蓝的底色上印着一对粉红色的娃娃图案。在那个蓝、黑、灰一统天下的年代，一对粉红娃娃点亮了我们的眼，时不时地就有孩子来观赏。这块手帕是三姐的心爱之物，看得紧，装得牢。在孩子们再三祈求下，她才肯拿出来抖两下，围观的孩子只准看、不准摸。唯有丢手绢时，选中了三姐的手帕丢手绢，我们方可以捏在手中跑那么几圈。

惦记的孩子多了，三姐总有种担忧，怕被人偷了手帕。为了保险起见，她索性把手帕埋在了学校旁边树林里的一棵白杨树下。想念手帕了，就偷偷地跑到树下挖出来看一看，然后再重新埋回小坑里，填上土，盖上枯叶。只有她的好朋友秀云知道埋手帕的树是哪棵。

有一次我们玩丢手绢，将三姐说动了心，决定把粉红娃娃手帕挖出来大家一起玩。她和秀云跑到树下挖，手帕却不翼而飞了。三姐大哭了起来，秀云告诉我们发生的事情。当时，我们觉得发生了天大的奇案、大案，集体跑到下台子的田地里找父亲，七嘴八舌地给父亲描述"花手帕失踪案"。父亲听后笑哈哈地说："你们偷偷地埋，觉得没人看到，其实在树上藏着一个调皮娃，你们走了，他下树就挖走啦。"

父亲犹如大侦探，道出了手帕丢失的来龙去脉。我们异口同声地道出偷手帕的肯定是铁娃子。一群孩子杀将到铁娃子家，这个调皮捣蛋的家伙，正用棍子挑着三姐的花手帕玩，被我们抓了个现行。

夏日的月光下，敞院里我们永远不停地玩着游戏："丢，丢，丢手绢，轻轻地放在小朋友的后面，大家不要告诉他……"

河的方向

打沙包——二姐和宝平的一对疤痕眼

两根长线一画,打沙包的战场圈定,不论多少人,一分为二。两组孩子面对面猜丁壳,三局两胜。赢家入场,在两条线划定的十来米间奔跑,为了不被沙包击中千方百计躲避。输家站在两线之外,拿着沙包抡圆了胳膊,想方设法击中在场上来回奔跑的人。一场战斗就这样打响了。

场上的孩子在沙包飞射中来回奔跑。沙包犹如一根指挥棍,飞的方向就是孩子们马群一般奔跑的方向。

两队各有各的战术。场上的人不能扎堆,越分散越好,以扰乱对手视线。跑起来最好绕着跑,傻子才跑直线呢!沙包打的高度、力度要合适,当心被场上的人接住了沙包。接住一次能救活一个已下场的队友,这名队友获得重新上战场的机会,队伍的力量就更强大了。

打沙包的一方有射击手、捡球手。身强力壮的当射击手,年小力弱的捡沙包。射击手要稳、准、狠,一记沙包击中一个对手,且不能被对方接住。这就得打出刁钻的角度,或上或下,决不能直冲对方的双手和怀抱。

还得有谋略,懂虚实。双方一上场,趁对方还没布局之时,赶紧甩包击打,往往开场混战中"死伤"最多。

明明(二姐的男同学)最聪明,举着沙包大喊:"打啦,打啦!"场上的孩子紧张地撤到对面的线边,他声东击西,看着左边的,打的却是右边的。只见他抡圆了胳膊,似使足了劲打了出去,其实虚晃一招,沙包还在手里呢。场上的孩子东张西望,在天上找沙包,他手里的沙包这时候就精准地砸在"张壳子"的身上……

一场沙包能打半晌,怎么都得打一个轮回。你方唱罢我方登场,一直到两方场上杀将得不剩一人。然而这还不是终极玩法,最高级的打沙包是宝平、二姐他们玩的"方缸、圆缸精准打法"。

所有人被分成两组,一组打沙包,一组接沙包后反打。打沙包的一组再分两小组,一小组站在方缸(地上画出的方形)中打沙包,专门有一个发球手站在和方缸相连的圆圈中发沙包。方缸里的射击手只能在方缸划定的范围内打沙包,不准越界。越界就视为犯规,就被取消游戏资格。沙包向方缸的左侧或右侧同一方向打。另一小组站在与方缸相距十来米远的圆缸里。方缸里的一个人打出沙包,然后立刻跑向圆缸。圆缸里的备用人员一人相向跑回方缸,将方缸里的人员补充齐全。方缸和圆缸人员互跑时,动作要迅速。接沙包一方会在途中伏击,被击中者当场淘汰出局。直至方缸中的队员击毙殆尽,两队调换,再来一局。这种玩法分工清晰,配合密切,击中目标明确,玩起来刺激、紧张、有趣。

那个夏天的午后,二姐、宝平他们大一些的孩子,在村办公室的平场子上玩。被打的一方精心筹谋,调兵遣将,头将、二将、三将都是有讲究的。二姐和宝平都是主打,沙包打得又狠又刁,人极机灵,跑得快。

宝平在方缸里一把将沙包打飞出去,二姐已经摆好了预备跑的姿势。两人都以凶猛的姿态,一边跑向该去的阵营,一边留心着对方沙包的伏击。不料两人面对面碰到了一起,二姐和宝平的左眼眶,各开了一道对称的口子。两人双手捂着伤口,血从指缝流出,流成了一道道滚动的血道。孩子们都吓坏了,有风一样跑去告诉双方大人的,有吓得不知如何是好的。大一些的孩子立刻将两位伤者送去村医家……

几十年后,我再次回到村庄。在村头的小商店里,见到一位头发花白的中年人,黑红脸膛儿的左眼眶有一道明显的疤痕。我拍了张照片,发给远在伊犁的二姐,并附说明:猜猜是谁?二姐秒回:宝平!

踢毽子——我隆起的造山鼻

秋季开学，我们女生个个都揣着崭新的毽子来到学校。暑假家里宰公鸡，我们精挑细选拔的花羽毛——红的、黄的、金的、绿的，此刻都精神抖擞地开成了朵朵花毽子。

我们的毽子样子好看，质量又好，还带着自家大公鸡的骄傲。毽坨是用麻钱做的，都是我们平时收集的宝物，也有从旧毽子上拆下来的。讲究一些的，还要将毽坨做成一模一样大且同色系的绿色或红铜色。有两个、三个、四个坨的，甚至有五个坨的。坨子越多，毽子越重，踢起来越稳，落在脚上也越疼。我们不敢问津，只有二姐他们这些大孩子敢踢重的。包布是母亲裁衣服余下的布条子。我们家有个碎布包袱，里面有各式各样的碎布，扎毽子时就成了全村女孩子的材料库。

喜欢结实一点儿的，就选华达呢、条绒、卡其布；喜欢漂亮一些的，就挑各种花色的平布。选好布条后，对折，剪一个长口子，麻钱放到布条上，两头从麻钱孔、布孔里穿过。花鸡毛用线绳绕紧，插进布包好的钱孔中。底面对齐，用线绳把布条的两端和那束鸡毛缠绑在一起，一只毽子就完工了。

清凉的初秋，正是踢毽子的好时候。下课的铃声一响，我们就从花书包里掏出花毛毽，冲出教室，拉开踢毽子的阵势。三人一伙，两人一对，校园里到处是此起彼伏的毽子，里踢外拐，八仙过海，甚是欢腾。

踢毽子比的是谁踢得多，且毽子不落地。常规的踢法是内踢，即用脚的内侧踢。可以两只脚换着踢，又叫盘踢。还能用脚外侧踢，叫拐踢。毽子飞了，用脚尖接着踢，叫直踢。毽子飞得太高，想降维打击，用膝盖接着，叫磕踢。这些脚法在踢毽子中都能派上用场。实在控制不了了，方可以出手，一把接住毽子，还有继续踢下去的机会。

最难的是花样踢，一种脚法踢过之后得来个"燕子单飞"，就是双脚蹬地跃起，一条腿从身后弯曲至另一条腿的侧面，脚内侧接踢，我们叫打卡拉。每踢十个打一个卡拉，若能连续打十几个卡拉，绝对是牛人。二姐就是大家公认的牛人。

那个秋天，我读四年级，毽子踢得渐入佳境。课间我和招娃较上了劲，她大我两岁，但我并不比她弱。我们盘踢、拐踢、直踢不分上下，只能在打卡拉上一决胜负。

我双腿弯曲，猛一蹬地腾跃了起来，抛出的花毽在空中如一朵坠落的花，翎羽在飞落中指向天空，细细的绒毛像毽子下落时从天空顺手撕下的一团云絮。我紧盯着落毽，悬空的腿脚勇敢地迎了上去，毽坨重重地落在脚内侧的弓弯里，点着地的另一只脚获得了大地的力量，又将坠落的毽子反弹到半空。一个、两个、三个……我像鸟儿登枝一样，一次次蹬地发力，一次次凌空起飞，一次次接弹毽子。毽子如花喜鹊般一次比一次飞得高,在如水的秋阳里绚烂得像一朵盛开的花,上下翻飞。

我踢得着了迷,感觉自己仿佛真的要凌空飞翔了。一个高高的弹起,高处的风吹斜了我的身体,下落时空气又像被抽空了一样,还有后翘的腿似乎绊了一下直立的腿。一切的一切给下落的我制造了一个斜度,我斜斜地栽了一个面朝地。

我听到鼻子首先着地的闷响,尘土漫遮了我的脸。在一片迷离中,我隐约看到尘埃里的一道殷红。我用手摸了一下麻木的鼻子,一抓,黏稠的血糊满手指。

我的鼻子、嘴巴都摔破了,尤其是鼻子血流不止,肿胀得像一座忽然隆起的山,竟然把两只眼睛之间的目光之路都阻断了。我努力地用我的右眼看左眼,竟然发现鼻梁处凸起了一座山。我用手摸了摸又大又不真实的鼻子,它傻呆呆、木愣愣地挺立在两眼之间,显得不知所措。

哥哥姐姐们飞奔过来,抱起我冲向村里的卫生院……

我的鼻子从此高起,变成了一座我脸上的珠穆朗玛峰。我常常觉得鼻子是毽子从空中捎带给我的意外,它不是从我身上长出来的。

许多后来认识我的人,第一次见面都会盯着我的鼻子看。我的一位文友曾诚恳地对我说:"你五官中最好看的是鼻子!"我下意识地摸了摸毽子捎带给我的山峰……

捉迷藏——五粒的隐身术

夏秋之际的一天，我们吃完晚饭还有玩兴，就着天光丢手绢，傍着月光捉迷藏。

捉迷藏是充满无限可能的游戏，整个村庄都是我们的藏身之地。有时参与的孩子少，我们也会以穿村而过的水渠为界，或东或西，以一半村庄为游戏范围。

捉迷藏当为乡村大型游戏，几乎全村的三四十个孩子全都参与。参与的孩子分成两波，以猜丁壳争取首藏权。先藏的一方跃跃欲试，各自在心里盘算着藏身之处：柴垛中、草堆里、马厩下、屋顶上……凡是村里的隐秘之处，都让我们这些玩捉迷藏的孩子挖掘了出来。

五粒是隐身高手，孩子们争着与他一组。他小而机灵，善于观察，躲藏的地方往往都出乎他人的意料。常常耗尽了找方全部人马，费尽心力、时间，找到三更半夜才将他找到，大家都困得想睡觉了。于是，双方大队人马散去，找方也不计较只找没藏的遗憾，明晚从头再来。

月光下，藏身的一方听到孩子头猜丁壳胜出的叫喊，便立刻东西南北中，分散到村庄的角角落落。找人的一方原地蹲下，且自行蒙住眼睛。等大家躲藏起来，听不到动静了，找方的孩子头还会发出最后的警报："藏好了没有？"有时有回答，有时只有问，没有答。找方开始部署寻找战术，这几个负责找东边，那几个去找西边，还有谁谁谁去哪里搜寻……部署完毕，找人的孩子三两结伴，奔向指定的片区。

找到一个，便大声报出名来，唱名之声飘荡在月光下的村庄。双方都能听到，连村里的狗都被吵醒了，汪汪叫着回应。

搜寻了一遍，总有些精明的漏网之鱼，需要大家合力找。找方、被找到的合成一队人马，只是找方那是真心找，被找到的都是跟着凑热闹，甚而还有一丝隔岸观火的味道。

实在找不到了，可以直呼其名，要求被找者出声应答，以便寻声而找。一般只应三声，若应了三声还没有找到，就算藏方赢了，找方自叹不如。被找者自动现身，一场游戏就在藏方压倒性的胜利中结束。

找方也有使坏的时候。着实找不到，夜已深，几人嘀咕一番散了。藏的人半天听不到声响，狗都不叫了，知道对方半途而废，从草垛里出来，边拍着头上、身上的杂草，边往家走，边思谋着明天怎么和不守规则、不讲信用者理论。也有敦厚老实者，藏着没人找就睡着了，强子就在秋夜的麦草堆里睡了一夜，第二天早上，草垛边的公鸡打鸣才把他吵醒。这样半道落下的不多，发生一次就会受到众人的强烈谴责。来两次就算是臭了街道，以后没人愿意和他一伙玩了。

五粒通常就是学了三次鸡叫，一群孩子围在他周围，也还是没人能找到的那位。

有天下午，我们十多个孩子玩捉迷藏。大白天玩，相对来说找方占优势。十多个孩子基本把藏起来的孩子都找到了，就是找不到五粒。大家要求五粒应声。五粒的应声从来都是学公鸡打鸣，他悠长的三声鸡鸣把全部人马都吸引到秀花家房后面的一片空地上。

声音是从一片空旷的草地发出的。草地中间是一个浅浅的三四十厘米深的圆形泥坑，是秀花家盖房子脱土块时挖的盛水坑。秀花家房子都住了好多年了，泥坑闲在墙后也好多年了。偶尔雨大，会积一坑雨水，没几天也就干了。此刻，这个三五步就能跨过去的浅泥坑，坑底干裂，圆周轮廓一目了然。然而，声音就是从此处传出来的，十多个孩子围着泥坑面面相觑。

三声应答的特权用完了，大家都确认声音就是从这儿发出的，离奇的是找不见人。次次神出鬼没的五粒，早已让伙伴们见识了他的隐身术。

这次在如此平坦的泥滩，十几个人找不到一个人，杀伤力不大，侮辱性极强。我们是一群有自尊心、有智慧、能征善战的小孩，怎么能忍得下这口气？谁都不甘心！

我们在泥坑里搜索数遍，连秀花家房后的茅房都不放过，甚至连一眼就能望穿的几丛芨芨墩，都用手扒拉了几遍。难不成五粒变成了土坷垃？大家都惊疑地盯着脚下的每一块土坷垃。

我们实在想不通，又不服气。小点想了个折中的办法，说让五粒再应答一声，如果还找不见，就心甘情愿地认输。

话音刚落，就听到一阵"喔，喔，喔——"的公鸡打鸣声，声音就从我们脚下传出。十几个孩子一起指向泥坑。然而，皲裂的泥坑底已被我们踩成了虚土，印满了杂沓的脚印。我们后悔莽撞行动，错失了仔细观察的良机。大家眼巴巴地看着一个草地上的泥坑，无计可施。

僵持了好一阵子，所有人都灰心丧气了。小明有气无力地说："五粒，你出来吧，我们认输了。"

五粒一下子从我们脚下爬了出来，像个泥鳅一样蜷在泥坑中央。原来他就藏在泥坑边的草皮下。水将泥坑边冲了个窝，坑沿的草长下去正好给倒窝子挂了一道门帘。五粒蜷身侧卧在倒窝子里，说我们在坑里跑来跑去的腿，他看得清清楚楚的。我们踩踏扬起的尘土，还差一点儿让他打喷嚏……

哎，这个捉不住的迷藏……

编花篮——旋转的礼物

"编，编，编花篮，花篮里面有小孩儿，小孩儿名字叫花篮。蹲下，起来，坐下，起来……"

我们一群孩子左腿后弯，腿搭腿，脚腕儿钩脚腕儿，仿佛柳条一样编成圆花篮。面向外，唱着儿歌，单腿一蹦一蹦地踏着节奏。双手打着节拍，身体随着儿歌的节律，集体跳跃，花篮转动了起来。

编花篮至少得三四个人一起才能玩。人越多花篮越大，但容易因为起跳不同步而跌倒。十人以内为最佳，花篮大小适中，方便步调一致。若能团结一心，同"篮"共济，一圈又一圈，能将儿歌唱十遍。

个别有心计的孩子，经常为那点小礼物使坏。春阳就是大家公认的"坏蛋"，他从来都要最后一个搭腿。刚开始大家都不在意，他老是推三阻四，拖到最后编入。时间久了，有人觉察出他的诡计：第一个编腿的人承重最大，也最容易被压倒；最后编入者，腿搭在别人的腿上，相对轻巧，也不易摔倒。更可恶的是花篮转起来，唱到"蹲下，起来，坐下，起来"时，春阳存心扰乱节奏，一蹲蹲到底，起来慢半拍。坐下时还蓄意倒向身后的人，把别人挤压得乱了阵脚。圆圆的、跃动的花篮被他整得七扭八歪，散了架。打头编腿的几位被连带得人仰马翻，腿编在花篮里抽不出来，花篮排山倒海般都压在他们身上。

二姐和毛妮是一对好朋友，在实战中总结出了关键时刻肩靠肩相扶相帮的好办法。她俩发现春阳的计谋后，更是有意识地前后编入，且挤兑着春阳往前编。有一次她俩编在春阳的前面，春阳蹲下时，成心又猛又低，拉得二姐身体向后倒，毛妮一把拉住二姐。二姐没站稳，依靠单脚站立的左脚跳了跳以保持平衡，恰巧踩到春阳的脚上。这个老算计别人的小子被重重地踩了一脚，脚趾破了皮，哭闹了起来，拽着二姐给他赔脚趾。

编花篮是有礼物的。每个参加编花篮的人，事先拿出自己的髀石、石子儿、麻钱等心爱之物，孩子王收集在手。转花篮时，跌倒在地者，即失去自己的宝物。未跌倒者，不但可以保全自己的东西，还可以分得盈余。春阳就是动了想要花篮里礼物的心思。其实我们都想要，只是我们守规则，凭自己的努力争取。

河的方向

指天画星星——你猜谁是星

深秋的夜晚,霜花静静地开在大地上,秋月挂在高远幽深的天际,将村庄映衬得皎洁一片。在玩兴盎然的童年,季节挡不住我们花样百出地玩游戏!

猜丁壳决出指天画星星的"老母"和"老幺"。"老母"蒙着"老幺"的双眼,其他的孩子排排队,依次做着各种动作从他们面前经过。"老母"要依次报出:单腿跳的过去了,双人搀扶的过去了,蒙眼睛的过去了,瘸子过去了,学鸡叫的过去了,指天画星星的过去了……那个指天画星星的孩子要配合着手指高举,在空中胡乱地画一颗星星。此游戏便有了如此天马行空的名字。

大家依次走过,"老母"松开双手,让"老幺"指认做出某个动作或发出某种声音的是谁?"老幺"一边揉眼睛,一边回忆,还会贴近嫌疑人,观其形貌表情来综合判断。

猜对了,被猜中者充当"老幺"。猜不中,上一轮的"老幺"继续被蒙眼,直到猜中为止。

谁都不愿意做"老幺"被蒙眼、被束缚，可总得有人做。公平的猜丁壳是产生"老幺"的方法之一。"老母"的情感走向是产生下一个"老幺"的捷径。

二姐是孩子王，总能争得"老母"的选择权、蒙眼权。她当了"老母"，跟她关系好的孩子就不怕会当"老幺"了。她会瞅准时机，在孩子经过时，手指忽然开个缝，"老幺"能看清耍猴拳的、画星星的主儿，一猜一个准……

我们在清凉的秋月下，一轮又一轮地玩着指天画星星，有时竟把流星都指下来了，嗖的一下，一颗拖着尾巴的星星从天际滑过，顺着我手指向的方向飞去。大家都吃惊地看着这颗明亮的流星，"老幺"也挣脱了桎梏，瞠目结舌地看着流星。

我们仰望星空，幽蓝的天空缀满了星星。我们渐次认识了牛郎星、织女星、天狼星、北斗七星……

河的方向

斗鸡——"脚斗士"的风采

下雪了,这些盛开在天空的洁白飞花是我们快活的源泉。

校长带领着全校师生扫雪。我们的校园没有围墙,中间有一块夯实的操场,操场外就是庄稼地。

此刻,大地已盖了厚厚的雪被。我们需将操场扫开,露出冻得硬邦邦的黄土地。通往厕所的路扫出一条即可,唯有操场得扫出一大片够我们斗鸡的场地。

铁锹、扫帚一扔,抓紧课间时间来斗鸡。

盘起左腿,右手抓左脚腕儿,左手抱右大腿,左膝成了稳定三角形的有力武器。

瞧吧,满校园皆为单腿蹦跳的"脚斗士"。运动中要时刻保持平衡,周旋中伺机战斗。或单打独斗,一对一;或两弱对一强,分进合击;或混斗群战。

混战一般分两派,战斗中机动灵活,但也讲究兵法。宝平、木沙、雪峰这些身强力壮者多为主力,并指挥其团队作战。

常用的兵法有:"围魏救赵"——自己的主力队员

被围困了，必定围攻救主；"趁火打劫"——对方的有生力量被围，正在斗智斗勇，胜负难料，必定增员；"调虎离山"——先将对方的种子"脚斗士"围困住，再赶紧消灭其余力量；还有"擒贼先擒王"——一上阵就把对方最厉害的"脚斗士"拿下，他们的嚣张气焰就被打压了下去。

玩斗鸡还需讲究战术。孔武有力地先斗几个回合，待对方体力消耗得差不多了，忽然来个"泰山压顶"，将"三角盘"高高抬起，重重地压向对方的"三角盘"。对方禁不住这突如其来的重压，双手一松，脚落地就输了。

势均力敌时，两个人大战几十个回合不分胜负，发狠了就比"金刚腿"。那可是膝盖顶膝盖，硬碰硬，比的就是力道。趁对方麻痹大意之时，故意压低膝盖，诱使对方进攻。当两人交织在一起时，猛抬膝尖，来个"跳滑车"，将对方挑起，掀翻在地……

翻花绳——翻出生活新花样

大雨倾盆之时,大雪纷飞之际,我们坐在窗前,望着室外慌手慌脚的雨或雪,付之一笑,掏出口袋里的毛线绳,玩起了翻花绳。

二十世纪七十年代,哪个女孩没有一根花绳呢?我们的花绳都是自己做的。

母亲捻毛线绳时,我们姐妹一人拿一根筷子,戳在洋芋上,做个简单的捻线工具,学着母亲的样子,捻毛线绳。

毛线绳捻好了,见母亲染毛线时,再将自己的毛线绳放到红、绿、蓝等颜料的染盆里浸染。一根心仪的毛线绳就完工了。

雨雪霏霏之时,我们的户外活动受到了限制,却开启了我们的室内游戏。翻花绳便是我们雨天的书、雪中的情。

我和姐姐面对面,将花绳头尾相挽打个结,变成了环。仍然要猜丁壳争头家后方能开始。两双手,一环绳,一个翻花变样的世界在手指间开放。"面条"——

直而顺，是最简单的花样。姐姐翘起两只手的小拇指，左右交叉一挑，然后向下一翻，"面条"变成了"花手巾"，线绳变成了斜网格。我将两头的斜网格用双手的拇指和食指插入、捏紧，向上一挑，"花手巾"变成了"马槽"。两条线是"马槽"的边缘，十字交叉线和小拇指挑起的两条短线，构成了一个梯形的喂马槽。姐姐可以从内挑、外翻，也可以从外挑、内翻。三两下，"马槽"变成了"柴疙瘩"。

"柴疙瘩"是翻花绳中比较难解的，线绳在中央形成一个交叉繁杂的结，就像柴垛上堆的榆木柴疙瘩那般不规整，中间还有一个皱巴着结的大疙瘩。刀斧劈不进，灶火烧不开，母亲称之为"柴疙瘩"。

翻花的总想翻个"柴疙瘩"为难解者。解者遇见"柴疙瘩"，心里也是一揪，五指愈加小心地破解"柴疙瘩"的重重凌乱，想方设法再给对方回敬一个"牛瞪眼"，就如同老牛瞪着一双眼睛，死犟死犟的，也不是那么好解的。

幼年的我常常看走了眼，挑错了线，一翻一扯，散了架，败局已定，只得忍受姐姐在脑门弹一下。

雨雪不停，翻花绳不止。水平一般的我，痴迷于翻花绳。缠着三姐解，贴着二姐翻，跟着大姐学。有时母亲得空，也会陪我们玩。母亲那双灵巧的手，总能翻出一些新花样，惹得我们更迷恋翻花绳的无穷变化。

母亲长着一双小手，虽长年累月劳作，但仍然灵巧，五指修长，指如削葱根。三姨妈说："大手抓麸子，小手抓金子。你妈长了一双小手，一看就是富贵命。"但母亲一生却是劳作命，她是村里人公认的贤惠大妈，我们一家十口人的核心。父亲进家不见母亲,头一句话就会问:"你妈呢?"孩子入门不见母亲,急慌慌地问:"妈哪?"母亲轻易不敢出门,她若出去了,全家老少人心惶惶,衣食无着落。父亲必发话说:"找你妈去。"我们得了军令,飞奔而去。见到母亲急传令:"大(父亲的称谓)喊的呢!"母亲早已心慌,急着回家照顾一家老小,只是碍于帮忙的活计没有干完,不便脱身。有了我们的急召,母亲便起身回家,定遭那家人的取笑:"你妈可真把吃饭锅背走了呀!"

阴天下雨,我们一家人聚在屋里,父亲半躺在炕上看他的书,母亲坐在炕头纳鞋底,大姐二姐也学样做针线活儿。两个哥哥即使户外雨雪纷飞,也挡不住他们的脚步,喂马、喂羊,顶着一头的水花进出。唯有我们几个小的,拿着花绳找人玩。

奶奶常絮叨:"别翻花绳了,一翻就下雨。"我心里惊喜,翻花绳果真能翻出雨雪来吗?我倒喜欢这样。天干物燥了,花绳一翻,雨雪降临。想母亲了,一翻花绳,父母亲都困在家里,一家人尽享天伦之乐,多好!可惜人愿得随天意,天下雨雪了,我们才有闲情翻花绳。

当我有了孩子,在一个雨天给三岁的女儿教了翻花绳。初学此道的女儿乐在其中,从此爱上了翻花绳。兜里揣着花绳,找奶奶,找爷爷,找爸爸,逢人便掏出来玩。

一根花绳,翻出了多少辈人的生活新花样……

打木牛儿——冰上旋转的芭蕾

漫长而寒冷的北方之冬，围在热炕头听故事是我们夜晚永不落幕的大戏。白天我们到河里挑水、饮牛，在院里劈柴、扣鸟，聚集在渠边冰坡上打牛儿、滑马儿。这是整个冰雪季，我们怎么玩都玩不腻的激情运动。

我们村的男孩子，手里都有一个或若干个木牛儿，有一把称手的鞭杆。正午，冬日之阳尚暖，一个个戴着皮帽子，穿着棉衣裤、厚棉鞋，自发地聚集到冰坡边，开展冰上运动。

孩子们一般都携带两样器具：木牛儿、爬犁。一家都是兄弟姐妹几个，大的带小的。拉爬犁的、拿木牛儿的、举鞭杆的，一群孩子从那些大雪覆盖着的土屋柴院里鱼贯而出……

运动器材都是自己做的，那个年代讲究自力更生。木牛儿有大有小，呈圆锥形。找一截粗细合适的木头，男孩们手持刀斧，砍着、削着、比画着，遇到木质过硬的，不但手臂要使力，嘴都得努着用劲。

削成上大下小的锥形，放在地上一拧，木牛儿摇摇晃晃地转起圈来。重心定得稳，木牛儿就地平着转。重心偏了，木牛儿就摇头晃脑地找不着北。拿起来继续削、刮、砍……直到不摇头，不摆尾，平稳旋转了，木牛儿就削好了。还有一道重要的工序是在木牛儿尖端钉一枚铁钉。

那时候物资匮乏，想要找到一枚铁钉不是件容易的事！男孩们经常在村里的铁匠铺里踅摸，趁苏大爷不注意，或是张铁匠出了铺，赶紧将一枚铁钉装在口袋里，如获至宝，手藏在衣袋里，始终捏着钉子，生怕铁钉穿破衣袋跑了。若马虎大意，铁钉刺破口袋露出马脚，被铁匠逮住收回去，那就前功尽弃了。最保险的办法就是撒腿往家里跑，一只手捂进衣袋，斜着膀子，小鸟一样飞走。

父亲给我们削了大、中、小三个木牛儿，大的有碗口大，是白杨木的，中的是松木的，小的是榆木的。为此又做了三个鞭杆，鞭杆都是皂角木的，鞭梢不同。大鞭杆的鞭梢是用母亲搓的麻绳和一股牛皮编成的，六棱形，重重的，很有力量，只有父亲和大哥大姐甩得动，抽在木牛儿身上啪啪脆响，木牛儿疯了一样在冰面上旋转。

小鞭杆是用母亲缝衣余下的花布条和一股牛皮编的，长短、轻重都适合我们几个小的抓握、使力气。母亲还用剪刀将鞭穗头裁剪成细细的长绺，像鞭子的毛盖，抽打起木牛儿来一开一合的像开了花。

全村的孩子都在冰滩上打牛儿，比的是做木牛儿的手艺，还有打木牛儿的水平。鞭子抽得噼啪作响，木牛儿在冰上飞旋狂转。有一种竞技项目叫牛碰牛。两个人抽打自己的木牛儿往一起赶，两个木牛儿旋舞着碰在一起，看谁的木牛儿劲大，以撞翻对方为胜。

一组的孩子们拼命抽打着木牛儿，一鞭子比一鞭子狠，一鞭子比一鞭子准，飞旋的木牛儿旋转成了冰上的舞团。孩子们赤着脸、冒着汗，皮帽子早已扔到雪地上，鼻涕都顾不上擦，那双小手没几日就冻成了馒头，久冻一热，手禁不住如此折腾，就开始发红、发紫了。

  有创新精神的二姐，拿了母亲染毛线的颜料，把三个木牛儿顶涂成了一道一道呈放射状的红、绿、黄、蓝色。我们的木牛儿在冰面上飞旋出了一道奔驰的彩虹，惹得全村孩子羡慕，第二天都带了彩色木牛儿上阵，冰面上仿佛身着花裙的演员在高速旋转，跳着五彩缤纷的芭蕾。在素洁、清冷的冬天，旋转出一支又一支色彩斑斓的舞蹈……

河的方向

滑马儿——玩的就是速度与激情

二哥坐在爬犁前驾驶爬犁，双脚蹬着爬犁的飞机头。二姐双手紧紧地搂着二哥的腰，坐在爬犁上。我们一群孩子一个搂着一个的腰，像接了一串糖葫芦似的，连成一串，以脚为滑板，准备滑马儿了。

二哥大声地吆喝："抓紧！抓紧！开始滑了！"

在高高的陡坡上，一坡寒光闪闪的冰斜挂着。一群生龙活虎的孩子你追我赶地玩滑马儿。

每年入冬，渠里的水还没有冻实，有心的孩子们就开始浇冰场了。渠边的高坡成了固定的滑马儿、打木牛儿的运动场地。家住渠边的人家，大人们也常帮着泼冰道。

山里的冬季寒冷而漫长，这里自然成了村庄的中心。正午之时，台地阳光温暖，正是户外活动的好时光，家家户户的孩子们聚集在冰场上，释放浑身的活力与激情。有些喜欢热闹的大人也围拢于此，看着孩子们人仰马翻的样子取乐。

我们一队人马蹲在冰坡上，在二哥爬犁的牵引下启程了。身后的大人猛地一推，我们犹如一条千足虫，海啸般从坡上滑了下来。寒风在耳边呼啸，我们脸蛋上的肌肉跟不上脚底滑翔的速度，震颤着，进而麻木了。脚下清晰地传来纳鞋底的麻绳与地面摩擦发出的声音。这些细碎而密集的震颤感传来，小腿肚子都被震麻了，我们抓得更紧了。

总有被颠簸到麻木的失控者，手一松，蜈蚣长队断成了几截，侧翻的、甩出的、遇见障碍物一个前滚翻的……若身后没有第二辆下滑的爬犁，冰场上溃不成军的残局尚可收拾。若身后传来呼呼的风声，伴随着大声的喊叫："让开，让开，快让开！"你就看吧，冰场上的孩子可真是连滚带爬，号叫声、咒骂声、鬼哭狼嚎，一片混乱。我们惊魂未定，擦身一辆飞驰的爬犁，嗖的一声，箭一样地擦肩而过。

爬犁是件大型的器具，并非人人都能做。我们不缺木头，但我们缺少手艺和铁。我们村里只有几户人家的孩子有爬犁，大部分孩子都是跟着蹭，连在爬犁后滑马儿。因而我们不叫滑爬犁，而叫滑马儿。我们就是一匹匹冰滩上的马儿，滑的就是速度与激情。

我家的爬犁是大哥和二哥做的，他们收集了榆木，砍、剁、锯、刨……半吊子木匠手艺只把架子搭了起来。爬犁中间的两道横木和飞机头十字脚蹬，还是求舍木匠给掏的卯榫、上的木工胶。

有了爬犁的二哥牛得不得了，一群孩子围着他转。为了争得坐爬犁的机会，我们常常左思右想讨好他，实在不行就忍痛割爱地把自己珍藏的糖果、白面馍馍分给他一些。这个贪心的家伙总要你拿出一半方肯答应，我们每每泪花转动，心生怨念，却还得分他一半。

那个晴朗的冬日，二姐将半个米花糖咬给二哥，才争取到坐爬犁的机会。我们咽着口水，跟着二哥、二姐去滑马儿。滑了几趟，二姐要求单独滑一趟，二哥不答应，他非要捎二姐滑。滑至半道，二哥把脚从飞机头上挪开，叉在爬犁两侧，速度立刻降了下来，身后的二姐一下子飞了出去，摔在冰场上，半天才起身，幸亏无大碍，可父亲还是把二哥好好地剋了一顿。

在岁月隐秘的缝隙间，忽一日，大哥拿回来了两根蚂蟥钉（长约三四十厘米，两头弯曲成九十度带尖），说是在大黄山煤矿捡到的。我们喜出望外，钉在爬犁的滑面上，爬犁仿佛架了一双飞驰的翅膀，那速度直接盖过了全村其他的爬犁。

找铁一时成了全村孩子的中心任务。小蛋把家里的烂铁锹拿到铁匠铺，请苏大爷化了，想打两根蚂蟥钉。铁正烧得红透，小蛋的爹追来了，让打成了小号的铁锹。小蛋哭丧着脸，始终没有做成有铁钉助飞的爬犁。

我之前一直以为马是跑得最快的，但在拥有了爬犁之后，我认为爬犁是跑得最快的。虽然爬犁不及马有长劲，但在冬天，在我们村的高陡冰坡上，钉了铁钉的爬犁永远是速度与激情的标志。

第六辑

一路走来的我

　　一个人一生要走多远，方能开始回望自己来时的路？这是一道关于生命旅程的数学题。只有走过了，你才能清晰地看到自己人生的折返点。

　　我的回望是从五十三岁开始的。当我反身走向始发点时，首先看到的是远处的来路，它们忽然清晰了起来，像远处的一道风景。那些无法忘却的事都长成了一棵棵大树，枝繁叶茂地将被遗弃的世界长在了树上。那些枝丫、叶子、果实都呈现着图文，饱含着故事，仿佛一部老电影中的消息树，铭记着他人看不懂的生命密码。

　　然而，当我想弄明白因果缘由时，却发现这是两条平行的车道，我再也回不到过去，那已经是一个被我走丢的从前⋯⋯

落雪的早晨

那年的冬天来得早,季节还在深秋里徜徉,雪花就来了,纷纷扬扬地把十月的最后两日迷离成了轻寒漠漠。我家的两间土屋埋在雪中,父亲一脸愁云,背着手,在院子里走来走去。头上、肩上落满雪花,眉宇间不时地有雪花飞来,没落定就化了。

五岁的二姐领着三岁的三姐趴在窗台上,向屋里张望。王家姑妈端着一碗生大豆从屋里出来,将碗塞给二姐,让她们到另一间房的炉板上去烤大豆吃。

母亲躺在炕上正在生我。由于难产,人已经因大出血晕迷一夜了,一会儿清醒,一会儿糊涂,村里的接生婆王家姑妈已将她的手段使尽,孩子仍然生不下来。

炕上的新麦草又被血染得黑红,这已是第二次更换新麦草了。我是母亲生的第七个孩子,其中第四个孩子一岁时夭折,给父母造成了心理阴影,而我则是头一个难产的孩子。

母亲也是村里的接生婆,知道女人生孩子就是在鬼门关前走一遭。闯过来了,生而为人;闯不过,死而为鬼。在那个缺医少药的年代，村里人的意识、观念还停留在听天由命的阶段。

一个村有一两个接生婆，产妇生不下来，在地上撒一碗豆子，弯腰拾豆子催产。用棉花燃尽后留下的灰止血，把裁衣服的剪刀在灶火里撩一撩剪脐带……

王家姑妈看着昏迷不醒的母亲，出来悄悄对父亲说："人可能不行了，你看……"父亲则坚定地说："多灌些糖水，蒋医生快到了，大人娃娃都要保住。"

此刻，我十岁的大哥正骑着父亲的大青马，飞驰在通往大黄山的泥泞山道上。天没亮，父亲就派大哥顶风冒雪到二十公里外的煤矿去请医生了。

大雪纷飞，天冷路滑，这是大哥多次请医生途中最艰难的一次。蒋医生原先是一名军医，后下放到兵团煤矿医院。他医者仁心，不仅医术高明，而且对周边的农牧民求医问药者一视同仁。只要有人需要，药箱一背，翻身上马，深入村舍、毡房为人治病。他把治病救人当作天职，赢得了百姓的信任，是大黄山河、西沟河一带的名医。

一天都没有做饭了，家里能吃的熟食孩子们都吃完了。二姐刚刚将炉板上的大豆烤得两面焦黄，二哥嗅到了豆香，跑进来，用撩襟兜起一把就跑。肚子饿得咕咕叫的二姐、三姐哭泣着找妈妈，王家姑妈在门口又拦住她们，说："不能进去，你妈在生娃娃。"说完又盛了一碗大豆，将她们哄去继续烤豆子吃。

父亲已经站在院子门口迎医生了，王家姑妈不时地给昏迷中的母亲喂红糖水，似乎喝了红糖水就能续命。奶奶坐在母亲的头前，一边用她苍老的双手给母亲擦汗，一边嘴里絮絮叨叨地为母亲祈福。

奔驰的马蹄声传来，父亲清晰地觉察到大地在震动，便急步迎上前去。纷纷扬扬的大雪中，大青马扬鬃奋蹄飞奔而来，长长的马鬃宛如飘飞的长发，将阴郁、纷乱的天空掀起一绺一绺的空隙。马鼻中喷出一股一股厚重、轰鸣的鼻息，人马移动的身影，仿如一座热气腾腾的山。父亲冲到马前，一把逮住马缰绳，抬手搀扶蒋医生下马，两人急忙进院，奔向土屋。

蒋医生一到就行动了起来，王家姑妈和奶奶在屋里配合医生接生，父亲、大哥和几位邻居在门外应承屋里的各种指令……

天光大亮时，听到土屋里发出一声孩子的哭声，我呱呱降生了。母亲用尽了最后一丝力气，望了我一眼就昏睡了过去。父亲在院子里长出了一口气，面色也如天色一起光亮了几分。看着纷纷扬扬的大雪，父亲给我取了个乳名——雪花。

母亲昏迷了两天才清醒过来，蒋医生在她身边守了两天，止血、打针、消炎、缝合……

父亲常说："生你差点儿要了你妈的命，要不是蒋医生来得及时，你和你妈都没命了。"我依旧能觉察到父亲的心有余悸。

河的方向

藏婴行动

母亲生我时昏迷了三天,不省人事,无法哺乳,刚出生的我饿得哇哇大哭,是王家姑妈用筷子头蘸糖水、牛奶使我度过了生死攸关的前三天。

母亲醒了,但极其虚弱,邻村的常家想抱养我。父亲看到母亲死里逃生,命悬一线,也有意将我送人。

哥哥姐姐们则不愿将自己的妹妹送人,他们和王家姑妈密谋,悄悄执行着"藏婴行动"。常家抱孩子的人骑着毛驴来了,还拿了礼物——一条羊腿、两包方糖和一块茶叶,诚心想抱养我。

正在照看母亲的王家姑妈,悄悄地给在外面玩耍的哥哥姐姐们通风报信,并把出生三天的我包好,怕口鼻被包被捂住,还在包被里放了一顶哈萨克族的尖尖帽,给我营造了一个呼吸的空间。趁来人与父亲寒暄之际,王家姑妈把包裹好的我交给了大姐。在大哥、二哥的掩护下,大姐沿着柴垛边出去,直奔二里外的王家姑妈家。

为了迷惑众人,王家姑妈故意待在我家,装作浑然不知的样子。只有十二岁的大姐在王家姑妈家照顾我,心惊胆战的大姐还害怕抱养的人找到这里,用炕上的被褥码了一堵墙,在被墙后又搭了一个被窝,将一无所知的我藏在其中。

十岁的大哥在我们家门口放哨,一旦有情况他跑得快,好传递情报。二哥在王家姑妈家门口放哨,若常家追到王家姑妈家强行来抱我,大哥、二哥负责阻击。由大姐抱上我跑到河谷,钻进茂密连片的大刺墩里,任谁也找不到。

来抱孩子的常家人与父亲寒暄了一阵,便到母亲坐月子的房间抱孩子。一看孩子不见了,父亲问:"孩子呢?"侍奉在旁的王家姑妈默默垂眼,不看来人,母亲躺在炕上闭目休息,门口站着的大哥双眼像两把刀,逼视着来人。父亲明白了所有人的心意,看了一眼流泪的母亲,略略迟疑了一下,说:"他姨夫,孩子就不抱了,你回去吧,让你白跑了一趟。"常家的人感到莫名其妙,万分不解地望着父亲。王家姑妈在一旁说:"孩子太小,我们这里的牛奶、羊奶多,好喂,我的两个小的都是羊奶喂大的。"

父亲执意要常家人把送来的礼物拿回去,来人不肯,父亲亲手把礼物装到来人骑的驴背上的褡裢里,似乎留下礼物,就留有再抱养的可能。在那一刻,父亲也断绝了将我送人的念头。

故事的后半段并没有按照原定的计划演进,而是常家人骑着毛驴远去。大哥飞奔到王家姑妈家报信,大姐、大哥、二哥、二姐、三姐拥着襁褓里的我胜利而归。

河的方向

溺水而生

二姐蓦然发现涝坝里漂着个孩子,面朝下,背向上,花绑带还打着活扣,整齐地排着。二姐着急地大喊:"谁家的娃娃?谁家的娃娃掉水里了?!"

定睛一看,那个花绑带怎么这么熟悉?不对,是我们家的娃娃。二姐大声哭喊着:"快来人啊,我们家的娃娃掉进水里啦!"

两岁的我跟着哥哥姐姐们在屋后玩耍,母亲将我交给十岁的二哥照看,贪玩的二哥早跑得不见踪影。懵懂无知的我鬼使神差地走进水里,我恍惚记得那团生命之水,因身体熟悉娘胎里的羊水,自觉得那里是温暖、安全的港湾。

涝坝是房后邻居盖房子脱土块挖的盛水池,一池浑浊的泥水。两岁的我走进水池,池畔已经被泥水泡得酥软,我跌跌撞撞地滑进了涝坝。

我在涝坝中不知喝了多少泥水,肚子都喝饱、喝胀了,人像气球一样漂在水面上,幸好二姐发现了溺水的我。其实涝坝边还有一群戏水玩闹的孩子,只是各玩各的，谁也没有向涝坝里看一眼。

二姐的哭喊声惊动了一旁脱土坯的人，姓王的房主将我捞出来，父亲及半村的人都赶了过来。

父亲提起我的双腿，将我倒了过来，泥水从我的口鼻里哗啦啦地流出，像水闸开了个口子。水控干净了，我还不喘气。村里人拿来了一个水桶，说把孩子放到水桶上滚，能挤出体内残存的水。父亲将我放在水桶上，前后滚动水桶，我的嘴里的确流出了一些污浊的泥水，可仍然没有呼吸。苏大爷拉了一头牛来，说将我搭到牛背上，拉着牛走也许行。

父亲又将我像一袋草一样搭在牛背上，他拉着牛绕着涝坝一圈一圈地转。每转一圈，父亲就试一试我的鼻息，然而我依然没有呼吸。

父亲的希望在老牛踏出深深浅浅的蹄印中塌陷。转到日落西山了，村里人哀叹："没救了。"妇女们纷纷抚慰已经哭得站不起身的母亲。父亲黑着脸，在人群中寻找二哥的身影。知道闯了大祸的二哥早已藏了起来，哪敢现身。

最后一抹晚霞嵌在山脊线上时，父亲绝望了。他拿起牛鞭，疯了似的喊二哥："尕柱子，尕柱子，你给我出来！"

男人们又都冲上去劝慰火冒三丈的父亲。趴在牛背上的我，在月亮跃上树梢的那一刻，终于吐出一口泥，喘了一口气。近旁的二姐大呼："活了，活了，妹妹又活了！"

父亲一个箭步跨到牛身前，摸着一息尚存的我，泪眼婆娑。母亲扑过来，颤抖地抓不住我的手。

我又活了过来。父亲仍然用牛鞭抽了二哥一顿，鞭杆都打断了，并告诫所有的孩子，今后要管好弟弟妹妹，谁要管不好，出了

221

事就打死谁。从此以后，疯玩的哥哥姐姐们都多操了一份心，时不时地关注弟弟妹妹一眼。有些贪玩的孩子为了不出事，还在弟弟妹妹的腰上拴个绳子，像羁羊一样把弟弟妹妹羁在一个相对安全的地方，自己就可以放心玩了。该回家了，把羁着的弟弟妹妹解开，手拉手领着回家。

溺水留给我的后遗症是明显的，我的头发被淹得失去了黑亮的光泽，变得焦黄，同伴都叫我"黄毛子"。为此还编了首歌谣："黄毛子，气死娘老子。"通常听到这个揭我伤疤的歌谣，我就气得追打同伴，屡屡白跑一趟。

我的肺也被涝坝水呛伤了，总爱发炎。每到季节交替之际，母亲倍加照顾我，总追着我添衣加裳，还要我常年穿肚兜，说是护肺。

那年盖房子时，父亲的腿被木头压断了，到县城住院，回家时给我买了一件背心，那是我第一次知道有一种内衣叫背心。那件白底绿花背心，开启了我穿背心的护肺新征程，成了我护肺的衣裳。

我的眼珠也被涝坝水泡黄了，变成了泥水的土黄色。母亲说两岁之前的我，眼仁是黑色的。

二十年后，我两岁时造成的伤痛才彻底复原。头发变黑了，眼仁变黑了，也不用穿护肺的背心了。

你走过的路、经历过的事总会记录在你的生命册页中，时间这块橡皮擦只能擦去一部分，更多的终将无法涂改。

摸蛇止汗

四年级时老师要求用钢笔写字了,哥哥姐姐们用过的钢笔我接着用。那支酱色笔杆的钢笔写着写着就漏墨。我左手的手心里始终握着一块大麻布,一旦漏墨赶紧吸墨,但作业本上还是经常洇了一大片。

我多么渴望有一支新钢笔呀!后来父亲从县城给我买了一支新钢笔,这是一支大头玉米钢笔,有一拃长。笔杆做成黄白色玉米棒子的样子,玉米粒排列整齐,粒粒饱满。笔帽是有内丝扣的玉米叶子造型,长长的两片叶子盖住笔头,末梢还俏皮地卷了一下,像风吹拂过似的。我喜欢极了,捏在手中左看右瞧,挑不出一丝一毫的不足。我们班的同学围拢到我的桌旁,眼睛直直地盯着我的玉米钢笔。小明的眼神就像一把钩子,几乎能把我的钢笔钩走,我双手握紧了我的钢笔。

杨老师也要看我的钢笔,我忐忑地举起来给他看,他说:"真好看。"班上几个男同学要求摸一摸,在杨老师的监督下,我抓着笔杆,他们挨个儿摸了摸玉米叶造型的笔帽。

自从拿到这支心爱的玉米钢笔,我的手心忽然开始大量地出汗,汗水多得握不住笔,钢笔经常如鱼儿一样从手指上滑了出去。母亲给我准备了两条手帕,一条缠在手上抓笔,湿了再换一条,手帕湿得都能拧出水来。

我的同桌五粒说:"摸一下蛇,手汗就没有了。"我听了汗毛都乍了起来,坚决不相信。每个人可能都有一样最害怕的东西,我最怕的就是蛇。蛇这种冷血动物就是我的天敌,我从来不敢看蛇,如果路上不幸遇到,我不是吓傻就是呆掉,光是蛇影就能收了我的魂。那年在黄深崖子的石阶上,我看到了一张蛇蜕的皮,姐姐说那是中药,让我捡上。我用长长的木棍挑着,双手抖得如筛糠。

我的男同学们竟暗暗地实施着"摸蛇行动"。那天大课间,我刚准备从座位上起身,五六个男孩子围拢了过来,小明手中竟然拿着一条白白的蛇,我"啊"了一声,就跌倒在板凳上。迷迷糊糊中听到他们说:"蛇打死了,怕什么,摸!"恍惚中,我感到五粒抓着我的右手,强子抓着我的左手,小明他们把白蛇送到了我的手中。

我的右手仿佛触到一条冰凉光滑的绝望深渊,眼前一片漆黑,什么都不知道了。

第三节课上课了,我趴在桌子上没起立,杨老师才知道我昏了过去。老师和同学们又是拍脸,又是掐人中,又是用水浇,终于把我折腾醒了。睁开眼的一刹那,我看到每个人的脸上都挂着一条白蛇,我又昏了过去。

神奇的是此后我的手心果然不出汗了,上学都不用备吸汗的手帕了。是不是摸蛇治好的不得而知,但对蛇的恐惧由意识层面深入到潜意识层面,常常在梦境里被无数条蛇缠身,怎么逃也逃不掉,最后都是大喊一声,从炕上坐起,浑身大汗淋漓。

进城后，我生活的环境里几乎没有蛇，蛇造成的心理阴影渐渐消失了。女儿三岁时，在城郊变电所工作的爱人为了让孩子长见识，竟抓了条小沙蛇，装在瓶子里带回家。女儿兴冲冲地举着瓶子给正在厨房中做饭的我展示。我一下子大惊失色，举着手里的切菜刀喊道："立刻！马上！给我拿出去！"女儿没见过妈妈如此激动，小眼睛瞪圆了，爱人也见识了平时还算文艺的妻子，此刻竟凶过了母老虎。

父女俩讪讪地、灰头土脸地到铁路边把蛇放了，这下父女俩才知道我是真怕蛇。后来邻居家的小孩给女儿送了条铁质的玩具蛇，放在女儿的书架上，我明知是假的，看到后还是会感到惊恐。一日，我想克服一下这种恐惧心理，试探着摸一摸玩具蛇，手哆哆嗦嗦地伸出去，指尖还没有触到那条"绿花蛇"身上，腾的一下眼前一黑，差点儿昏过去。

幸好腿靠在床边，一屁股坐在床上，心突突跳着，血液直冲头顶。我突然明了，这辈子怕蛇是怕定了，童年的那次"摸蛇行动"，早已吓破了我的胆……

人生读的第一本小说

我坐在河边的青石头上,惆怅地望着河水流来的方向,期盼着一条水红色的纱巾顺流漂来……我知道期盼因何而生,缘于那半本《野火春风斗古城》。

我们去高奶奶家玩,苍娃窝在炕上看书,不理我们。高奶奶说:"不知是啥书,看得五迷三道的,从昨天下午开始看,一宿没睡,灯油点了一半。不吃不喝,不睡不拉,不知是啥好东西?"

我坐在炕头等苍娃把书看完,因为我看他左手捏着的书页只剩两页,厚厚的一叠躺在右手的手心里。

苍娃终于看完了书,但他并没有把书放下,心思也没有从书中走出来,我耐心地等待他回过神来。

高奶奶的菜包子蒸熟了,她一边揭锅盖,一边喊:"吃包子啦!"我捣了一下苍娃,苍娃才从书的世界里出来,愣怔地望着我,我告诉他吃包子。他已经叠成三重的眼皮都不能自动恢复了,一边用手揉,一边下炕,还遗憾地说:"太可惜了,没有结尾。"

一本残缺的《野火春风斗古城》,封面尚在,土黄的底色上印着鲜红醒目的书名，就像子弹爆炸了一般，将字炸得鲜血淋漓，有种战争的紧张与残酷之感。右上角还有一对穿长衫、旗袍的男女剪影，显得非常神秘。七岁的我已经是三年级的小学生了，认识的字读画书已无大碍。我想读这本吸引苍娃不吃不睡，一口气读完的书。这是我读的第一本小说，只可惜是本残卷。

从拿到书的那天起，我不再疯玩，晚饭后悄悄躲进正房的套间——我和姐姐们的卧房，就着油灯开始读书。我看得很慢，不能像聪明的苍娃那样一口气读完，需要一页一页反复读才能马马虎虎理解大意。

这本书向我打开了一扇新世界的大门。我知道了村外还有一个广阔无边的天地，那里有杨晓东一样机智勇敢的男人，有金环、银环那样美丽无畏的女人。特别是对杨晓东和银环二人感情的描写，是我的爱情启蒙课。七岁的我目光不敢在叙述他们单独相处的段落多做停留，但心里又想多看几遍那些描写微妙眼神、含情对白的语句……

当合上这本无结尾的小说后，那些忧伤的情愫具象为在河里漂荡的一条红纱巾，游荡在我的心河与村河之上。我无缘由地坚信，那条水红色的纱巾，一定会在某个中午顺着村河漂来。于是那些中午，我赴约般跑到河边，等待那条梦中的红纱巾。可是那些寂寞的夏日正午，云朵栖在山头小睡了，只有如我一样有心事的鸟儿，偶然鸣叫着掠过天际。我悠长的等待只能化作一声叹息，让哗哗流过的河水带走我的心绪，带向那小说里的另一个宇宙。

母亲发现了我的异常，追问我大中午去河边干什么。我便找了个理由：洗鞋子。我把家里大大小小的鞋都洗了一遍，最后没得洗了，就把伙房里的抹布拿到河里洗了又洗。母亲夸我是个爱干净的女孩,她哪里知道我无尽的等待。

十岁那年,我离开了村庄,沿着河的方向走到了一个镇子,在那里开始了全新的生活。陌生的环境使我无所适从,生活一夜间从简单变得复杂,我似乎只有招架的份儿。

一脚踏入了宽广无边的平原地带,我反而变成了一粒沙,完全淹没在漫无边际的人生海海……

第七辑

水光闪闪的往昔

　　人这一辈子要经历多少事，谁也数不清，然而又有多少事能烙印在记忆里，一生难忘。这些铭记的事情，就像生命之河中闪闪发亮的水光，蕴藏着连我们自己都参不透、悟不明的意义。为什么是这些而不是那些？记忆选择的标准到底是什么？站在这些细碎而明亮的往昔面前，我竟不知就里，记忆的选择标准就是这样古怪而固执。

三只茶碗的结婚礼物

父亲派二姐带着我去参加位于大黄山河对岸牧业村里的一户哈萨克族人家的婚礼。父亲曾经在那里当过两年队长，结识了满村的哈萨克族人。他们有喜庆的事，总少不了要邀请父亲。

父亲恰巧脱不开身，便让二姐带着我这个幺女去蹭吃解馋。父亲说他多日前去大黄山煤矿时已买好了礼物，就放在河边的大刺墩底下。

那个初秋的清晨，我们穿戴整齐就出发了。秋天已悄悄来临，河水淙淙，草黄籽实，红叶斑斓。我们走下黄深崖子大坡来到河边。路直接蹚进河水里，车行、马踏皆可击水而过，落得个轮洗蹄净，唯有人行得借露出水面的石头跳着过。这段河床宽，河水浅，有固定的跳石，二姐轻松越过，我却没那胆量。好在沿河向南边走上数十米，有一棵歪脖子树，正好搭在河上成了桥。

二姐在河的那边，我在河的这边，中间隔着宽宽的河水。我深一脚浅一脚地沿着河岸前行，秋草变黄长硬，枝头满是饱满的籽实和渐黄的枝叶，踩上去唰唰地响，似有爬虫蛇影，我哆嗦着谨慎迈步。

二姐隔河大喊："找个棒子，探着走。"她手中拿着根长木棍，像一条延长的腿，左右打探着身体的前方。那是一根驱蛇棍，在草窝里探路惊虫，既是工具，又是我们的第三条腿。

我爬上歪脖子树，揪着树身上的丫杈挪步，到河那头还有一小段空白，树身不够长。姐姐伸来长棍，我抓着一头，姐姐一拖，我一跳，到了河的左岸。

这条连通两个村庄间的道路，实则是条马道。走河沿、下大坡、蹚河水、爬陡梁……地形复杂多变，人难行。过了河，路一边贴着山，一边长着密密的灌丛，父亲的礼物就在紧靠河边的那丛大刺墩下。

那丛刺墩已然长成了刺墩家族，河边的这一大片地都被大刺墩的子孙占据了。大刺墩长得像房子一样，撑开的茎秆比二姐的胳膊还粗，刺冠遮盖下的空间可以供路人避雨、歇息。父亲说到大刺墩，聪慧的二姐就已明了。

二姐带着我径直走进刺墩，刺墩里的空间竟有半间房大，地下已踩踏得如同我家屋子里的地面一样瓷实，还摆放着几块平石头，当作石凳供人休息。二姐在刺墩边的草丛里扒拉出一个纸包，那应该就是父亲藏的礼物。

我们剥开纸，看到三只茶碗，细白的瓷底，圆圆的口沿，鼓鼓的碗身上拥围着四朵酱红色的团花。那时候，这已经是很好的礼物了，我们村的吉尔结婚，赛赛妈送了一块手帕，带着一群娃娃去吃席，村里崇尚"有礼不打上门客"。

那时候，吃席大多携家带口，讲的就是热闹。大人上席，娃娃们顶多混块糖、油馃子等，有些丰盛的宴席上还会有一碗肉汤。所谓的肉汤，也就是一碗有着几块白萝卜、红萝卜，汤头漂几滴油花，闻着有肉味的汤。最上档次的宴席当属有炸虾片的，那可就真有"海鲜"啦！

我们第一次见到虾片是二十世纪七十年代末，在我大姐的结婚宴席上。戈壁上的张家大哥是大厨，他买来了一些包装盒上印有虾的图案的食品，说这叫虾片，是"海鲜"。山里的娃知道，在离山很远的地方有海。我们这里有山珍，他们那里有海味。

当纸盒里那些红红绿绿像塑料片一样的虾片被倒入油锅，瞬间膨胀成一锅五彩缤纷的酥香清脆，惊得我们瞠目结舌。张家大哥给我们这群围观的孩子每人一片像耳朵一样的炸虾片，吃得我们满口油香，吃到了之前从未品尝过的海的味道。自此我们村的人家过事（举办大事），有没有虾片就成了衡量上不上档次的标准。全村的孩子更是冲着虾片而来，以嚼虾片为最摩登。

我和二姐捧着三只茶碗来到婚礼现场，戴头巾的老奶奶正一把一把地撒着糖果、包尔萨克、奶疙瘩……我和二姐把礼物放到大树下，立刻加入抢食的行列。当我们捂着口袋里的两块糖跑到树下时，礼物不见了。我俩傻眼了，你看着我，我盯着你，仿佛犯了天大的错，捅了地大的篓子，两人放声大哭起来。听到哭声的人们围过来问："咋了？"姐姐用半生不熟的哈萨克语夹杂汉语告诉大家，我们丢了三只茶碗，那是父亲送给新人的礼物。大家笑着说："刘队长的礼物，早给新郎的妈妈了，她高兴得很……"

二姐不解地问："你们咋知道碗是我们带的礼？"羊把式的儿子说："三天前刘队长的碗就走到河里了，过了河，今天才慢慢地走到。"牧民们哈哈大笑起来，眼里流淌着河水一样的光……

河的方向

木轮碾过的寒冬

　　冬天的半夜可真冷呀,大姐把我裹在大皮袄里,只留了个望风口,我在大皮袄里都能闻到寒冬清冽的味道。

　　我们去哈巴河的羊场子上拉粪。冬天就是给地里拉粪积肥的时节,村民们三更半夜就起来,顶风冒雪,架着木轮驴车到夏天羊群圈卧的场子上拉粪。年轻人还一男一女搭配分组,用爬犁子拉粪。

　　木轮车发出吱扭吱扭声碾过颠簸的山道,我躺在驴车上冷得发抖。这种双轮木轮车是自制的,河里桶口粗的被风刮倒的白杨树,能锯出好多副车轮。锯回来,剥掉老树皮,中间掏个洞装轴承,上滚珠,你家一对,我家一双。轮子是车的机械装置,需要铁轴和钢蛋,还要经常膏点儿油,来减缓磨损。车轴断了,钢蛋丢了,那可就损失惨重了。这时候,车主就会哭丧着脸,找父亲诉说一番,然后就拿着残件到大黄山煤矿去购买。

　　车架子和车厢都是木头做的,有舍木匠坐镇木匠铺,每家的排架都是上过刨子,溜光水滑的。厢板和套索也都是榫头、榫眼严丝合缝，即使车架子断裂了，再并一块木头，铁匠打上几个铁箍、蚂蟥钉，也就修复如新，更加结实耐用了。

我家的车轮分明得膏油了，滚珠干涩、硬碰硬的声音，把无边的寒冬都刺穿了。我的身体有些麻木、僵硬，冬夜的寒如针一样扎着我的皮肤；寒夜的硬，如石头一般压迫着我的骨肉。不知是木轮扁了，还是道不平，持续振动的节奏间或会跳个帐子将我的身体掀起来，在空中悠了半截，又重重地落下。

我一门心思揣摩着这条寒夜里的漫长山路，觉察哪里有坑，何处有陡坡，何处路斜。我的眼睛似乎长到了我家毛驴的蹄子上。

其实，我的眼睛透过皮袄望风口，看着天空中挂着的贼亮贼亮的星星。那些星星似乎也不堪忍受这冬夜的寒，全都缩头缩脑，尽量把自己收得更紧更小，就像我一样，竭力避免与寒夜接触。

然而，寒冷铺天盖地，车轮碾在地上发出沉闷的声响。地也被冻硬了，而且厚度还在不断加深，至少一尺深的土层被寒冷攻陷了，现在整个大地是麻木的。

我的四肢及身躯也如大地一样，表层的麻木已向深层推进，我怕寒冷占据了身心，挣扎着爬了起来，高喊大姐。大姐的皮帽子周围结了白白的霜，呼哧呼哧地喘出的热气与星月的清辉连接成一线。大姐是这寒夜里唯一的暖，她回头将我扶起。我说："我腿麻了。"她说："你在皮袄里跺跺脚。"

我随着嘚嘚的驴蹄声，在车厢底板上跺着脚，腿脚的麻木就像灰尘一样，在我用力跺脚发出的声响中被惊飞了，我的腿脚渐渐恢复了知觉。

红日冒出东山尖时，我们赶到了羊场子。有比我们来得更早的人,正用大块的粪在车厢四周码成墙,防止碎散的粪掉落。

大姐把毛驴车停好,用四块石头把车辘辘前后挡住,然后将皮大衣盖在毛驴身上,让我牵着毛驴的缰绳。她甩开膀子挥镐,从羊场子上积得厚厚的粪层中,挖出一大块一大块黑油油的、还冒着热气的粪板,我终于明白为什么羊冬天卧在粪圈里不会冷了,羊身上穿着它的"羊皮袄",身下卧着热粪炕,当然可以藐视冬的寒了。

赶马车是一门技术,赶驴车更得靠手艺加气魄。驴的坏点子多,你若拿不住驴,说不准什么时候它就会给你点颜色看看。

东东就被他家的驴整了个仰板子。驴不听指挥,他拿缰绳头抽驴头,他家的驴属蔫坏型,他打一鞭子,驴偏一下头,他再打一鞭子,驴再偏一下头,好像和他较上劲了。"你一个驴还跟人犟,我天天好草好料喂你,你拉粪挣工分也是给你自己挣吃喝呀!"东东越说越生气,连着抽打了好几下。驴梗着脖子,把头偏到另一侧,一副不服气的样子。他气恼地抐缰绳,驴一头甩过来,把他撞了个仰板子躺地。

小青家的叫驴更是乱弹琴,看见大小草驴,甚至骟驴都吭哧乱叫,拉着粪车狂追猛赶,一副不管不顾的花痴样,弄得小青抬不起头,好像自己的品行都值得怀疑。那次在哈巴河梁上拉粪,他家的叫驴连车带驴滚下坡去,亏得驴翻身快,把套索挣脱了。车丁零当啷滚下山,摔成了片片块块,羊粪撒了一坡,损失大了,害得小青爸给驴做了个驴蒙眼,不让驴见多心花。

哑巴家的骟驴倒是身大力不亏,干活儿有蛮力,就是在窄窄的山道上从不礼让。迎面走来的空车、实车都必须是对方远远地找个宽处停下等着,由着它趾高气扬地,甚至故意飞扬跋扈地先过。哑巴死命地抐缰绳,想用鞭子打消驴的嚣张气焰,谁知这头牲口是人来疯，越打越控制不了，越发一副雄霸天下的嘴脸。害得哑巴点头哈腰，啊啊叫着给对方赔礼，指着自家的驴做羞愧状。

二哥驾车没有经验，那年在哈巴河山头上拉粪，他把驴车停在山坡头装粪。车厢里的粪越装越多，车越来越重，渐渐就向坡下移动，等他发现时，车尾已滑到坡坎边缘。二哥撂下手里的铁锹，抓住驴缰绳就拽，驴四蹄攒劲，撑着地，扛着车，驴身子被缰绳拉成了一条线，脖子和头都直了。二哥双手拽着驴缰绳，屁股向后挪动，人驴都使劲，驴挣得鼻子都流血了，二哥的手让粗麻缰绳磨烂了也没能阻止粪车滑坡。幸亏坡下是一片平地，旁边还有一块大石头，粪车到那儿就停住了。

村里一块儿拉粪的人帮忙把驴卸了，将车里的粪顺坡倒了，空车拉上坡顶，又帮着装了一平车粪。挂彩的二哥赶着滴鼻血的驴拉着粪车返回，到地里只倒出了一堆，记了一分。

拉粪的人将粪一堆一堆均匀地倒在田里，村里记工分的人手里拿着一把三角锥形叉尺，一叉一叉地量底径、锥高，不达标的粪堆还要责令拉粪的人补齐，方能记一分。

一辆装得满实满载的车，可以倒两堆，记两分。冬天我们村的人就在拉粪上比超挣工分，为来年的争先夺优奠定基础，因而一家比一家起得早。人驴都麻利的，一天能拉三趟，睡懒觉的一天顶多能拉两趟。大家都暗暗较着劲，比赛着多拉多挣。

大哥和舍木匠的女儿一组，他们的爬犁子只能在雪地上拉，雪化了就用木轮车拉。舍木匠的女儿老实肯干，大哥有劲能干，重车、上坡都是大哥拉正位，空车时舍木匠的女儿主动拉着爬犁走。正是那些寒冬里的劳动，使他们相互了解。大哥当兵走时，舍木匠的女儿还给他织了三副衣领上的白丝线垫里，悄悄塞到他手里，一句话都没有说。

　　我不知道自己为什么会出现在那个木轮碾过的寒冬。其实,我与拉粪积肥这件事无关,哥哥姐姐们还需照顾我、保护我。我牵着的那根驴缰绳完全不用牵,驴车停下,拉粪的人都会用石头前后卡死木轮。撒开驴缰绳,车子也不会动,驴也跑不了。我手里的那根驴缰绳,纯属哥哥姐姐们给我的一个存在的理由。

　　当我提笔回忆起那个拉粪的寒冬时,冬夜的寒冷奇袭而来。我终究明白了我出现的意义,原来是让那个木轮碾过的寒冬,碾进我的心里,流淌在我的笔下……

荒野之时

父亲从西沟抄小路回家时，半途中捡到一块手表。父亲说他当时心情烦闷地骑在马上，走到西沟河河谷折向台子的山口时，猝然听到清脆、均匀的嘀嗒声，侧耳倾听，分明是钟表发出声音。荒野之间，哪来的钟表？父亲着实吃了一惊。他是个耳聪目明的老猎人，夜晚睡得正酣，枕头上跑过一个虱子都能把他惊醒，将虱子逮个正着。他十来岁就穿行于山野间，万籁皆可分辨。他相信他的耳朵。

然而，这条荒野小路是一条人迹罕至的山道，是从西沟三队到台子村距离最短的一条路，也最为陡峭。上山下谷，坡陡谷深，峡谷崔巍，只有父亲这样的山野猎人方敢独行。我们偶尔成群结队地赶着去看电影或去上学，就得相互壮胆，才敢抄近道走这条险路。

哪里来的钟表之声呢？父亲觉得非常奇怪，下马闻声寻找。

在山道中央的三块大石头之间的夹缝里，父亲锁定了声音之源。他拔掉石缝间的荒草，拨开碎石，果然发现一块手表。表盘上落了厚厚的尘垢，表链子已经被锈蚀得斑驳、朽烂。奇妙的是表的指针还在走，嘀嗒的时光脚步稳健有力。

父亲捡起这块荒野之时，无法想象它来自何方，又为何至此。我的父亲那时候并不了解人类历史上曾有过的一个思想实验——荒野之时，可他就那么奇巧地在荒野上捡到了一块充满人类智慧和复杂工艺的手表。

他捡回了这块还在走动的手表，村庄的人们展开了想象。全村男女老少都在猜测、推演，以探求这块荒野之时的来源。

哪里来的一块手表呢？村里人虽百思不得其解，但又集体认同这是一个人丢掉的，绝对不是天上掉下来的。可是这个丢手表的人又是谁呢？王教导员见过世面，拿着这块表端详了半天，得出结论：这不是一块普通的表，这是一块瑞士梅花表，很贵，很精密，是世界上最好的表之一。我们全村人都傻眼了。在这山高皇帝远的荒野之地，竟藏着称得上"世界上最好之一"的手表，还被队长拾到了。全村人都想知道这块表背后到底埋藏着怎样的秘密。

王家姑爹拿着表说："会不会是新中国成立初期打土匪时，那些解放军丢的？"当年王家姑爹参加打土匪并立了功。民兵们在联防队队长沈德的带领下，曾在西沟河和土匪对峙。土匪在松洼顶的山头上，民兵在山下草坡上。初春雪融之际，身着天蓝衣裤的一名学生趴在雪地上太显眼，挨了土匪一枪，腿被打断了。

民兵们既要救人，又要躲避土匪的子弹，乱作一团。王家姑爹趁乱从松树林里悄悄爬上山顶，藏到松树后，朝土匪放了一枪，把一个土匪身上也打得开了花，痛得嗷嗷直叫。土匪见不得血，一见血就害怕，立马投降了。民兵们取得了胜利，部队也赶了过来，当时就在这一带。

父亲说："不可能是解放军的，他们都很朴素，穿的都是缝缝补补的旧军装，怎么可能戴这么贵重的手表呢？"因为父亲当时也在民兵联防队里，亲眼见过那些解放军。

苏大爷摸着手表分析道："会不会是国民党骑五军的人丢的？"

"骑五军抓兵只到了西沟街，再没有朝台子上走啊。"知情的王家姑爹又否定了这一猜测。那时候台子上只住着王家姑爹一家人，他说的当为实情。

这块手表成了村里人无法破解的谜。渐渐地，人们不再胡乱猜想了，这块手表在我家的窗台上放着，昼夜不停地嘀嗒响。父亲由以往听公鸡打鸣起床，改为看手表上的时间行事。我们上学也由母亲估摸着的催促，变成按时踏点出发。这块荒野之时代替了公鸡叫早，相对于太阳的寸寸光阴，我们更信赖人制造的表所指示的时间……

小弟掏鸡蛋

那天早上,小弟没有在院子里晃悠。我们玩兴正浓,谁也没有在意。忙碌的母亲忽然停下手里的活计,神色紧张地问:"你们的小弟呢?"

小弟可是家里的宝,父母、奶奶疼爱得不得了。正如关大佬所言:"捧到手里怕碎了,含到嘴里怕化了。"

母亲生我时差点儿要了命,医生说不能再生了。三年后,母亲怀上了弟弟,父亲和奶奶就倍加体贴母亲,自然对她肚里的孩子也倍加关照。母亲临产,父亲怕出事,专门把母亲送到县城的医院。不想,母亲顺产而且还生了个男孩,全家人都非常高兴,内心里都认定弟弟是个福娃。

会些相术的关大佬见了弟弟后说:"这个娃子是个富贵命。右耳朵门门上长着个拴马桩桩,右耳朵垂垂上藏着个盛粮的仓仓,一辈子吃穿不愁。"

小弟的两只耳朵确实比其他人的多长了些零件。他的右耳门前长出和香烛一般粗细、小拇指指节长的一个肉桩桩,的确像院子里父亲栽的拴马桩。用手摸一摸,不软不硬，扒拉一下，弯曲一下又弹回去。我们很爱玩弄他那个有弹性又好玩的肉桩桩，为此母亲每每都将睡着的小弟放在炕里边，免得我们趴在炕沿上玩他的"拴马桩"。

小弟的左耳垂内侧窝着一个小洞洞，正好能塞进一粒麦子。我们感叹，这个粮仓仓也太小了吧，只装一粒麦子！母亲抚玩着说："就是个意思，你还想装多少粮？"我们想也是，这么小的一只耳朵都变成仓，也装不下一碗粮呀！

神奇的是，小弟粮仓仓里的这粒麦子装进去易，取出来难，得挤挤才能取出来。他的粮仓仓里装上麦粒，跑、跳、摇头晃脑都掉不出来。关大佬说："这娃守得住财，只进不出。"

如此金贵的小弟不见了，我们都如犯了大错似的愣在那儿。母亲扯直了嗓子喊："泡娃——"我们方回过神来，满院子寻找只有三岁的小弟。

我忽然想起早上母亲摸完鸡蛋，把鸡放出来后，小弟的黑夹袄在我眼前一闪而过，似乎进鸡窝了。

春夏之际，每天早晨母亲都会堵在鸡窝门口，钻出一只母鸡，抓住摸一摸屁股判断有没有蛋。有蛋的送回窝里生蛋，没蛋的放出去刨食。

前些日子小弟学会了摸蛋，天天早上跟在母亲的身后，母亲摸完鸡蛋，他也要摸一遍。鸡洞子门小，只有我们几个孩子能钻进去收蛋。自打他前几日卖了鸡蛋，发了平生第一笔财，便霸占了鸡窝，再也不准我们收鸡蛋了。只要听到母鸡咯咯咯的报喜声，穿着一身黑、胖乎乎的小弟就呼哧呼哧地跑向鸡窝。若我和三姐抢了先，他就像小地主一样守在鸡窝门口，生夺硬抢，非得把鸡蛋截获。若我们已出鸡圈门，他便当地撒泼打滚，大哭大闹。母亲听到哭声，定是先奔向他。他恶人先告状，说姐姐们抢了蛋。母亲的裁决是大让小，我们只好把蛋给他。他胖嘟嘟的小手捧着蛋给母亲，母亲眼里全是亮晶晶的欢喜。

前几日来了个收鸡蛋的，是大黄山煤矿的工人。他背着背篓定期走街串户地吆喝着收鸡蛋，三分钱一个。三岁半的小弟靠卖鸡蛋挣了两毛一分钱，悄悄装在口袋里。

昨日，父亲给二姐五毛钱到大队商店买茶叶，小弟死活要跟着二姐去。二姐骑光背驴（没有鞍子）下黄深崖子大坡，坡陡怕把他摔下驴背，不想带他去。小弟抭着驴缰绳，拽着驴尾巴，非得跟着去。二姐好说歹说就是不行，只好带上他。下大坡时二姐叮嘱："搂紧我的腰，脊背向后倒，脚蹬到我的大腿上。"三岁的小人儿听话得很，姿势也做得很好。

到了黄山大队商店，二姐花了三毛七分钱买了块茯砖茶。剩下的一毛三分钱买了十五块糖，给小弟分了八块，自己留了七块。转身刚想走，小弟又从口袋里掏出了两毛一分钱，买了几十块糖。他的黑夹袄前襟有两个大口袋，母亲专门缝上供他装好吃的。这下二三十块糖装了满满的两口袋，才心满意足地嚼着糖，随二姐回家了。

一向精明的二姐走到半道才回过神来，原来这个垫窝子有卖蛋的钱，要出来买糖，才死活要跟来。

那个时代，糖是稀缺的吃食，孩子们逢年过节才能分到一些，糖都是要存着慢慢吃，一块糖咬成几瓣吃。小弟吃糖是一整块嚼着吃，一块吃完了又是一块，一口气能吃一二十块。父亲每年进城开会回来都会买一提包糖，拿回家给我们每人分二三十块，剩下的全都是小弟的。这个"百宝箱"锁在父亲的三匣桌或母亲的衣柜里，只要他一馋糖了，父母就会给他抓一把，他嘎嘣嘎嘣吃一顿就过瘾了。

小弟还有嗅糖的本领。有一次大哥买回来一些糖，包起来塞到了房梁架上。小弟放学进家门，书包一放，鼻子就抽动起来，把屋里的每个人都扫视了一遍，镇定地说："你们有糖！"我们吃惊不已。大哥从容地说："没有，哪有糖？"小弟抽了抽鼻子，坚定地说："有糖！"他竟抬头望向房顶，嗅着味道寻到了那包糖。

我们家这位小弟成了贪嘴的小霸王，家里只要有好吃的都会紧着他先吃。那个夏天的傍晚，大姐揪回来一筐蚕豆煮了一面盆。油灯在面柜上悠悠地亮着，面盆里蚕豆冒着热气，我们围在小桌边准备吃。小弟不知犯了什么牛脾气，霸着不让我们吃。父母不在桌上，哥哥姐姐们最初还哄骗着他说："你看，墙上演电影呢。"他抬头满墙乱找之际，我们赶紧抓一把藏在身后，剥皮取豆，趁他不注意塞进嘴里吃。哄骗数次之后，他觉出不对，盯着我们的嘴问："你们吃的啥？"我们嘴里有豆说不出话，他低头一瞧，面盆里的豆已经剩半盆了，一下哭闹起来。大哥忍无可忍，将其抱起来，插在炕上的被垛里。

之后，因贪嘴蛮横还将他插到草垛里、衣服堆里、雪堆里。幸亏大多数的时候都没被父母看到，哭喊一阵，没有后盾，也就偃旗息鼓了。只有那次，父亲和村委班子在我家开会，大哥将霸道蛮横的小弟插到院里的雪堆里，父亲看到后脸气得青黑，人多又不便发作。好在副队长苏进民善解人意，赶忙到院里把哇哇大哭的小弟抱回屋，解了难堪。

我指着鸡窝，母亲抢先跑了过去。鸡窝门打开，小弟呆呆地坐在鸡窝里，两只小手沾着血，还捧着一枚软乎乎的鸡蛋。

原来小弟在掏鸡蛋。早上他摸着一只就要生蛋的母鸡,吃完早饭,就钻进鸡窝里等鸡下蛋。

母鸡卧在窝里,他坐在母鸡前面。母鸡一双豆眼盯着他,他穿一身黑衣裤,一双天不怕、地不怕的童眸盯着鸡。时间在彼此的对望中凝固了。

等啊等,他等得不耐烦了,抓住窝里的鸡,手指头戳进鸡屁股里摸了摸,蛋就在门口,且蛋皮硬硬的。小弟决定掏蛋:"既然半天下不出来,我帮你下好了。"三岁的弟弟硬是从鸡屁股里掏出了那枚鸡蛋。鸡蛋被掏出来了,小弟的两只手上沾满了血,他被吓坏了,捧着沾着血的鸡蛋不知如何是好。

母亲把小弟拉出鸡窝,他依然不言不语。那只被掏蛋的母鸡也奄奄一息,母亲杀了那只鸡,炒了一大盆鸡肉。如此嘴馋的小弟,竟不茶不饭,倒头睡了过去。

当我写弟弟这些糗事时,人到中年的弟弟已是一位小有成就的商界人士,有自己的公司、自己的家业,是我们兄弟姐妹七个中最富足的一个。看来他的拴马桩桩和盛粮仓仓还真没有白长,他用一生的奋斗应验了关大佬说过的话。三岁时卖鸡蛋挣的两毛一分钱,是他人生的第一次商业行为。三岁时掏鸡蛋的举动,显示出他耐性略欠、急于求成的性格特点。"三岁看大,七岁看老"究竟有几分道理,哈哈,见仁见智吧!

二姐做嫁衣

我的二姐个头不高，主意却很大。在兄弟姐妹中排行老四，极受父亲和奶奶的赏识。她是个敢想敢做的主儿，照我母亲的评语：嘴上一头子，手上一头子，哪头子都不饶人。

二姐胆大又心细，能干又灵巧，是家里的红人，也是村里的娃娃头。父母常常把买油盐酱醋茶的"大事"交给她，她总是办得妥妥帖帖，账目算得清清楚楚。奶奶除疼爱小弟外就最看重二姐，让二姐陪她睡觉、吃饭。母亲给奶奶烙的白面锅盔，挂在奶奶房间天窗边的洞洞筐里，我们都吃不上，大哥、二哥时常趁奶奶不在屋里，爬到屋顶从天窗里偷。一天中午，奶奶和二姐在炕上休息，二哥没探明情况，从天窗伸手拿锅盔。早听到动静的奶奶手里拿着长钩搭，二哥趴在天窗口，胳膊伸进屋，手还在摸洞洞筐口呢，就吃了奶奶一棍子，惊得屁滚尿流地从房顶跳下。此后，奶奶把洞洞筐移离了天窗，挂在梁架上，哥哥们再也偷不上了。

可是二姐能吃上，而且是奶奶给的。哥哥们经常守在奶奶房子的门口，看二姐拿着一块白面锅盔出来，便以迅雷不及掩耳之势抢走二姐手中的饼。

那时候白面稀罕，占一家一个月口粮的三分之一还不到。分的粮大多是荞麦面、苞谷面、豆面等杂粮。每月分粮后，奶奶给三姑妈家送去一部分，剩下的白面母亲先给奶奶烙锅盔，再剩下的掺和着杂粮做饭。我们吃的蒸馍都是花馍馍，荞麦面、苞谷面占两成，白面占不到三分之一，吃起来口感粗，刮嗓子，当然没有白面锅盔香。

得宠的二姐经常有白面锅盔吃，不过她不吃独食，不被哥哥们抢走的情况下，看到我和三姐巴望的眼神，总会给我们分一些，我们也很听她的话。

二姐有男孩子的性格，敢闯敢打，一般男娃娃都不敢惹她。她的组织能力也强，我们自发玩起的各种游戏，基本都是听她指挥。她会看人，玩游戏时分配公平、搭配合适，大家也玩得开心。学校老师也喜欢她，她脑子灵、办法多，学习成绩还好，拔河比赛、文艺演出她都是领头人。她能镇住人，有的时候都敢跟我父亲讲理。

我的二姐在十三岁时干了一件大事，给我们村的尕玲做嫁衣。

那年秋天，我们村有三户人家要娶媳妇嫁女儿。母亲是村里的大裁缝，两三个月前就被另外两家约请，届时给做嫁衣。尕玲妈来家请母亲时，赶得不巧，三家订的日子错不开，母亲腾不出手，便委婉谢绝了。

"这可咋办呢？日子定了呀！"尕玲妈为难地说，眼珠子转到二姐身上。她想起过年前来我家，二姐正踩着缝纫机给王家姑妈缝衣裳。缝好衣服，王家姑妈一试，正合适。尕玲妈给二姐使了个眼色，机灵的二姐就明白有事。她溜到屋外，在大门口等尕玲妈。

尕玲妈匆匆告别母亲，一溜烟跑去找我二姐，两人躲在柴垛后面商议着做嫁衣的事情。尕玲妈说："做得不多，一身半嫁衣（一条裤子、一件外衣、一件小褂）。"二姐说："缝没有问题，就是没有裁过。"尕玲妈说："你那么灵，那么巧，一看就会。见过你妈咋裁吧？"二姐时常见母亲比着衣服给人裁剪，自己着实没有上过手。她禁不住尕玲妈的夸奖，少年的豪情壮志被激发了，胸有成竹地允诺了给尕玲做嫁衣。

这件事还是个秘密，不能被母亲发现。早饭后二姐等母亲去另外两家做嫁衣之际，风一样跑到了尕玲家，展开深蓝色的华达呢裤料，将尕玲合身的旧裤子拿来，想着母亲比照剪裁的样子裁妥了，缝好了。一穿，挺合适，裤腰不大不小，裤腿线直挺括，尕玲和她妈都甚为满意，特地为二姐做了好饭。二姐哪敢滞留，又一阵风似的赶在母亲回家前跑回了家。

一连几天都是母亲前脚走，二姐后脚跟出门，都是做嫁衣，只是去的人家不同。上身的衣服做起来可不像裤子那么简单，初出茅庐的二姐还想一展手艺呢！她精心地裁剪华达呢上衣，还掏了一对高难度的暗口袋，白底绿花的平布小褂缝制好，扣眼锁好边，扣子钉整齐，一身半嫁妆完工了。

成就感满满的二姐请尕玲试穿。外套穿上时内衬拧着，怎么拉都不平整。小褂一试，整个衣服卡在脖子上，人像上吊一般，胳膊也伸不开，一伸衣服领口就咧向一边……二姐和尕玲妈瞠目结舌，傻眼了。

这时，这个十三岁的少女才觉察出自己闯了大祸，做嫁衣可不是闹着玩的，这是一家人多少年的财富积累才买的布呀！

尕玲妈没招了，说外衣将就能穿，小褂拆开，把领口剪大些。

二姐觉得不能错上加错,得让老裁缝母亲出马补救。然而她没有勇气给母亲说,尕玲妈也不好意思找母亲。她们俩嘀咕了半天,还是二姐有胆魄,说让尕玲陪她去找母亲。

母亲听到二姐给尕玲做嫁衣,惊骇得手里的针戳到了手指上。母亲撂下手头的活儿,仓促赶去尕玲家,看到二姐给尕玲做的一身半嫁衣,惊得直咂舌。看到二姐掏的暗口袋平顺,母亲眼睛一亮,说手还巧得很。一掏,口袋底没缝线,是个无底的口袋,母亲又笑了。

二姐把外衣的两只袖子上反了,穿上才会拧巴。母亲拆了,调换后重新缝上,穿上就平顺合身了。小褂布薄,二姐把布裁偏了些,左肩裁窄了,领口挖浅了,前襟忘了折层……母亲一一矫正偏差,领口又剪了一剪,前襟衬了一条布,暗襟变成了明襟,还格外好看,就是肩剪窄了难整。母亲端详了半天,用剩下的花布对花,没有对上的,找了块大致相近的接上,裁好、缝合。小褂穿上合身了,就是肩头花不对称,一眼就能看出是瑕疵。母亲打量了一番,派二姐回家把绣花线包拿来,她寻了根绿丝线,穿上小巧的绣花针,三下两下绣了朵与平布上印的一样的绿花,绣花碰巧压在了缝合线上,把布的接茬儿掩住了,十分完美!

二姐担心回家后母亲会收拾她,哪知母亲不仅没有责怪她,还手把手地教授她裁剪衣服的门道。

十三岁的那一年,二姐已是位小裁缝了,我们的旧衣翻新、缝缝补补都由她来干,已然成了母亲的好帮手。

鹿鸣呦呦

我拿着一个奶瓶，追着给一头小马鹿喂奶。那是我五六岁时，在哈巴河的山梁上发生的事。

父亲打猎驮回来一头小马鹿，把我们兄弟姐妹几个高兴得不知如何是好。父亲说小马鹿的妈妈从陡崖上掉沟里摔死了，小马鹿得我们养大。我们信心满满，立刻给小马鹿准备了奶瓶、干草铺的卧铺、脖圈以及铃铛。每天放学，撒丫子往家跑，看谁能抢到喂奶权。

小马鹿的胃口一天比一天好，由刚来时一次半瓶奶，到一次两三瓶都不够。小马鹿会跟着你，用它那沾满奶渍的嘴胡乱拱你，要奶喝，一副蛮不讲理、撒泼耍赖的蛮横相。

家里奶供不上了，父亲准备把小马鹿送到村里的羊把式家，他家有喝不完的奶。羊把式家在大河与哈巴河交汇的山梁上，离我家不远。父亲还说我们依然负责喂养小马鹿，直到小马鹿能吃草。

喂小马鹿要过河，这下我不敢单独行动了，放学后跟着哥哥姐姐一道去喂那个可爱又调皮的家伙。

羊把式是一位老实的哈萨克族人，他的妻子勤快又爱干净。他的两个女儿和一个儿子跟我们在同一所学校上学，是我形影不离的玩伴。他家住在高敞的山冈上，我们从大河水浅的地方，踩着河里的石头，一蹦一蹦地过河，爬上陡坡，沿着弯弯曲曲的羊肠小道走到他家。

远远地看到拴在木桩上的小马鹿，我们就跑起来了。它看到了我们，也想奔过来，但套在脖颈儿上的绳子挡住了它的脚步。但它还要一次一次地冲向我们，绳子拽得像一支箭，脖子都拉偏了，脸还挣扎着朝向我们。

羊把式的妻子永远都穿着干净的碎花裙子，手里始终都在干活儿：劈柴、烧奶茶、烤馕、挤奶、喂羊、打毛、擀毡……她总有干不完的活儿。看到我们跑来，她就会解开绳子，小马鹿一蹦三尺高，欢快地向我们跑来。

小马鹿像一颗子弹，几乎是跳起来投入我们的怀抱。它脖子高扬，两条前腿后收，直戳戳地把胸脯递上来，一下子扑入我们的怀抱，人鹿相拥着滚在草地上。

抚摸着它黑乎乎、热腾腾的嘴和两只支棱的大耳朵，头对头地凝视那双幽深的湖水一样的眼睛，在草地上亲昵一番，嬉戏玩耍一阵，才相互跟随着走向毡房。

奶瓶里已经装满温热的奶，不缺吃的小马鹿一边吃奶一边和我们淘气，吃两口故意抢头甩耳把奶嘴吐出。我们几个把它逮住，硬是把奶嘴塞回它的嘴里。它也有办法，不吸吮了，只把奶嘴含在嘴里。我们就抬高奶瓶，让奶流入它的嘴里，它使出高招，把奶嘴一咬，奶说什么都灌不进去了。我们只好作罢，陪它玩，数它身上越来越大、越来越淡的斑点；和它赛跑，它一纵一纵，永远跑在我们前面，即使我们抓住它的缰绳，也是它拽着我们跑。

整个夏天，我们就这样投怀送抱地陪着小马鹿一起成长。后来它开始吃草了，我们也没有理由天天去看它了，我们还要拔野菜、拔猪草、拾麦子、写作业……渐渐冷落了小马鹿。偶尔去看它，小马鹿已经长大了，和小牛犊一般高了。它似乎也和我们生疏了，像个骄傲的少年，爱搭不理的样子，瞥你一眼，眼神里也似悠远的清风，一扫而过。三姐还想唤回曾经的亲密，试图走近它，抚摸它的脸，不想它立刻警觉起来，眼里投射出冷冷的拒绝的光。三姐没有注意到它的反应，继续往它身边走，它竟然立起身子，一胸脯撞倒了她。

小马鹿两三岁时，羊把式把它送回生产队，说越来越不好养了，已经撞翻了好几个人，动不动还横挑鼻子竖挑眼，和从小喂养它长大的妻子较劲。羊把式怕哪天这家伙脑子一浑，伤了妻儿。

父亲将马鹿放到马群里养。这头三岁的母鹿发情了，六亲不认，混世魔王一般，见谁都攻击。那个秋天，父亲让大哥把马鹿赶到山里放生。下午，大哥的马群还没有回来，马鹿已经站在马圈门口，一连几天都送不走。可是它依然暴怒，一双发红的眼睛看什么都是发泄的对象，与马群放在一起，马也不得安生。

一天下午，大哥他们准备把马鹿单独隔离到村北边的新马厩里，一群精壮的小伙子一起抓马鹿。大哥站在马圈的土墙上，拿着长长的套马绳，准备套马鹿。大哥是套马高手，不论多么捣蛋的马，无一能从大哥甩出的皮绳圈套中逃脱，都得乖乖就范。大哥抡圆了套绳，甩出去，机警的马鹿听到风声，敏感地后退了几步，没有套住。不知就里的马鹿警惕起来，靠着墙边，不朝宽敞处走。我们村的青年刘明自告奋勇，拿着一根长木杆，想将马鹿吆喝到马圈

253

中间大哥的套绳范围内,好让大哥一绳套住。

刘明跳下围墙,握着长杆冲向马鹿,谁知马鹿丝毫不畏惧,也直撅撅地向他奔来。刘明的长杆还没有戳中马鹿,马鹿已经奔跑着立起身来,挺起它雄壮的胸脯,像一堵墙撞过来,把刘明撞飞了出去……刘明像块泥巴一样,在空中画了道弧线,跌在马粪堆上不动了。愤怒的马鹿还冲上来用蹄子踩他,围观的大人小孩惊呼乱叫,冲上来救人,马鹿方才退缩。

关大佬跑过来,抱着刘明的头,一边掐人中,一边冲着二哥说:"有没有尿?赶紧尿一些灌进去!"那时候,我们村没有医生,此类急救全凭老人的经验,童子尿普遍被认为是一味药。

刘明果然醒了过来,憋紫的脸色渐渐恢复了正常,但之后大半年都面色青黄,弯腰驼背,没了英俊潇洒的模样。

父亲这次真的下定了决心,不能任这头发疯的马鹿为所欲为,恰巧山外来了拉洋芋的人,说是山下有个叫六运湖的地方有个养鹿场,可以送到那里。学校的何老师愿意押送这头我们养大又无法控制、不断闯祸的马鹿。于是马鹿被送上了汽车,消失在我们村通往外面世界的那条土路上……

数星星的夜晚

我们的小山村总的来说冬暖夏凉,冬暖是一个相对的概念,其实我们村里的冬季寒冷而漫长。每年十月下旬就开始落雪了,第二年的五月初方能消融。进入三九天,那寒冷绝不含糊,冻得手脚皲裂,脑袋都嗡嗡作响。

夏凉却是可感可知的,整个夏天村里人睡觉都需要盖棉被。我们一年四季盖的都是同一床被子,只是母亲一年会拆洗两次。入伏了,在大太阳底下晒几天棉絮,使瓷实、厚重的棉花套子暄胖起来,嵌入一丝丝太阳的味道。

进入三伏天,委实有些燥热难耐,屋里闷闷的。晚饭后,母亲说今晚睡院子里,我们仿佛听到了福音,欢天喜地地铺麦草、抬椽子、卷毡子、抱被子枕头……兴奋得像去看电影。

我们渴望睡在院子里,一家人挤在临时搭建的地铺上。麦草打底,毛毡铺上,绒毡子盖在毛毡上,被褥枕头挨一起,四周用椽子围成沿,以免人从地铺上滚出去。母亲和父亲一头睡一人，把我们聚在中间。平日里都是各盖各的被子，室外就不那么讲究了，大家挤在一起，两人盖一床被子，你抡我拽地抢被子，你踢我踹地闹着玩。起始的这段序曲久唱不衰，直到父母亲收拾完家务，躺在地铺上，数星星的夜晚才真正开始。

那是一片繁星密布的深邃夜空，我们静静望着、数着天际的星星。那些明亮、水润的星星，似乎就是眼睛，不时地眨巴着。不论是它一眨，还是我一眨，数了半天的星星就对不上数了，就在我们眨眼的瞬间，天幕上又冒出了几颗星，又得重新数。我们就是在这有始无终的数星星的夜晚认识了许多星星。

宽宽的、白绸带一样的银河横亘在辽阔的夜空。母亲指给我们看，河这边挑着一双儿女的是牛郎星，河那边像织布的梭子一样的是织女星。我们早就知道牛郎织女的悲情故事，在冬夜的油灯下听尚可，在夏夜的地铺上，看着挑担子的牛郎星和隔河哀哭、眼泪都变得蓝莹莹的织女星，我们情感的琴弦被拨动了。我们想象自己若是那担子里见不到母亲的小孩，该多伤心呀！我们的眼泪被母亲讲的故事悄悄地带出眼眶，静静滑进耳窝。我们赶紧抹一把眼泪，还不好意思地给自己找个理由："有蚊子！"实则关蚊子何事！

我们最喜欢找北斗星，那把由七颗星星组成的勺子，形象又生动。勺子把还能转，此夜它还与银河平行呢，他夜竟然探向银河舀水去了。为此我们争论不休，总少不了父母为我们断官司，原来北斗星是转动的，银河也是转动的，地球和星空都是一刻不停息地运动着的，只是我们并未察觉而已。

在那些数星星的夜晚，我们从未数清星星。然而，我们仰望星空，知道了宇宙的广阔，认识了许多星星，乃至产生了飞到星星上去的梦想。小弟想去天狼星,三姐要去织女星,二姐说北斗星肯定很大,而我只想去月亮上看看那个偷吃灵药的寂寞嫦娥……

我们在奔向星空的畅想中昏昏睡去。第二天早晨醒来,则躺在屋里的大炕上。原来夜里下了雨,睡着的我们沉得如石头,被父母一一抱进屋里,躺在炕上睡得纹丝不动。我告诉母亲,我们都到星星那里去了……

母亲的缝纫机

一九六五年,我家买了一台"东方红"牌缝纫机,全村沸腾了。

当车户苏进民赶着马车,母亲坐在车上,手扶锃亮的缝纫机出现在村口时,全村人都围拢了上来,欣赏着、感叹着:"这么好的东西怎么用呀?"

母亲是全村公认的心灵手巧之人,"上炕的裁缝,下炕的厨子"。村里的红白喜事、接生治病、缝衣做鞋、割麦磨面……里里外外,没有母亲不会干、不能干、干不好的。

一

依我三姨妈的话:"你妈啥都会干,是你二舅母逼的!"

我的母亲是个苦命人,她一岁多的时候,外婆就被土匪打伤,不治身亡。母亲的三个姐姐与她同父异母,岁数相差大。大姨妈、二姨妈已出嫁,三姨妈那时只有八岁。外公一生娶了两个老婆，生了四个女儿，没有儿子，就过继了他哥哥的儿子。他在家里排行老二，我们就叫他二舅。

二舅大我母亲十岁，我母亲六七岁时，他娶了二舅母。二舅母长相凶，心也不善，母亲成了她最好役使的丫鬟。七八岁时，母亲已经开始洗洗涮涮、缝缝补补。母亲说缝被里被面要用大针脚，这是她八岁时悟出的手法。人太小，缝被子缝得不周正，二舅母就用榆条打母亲的手。针脚太小，被子盖着盖着，线把被子勒了个洞，二舅母劈头盖脸就将母亲打一顿。外公劳动完回到家，看到母亲小小年纪受苦受罪，也只能宽慰几句，没有办法。

母亲发现用大针脚缝被子既快又平，还不会勒洞，她的这一针线经验传授给了学缝被子的我们。

母亲长着一头浓密、黑亮的头发，两条齐腰的大长辫子，洗头时散开就是一挂又直又亮的黑瀑布。然而就在这头乌黑的头发里，有一块指甲盖大的头皮，白光光的，什么也没长，那是母亲十岁时，苦难生活留给她的烙印。

三姨妈那时已经成家，嫁到了戈壁上。十岁的母亲从早忙到晚，磨面、做饭、洗衣、喂猪⋯⋯母亲力气小，推石磨磨面，憋着气，全力推，出了一身一身的汗却没时间洗。母亲个头小，和面踩板凳，二舅家人口多，吃得多，母亲见天和拉条子面都得和两次。踩着凳子，可着力气和。一头一头的汗把头发黏成了片，头上长了虱子，因头皮痒，母亲把头皮挠烂了，头皮发炎，长了蛆虫，竟将头上毁了个洞。外公将母亲的头发剃了，在蛆洞里放了些药。

三姨妈见到母亲时，母亲已不省人事。三姨妈哭着把母亲接到戈壁上，每天清洗溃烂处，精心调养。十天半个月后，母亲康复了，慢慢又长出一头乌黑发亮的青丝，两条大辫子留到四十多岁才剪掉。

我们小时候母亲定期给我们洗头，常用一些皂角树皮熬水，那浓稠顺滑的水洗得我们的头发都漆黑发亮。母亲遭受的苦难，在她头上留了个印痕，她则用勤劳的双手，带给她七个儿女清洁、美好的童年。

二

母亲是眼里有活儿又不怕干活儿的人。在我的记忆中，母亲始终处于劳作的状态。从天亮到天黑，从春天到冬天；从晴天到雨天，从田里到家里。除了睡觉，她像个时刻不停的钟摆。

新中国成立初，十二三岁的母亲读了两年书，学校就设在她家的土地庙里。母亲识字读书有灵性，先生组织春游时，把唯一的一块马蹄表交给她拿着，还表扬她书读得好，字写得好，会看时间……

春节刚过完，母亲就开始接春羔，昼夜操心小羊羔的温饱和安全；攒鸡蛋抱鸡娃，给我们提供一个夏天的肉食；切肉溇肉臊子，免得吃不完的肉天热放坏了；搓麻拧绳子，拴驴縻羊、背柴捆草做绳索……

起粪是件大事，我家羊圈边的粪堆永远是一座高起的小山。今年起，明年用，母亲说当年的生粪没劲，沤一年，发热发酵沤成熟粪了才有劲。庄稼长得好，全靠肥料饱。

父亲忙村里的事去了，母亲领着哥哥姐姐们起粪。积了一年，圈里的粪有一铁锹厚了，哥哥们抢铁锹挖开，母亲和姐姐们将粪铲进筐里。大块的粪，一铲一挑堆到老粪堆边，老粪堆倒一遍茬子，翻松、透气、晒太阳，等地开了好上粪。

羊粪肥地，马粪松地，牛粪和骆驼粪是最差劲的，没人用。

母亲把粪分门别类地堆放，边劳动边给儿女们讲授农事：洋芋地东头上马粪，那些新开的地板得很，得上马粪松地；大榆树四周多上羊粪，那片地让树荫遮着，太阳照的时间短，得上羊粪拔热力；葱沟挖深埋几筐羊粪……

等村里的地开始散粪时，我家洋芋地、菜地的粪也已经在母亲的指挥下，一堆一堆地运到了地里。母亲白天参加村里的劳动，上下班途中，顺带着就把自家地里的粪也散了，就等开犁播种。

夏天是万物生长的季节，母亲工分挣得比草木庄稼的长势还快。她一天不落地挣工分，切种、刨草、割麦、扬场……工分比别人挣得多，什么活儿都干在前头。

收工急急回家，过柴堆就把点火的柴拾到手里；撂下工具，生火做饭，先把孩子们的肚子填饱，再把家里的猪、羊、狗、鸡喂了。她总是最后一个端饭碗，第一个吃完饭，洗洗涮涮，擦锅抹灶。余一些时间，就扛着锄头入菜地，翻土种菜、间苗搭架……听到父亲敲响的出工钟声，立马撂下手里的活儿，扛着锄又去公家田里了！

我见过大中午母亲在菜园里修围墙，黄豆大的汗珠爬满了她的额头、脸颊、脖颈儿。说实在的，我从来没有见过那么大、那么密的汗珠。

下雨天不出工，公家的活儿松口气，家里的活儿抓紧干。洗衣洗被，缝衣缝裤……我们每个孩子每年穿三四双鞋，全家人一年要穿三四十双鞋，都是母亲从拆洗烂衣裤的旧布做起，打被子、粘鞋底鞋面、搓麻绳、纳鞋底、缝扣盘……

多少个夜晚，我一觉睡醒了，睁眼看到在炕头的油灯下，母亲一锥子一锥子地纳鞋底。我家似有纳不完的鞋底、搓不完的麻绳。我躺在床上，看着母亲被油灯照亮的脸和一双开开合合的手，像被黑夜收藏的不为人知的一幅画，只有我无意间看到了无边黑夜中的一豆光亮。

三

"吃不穷，穿不穷，计划不周一世穷"是母亲的生活哲学。母亲是走在季节前头的人，冬天她已经给我们做好了春天的单鞋，春天她已然备好了消夏的野菜，夏天她冒雨采回了秋寒里做热汤饭的野蘑菇，秋风中她给我们缝制过冬的棉衣。母亲在四季轮回中，总是用她勤劳、灵巧的双手，为我们的衣食温饱提供了保障。

我家没有主动丢掉的东西。姐姐的一件衣服穿小穿旧了，母亲会改成一件组合半新装给我穿。我的花衫穿破了，又会变成用布头对成花的书包或驴褡裢……

"工欲善其事，必先利其器。"母亲变废为宝的水平、深谋远虑的能力，就连心里装着整座村庄的父亲都十分服气。村里人娶媳嫁女，就来与母亲说，母亲就如自家过事，里里外外、前前后后都筹谋得妥妥帖帖。裤子套着裁能省一条腿的布，婚事当年办能省下不少礼……办事主家一下子就靠上来，大事小情定要他大妈长、他大妈短地征求母亲的意见方能放心。在日月流转中，母亲活成了村庄人家口中的"万能他大妈"。

没买缝纫机之前，母亲都是手工缝衣服。母亲的针线功夫了得，父亲的一件中山装，愣是找不到一个明线针脚，全用暗线缝合。肩头、袖装、袖口易开线,她用绞针、锁针、倒针等密实、耐磨的针脚;前襟、下摆、口袋不吃力,又在明面上,要的就是平展、匀称、好看,她用细小的平针缝出了挺括。再将衣服熨得平平展展的,父亲穿上雄赳赳地开会去了。

我喜欢看母亲秋日午后坐在炕上摊花棉袄的样子。我的花棉袄裁好了,母亲把棉花团撕成一张一张的饼子状,一层一层地摊在袄里子上。

母亲做着活儿,嘴里还哼着好听的小曲儿。一块块棉花饼犹如一片片白云,轻飘飘、暖洋洋地落下。摊一会儿,母亲还用两只手上下摸一摸,看棉花摊匀实了没有。哪儿薄了,再补一块。她把棉花摊好了,再一道一道捆起来,让我穿上半成品试大小宽窄,再用针别出腰身、袖长,缝好的花棉袄合身称体。我穿着花棉袄,心里的那份美滋滋,只有羡慕地盯着我看的女同学,偶尔从我无意间飘过的眼神里,能捕捉到那么几缕。

毛妮哆嗦着进门来,她穿着大棉袄,脸冻得青紫。母亲掀开她的衣襟,竟然是光杆子穿个大棉袄。我们小时候大多数孩子都是光杆子穿棉衣棉裤。母亲说不穿衬衣衬裤,大棉袄漏风不暖和。她发明了用盖烂的被里子给孩子做冬天的衬衣衬裤,既柔软又能隔风寒。我们村里的妇女几乎都拿着破被里、被面来,让母亲给裁剪。那一年,母亲开创了我们村冬衣加衬的流行风尚。

四

"东方红"牌缝纫机买回来,大大地提高了母亲缝衣服的效率,以前缝制一件衣服要花两三天的时间,现在只要两三个小时就完成了。速度快了，工作量猛增。以往是村里人拿着布提件旧衣来让母亲剪裁好，拿回家自己手缝。有了缝纫机，机器扎得可要比手工缝的好呀，就都放下衣料，只等过些天来拿成衣。

这下母亲就得剪裁、缝纫一条龙服务了。我们家缝纫机哒哒哒的声音响彻在寂静的夜空里、正午的睡梦中，甚至清晨的鸡鸣中。大姐、二姐也很快成长为熟练工，甚至半个裁缝。

母亲的手艺在缝纫机的助力下有了大幅度提升。只要有人穿新式衣服，譬如城里来的知青、街头走过的时髦青年、城里来拉洋芋的人……只要母亲看一眼，就会依葫芦画瓢做出来。母亲就曾给我做过一件套头西装，给二姐做了件活里活面的大衣，给三姐做了件有胸襟的学生装，还给马兰英做了件马蹄袖的小衫，给闫老师做了条筒裤……

母亲的声名随着河水传到了山外，我远嫁戈壁的大姨妈有九子二女，三姨妈有五子二女。她们的儿女谈婚论嫁之时，母亲都会被请去做嫁衣。四季服一套是最基本的，条件好的，做十二套的也有，顺便把婚房的窗帘、床罩、被套等都做了。有一年母亲从戈壁上做嫁衣回来，兴奋地告诉我们，现在兴沙发了，她给三姨妈的二儿子缝了一整套的沙发套子。

秋粮收完，母亲就被接走了，马车接送，好吃好喝招待着。戈壁上的亲戚越串越多，他们亲切地称母亲为"山里他尕姨"。

我家买了缝纫机后，一入冬村里就有盘算早的人家，瞅母亲有空，早早做好过年的新衣。进入腊月，做新衣的人陆陆续续多了，母亲还得谋划着自家的事：腊八喝粥；二十三过小年，送灶王爷上天言好事；二十四扫尘；二十五蒸年馍；二十六杀猪宰鸡；二十九炸油馃子；三十贴门联、垒旺火、穿新衣、祭祖宗、包饺子、煮肉、装仓、守岁……年节踏着点子来了。有一些人家到年跟前了，才拿着布领着娃来缝新衣裳。

有一年，母亲忙活到了大年三十，我们姐妹仨的新衣裳还没缝好呢。二姐拿着她挑选的白底子上印着宝瓶、葫芦、团扇、宝剑、花篮等图案的花布站在缝纫机旁。三姐拿的是一块绿花缠枝布，紧挨在二姐的后边候着。我的是一块酱红底开满金红礼花的布，排在三姐的后面。这几块布是母亲秋天从大黄山街上买回来的，我们各挑了自己喜爱的衣料，等着过年穿新衣。谁也没有想到，等到年三十了，还只是块布呀！

母亲还在给蛋娃缝衣裳，蛋娃他妈讪讪地站在缝纫机的另一端，不敢看我们姐妹三个的眼睛。母亲一手拽着缝纫机一侧待缝合的衣袖，一手不停地压平、推送待缝的衣缝到缝纫机的压脚下，一双脚使劲地踩着缝纫机的脚踏板。

我哇的一声哭了，站在姐姐的身后，我越琢磨越觉得赶子时年来时，我穿不上新衣了。我这一哭，弄得母亲额头上渗出了汗。二姐让位给我，说先缝我的。蛋娃他妈拿上缝合的衣服，说扣眼、扣子自己做。母亲剪裁好我的衣服，把煮肉的大姐叫过来缝，又紧赶着裁二姐、三姐的。分工合作，终于在日落西山时，我们都穿上了新衣裳。

母亲的"东方红"牌缝纫机，显然成了我们村的公共缝纫机。在二十世纪六七十年代，全村人都穿过母亲缝的衣裳。这台劳苦功高的缝纫机被用得只剩机头上奔放、洒脱的"东方红"三个字依旧鲜红。母亲这位眼疾手快的名裁缝，也历练成了一名会修履带、会换滚珠的全能机械师。

河的方向

玛　丽

一

　　玛丽是一条德国猎犬，腿长腰细，胸阔腹收，额头宽展。一身细密、闪亮、短贴的黑色皮毛，一根杂毛都没有，只有两只下垂的大耳朵上和拖地的长尾巴上，长着一根手指那么长的顺滑的黑毛。一双细长、上挑的狐狸眼里，嵌着一对黑宝石一样溜圆的眼仁。

　　一九七〇年的春天，父亲花了八十五元钱买回玛丽。这个价钱相当于当时我家劳动一年收入的六分之一，可见父亲内心多么在意它。

二

　　玛丽是带着洋气的名字来的，它到我家时已经五岁了。然而它是一条多么漂亮、贵气、懂规矩的狗啊！

　　玛丽来我家时，我们已经有了大黑狗、小黄狗两条看家护院、打猎放牧的狼狗。玛丽的到来，明显增强了我家狗队的力量，也增添了高贵、优雅、自律、团结、战斗的新气象。

我们一家人围在小饭桌前吃饭时，狗就卧在人的身后。人吃着吃着想起来了，就把啃过的骨头或吃剩的洋芋皮、碗底的饭渣给狗吃。狗通常是摇尾乞怜，心存感激。玛丽则不同，它吃饱了，人再给吃的，它也只是淡淡地看一眼，并不像黑狗们似的没个饥饱，给多少吃多少。

有时我们正吃饭，外面来人了，或发生了什么事，我们大多撂下饭碗，好奇地跑出去看个究竟。之前发生过人跑出去，卧在身后的狗趁人不在偷吃桌上食物的事情。母亲立下规矩：吃饭时人不能都离开，得留一个人看狗。玛丽来了后，这个看狗的任务就由它主动承担了起来。

有次父亲从公社回来买了很多吃的、用的，正赶上我们吃饭，听到父亲在院里喊来人拿东西，我们全都迎了出去，竟忘了留看狗的人。等把父亲接上，拎着东西走进门，看到玛丽正用两只爪子打小黄狗，阻止小黄狗叼桌子上的馍馍。全家人震惊了，无法相信眼前发生的一幕。一条狗比人还讲规矩，可能吗？为了验证玛丽的律己和律他，我们多次设局考验，把煮洋芋、蒸馒头，甚至一盆子肉放到桌子上，人故意跑出去，趴在窗户上看狗的表现。

不看不知道，一看吓一跳。每每是小黄狗先忍不住想要偷吃，看看大黑狗，笨拙的大黑狗装作若无其事的样子，刻意仰头望天。再看看一丝不苟的玛丽，表情庄重，目光平静，牢牢地盯着桌上的食物一动不动。

僵持一会儿，小黄狗的哈喇子都流出来了，一只爪子偷偷摸摸地探上桌沿。大黑狗收回了昂着的头，怒目圆睁地看向小黄狗，小黄狗的爪子僵住了。大黑狗又看向玛丽，玛丽神情照旧，像什么都没看见。

小黄狗的爪子停了一会儿，似乎获得了勇气，继续伸向肉盆。大黑狗也面露喜色，举起它的大黑爪。说时迟，那时快，小黄狗的爪子还没有触到羊肋巴骨呢，玛丽抬起前爪，一爪子打向小黄狗的偷吃爪，喉咙里还发出低沉、压抑的警告声。小黄狗立刻缩回爪子，大黑狗伸了半截的爪子也缩了回去。玛丽收回了自己的前爪，依然蹲守桌边，继续恪尽职守地守卫着餐桌。

我们全家服了，更加钦佩这条训练有素、懂规矩、守纪律的狗。

三

自打玛丽来到我家，父亲去狩猎便如虎添翼。玛丽细瘦挺拔，嗅觉敏锐，闻着风中的气味就能追寻到猎物。它动作灵敏、爆发力强，奔跑如飞，追踪、围攻、阻截、撕咬，乃至设圈套、耍花招等样样在行。更难能可贵的是它有领导力、组织力，是我们家狗队的核心。

山里狩猎有个约定俗成的规矩，春天野生动物发情孕生时不能打，只有秋冬草黄畜肥之时才能猎取。

那些落雪的凌晨，大地一片素洁，我家的狗队早已集结，兴奋地在院里转圈、撕咬，汪汪狂叫。有时夜里悄悄落了雪，人还不知道，待天蒙蒙亮之际，玛丽还会叩门叫人。它的大爪子啷啷啷地拍打木门，还发出呜呜呜的声音，就像在通知父亲该打猎了。

父亲背上猎枪，翻身上马，狗们已经等不及了，院门一开，一股风般跑了出去，通向河谷山野的小路上，留下一串梅花爪印。父亲骑着马，踏着这串足迹飞苍走黄。

往往父亲找到狗队，也就见到了猎物。玛丽已率先带领大小七条狗，要么已经咬死、咬伤一大片猎物，等待父亲验收成果；要么狗队已形成包围圈，将猎物围困在山洼中，等待父亲下命令集中歼灭。

玛丽的组织领导力在这样的时候一再突显。它会看地形地势，远远看到野猪、狍子等成群结队的猎物，就向山梁、沟顶、林子边等高处跑，带领狗队把猎物围起来，将它们赶到低洼处，形成疏而不漏的包围圈。

父亲经常给我们讲玛丽的能耐。有一次一群野猪被狗队围住了，父亲打死了五只，一只大野猪龇着白晃晃的獠牙，蹭满松树胶的皮又厚又硬，枪子儿打不进去。父亲开了三枪还是没有将其放倒。这时玛丽看出了父亲的窘迫，嗷嗷叫了两声，领着大黑狗们从山坡冲向大野猪。玛丽和大黑狗各咬住野猪的一只后腿。野猪转身，狗也跟着转，就像一个车轮子。野猪被狗困住了，父亲走到野猪跟前，对着它张开的嘴开了一枪，才了结了这头青面獠牙、力大无比的家伙。

玛丽点子多得很，它带领狗队出征，从来不和猎物发生正面冲突。真遭遇阻击战了，它都是袭击猎物最柔软的部位——肚子。大黑狗就傻，让野猪咬掉半个耳朵，这才学会了偷袭、侧袭。倒肚子那是玛丽的拿"嘴"好戏，它的嘴尖长，牙齿锋利，咬着猎物决不松口，猎物东突西奔，三撕两拽肚子肠子就散了满地……

在狩猎中立下汗马功劳的玛丽，从不居功自傲。猎物拉回家，村里男人们剥皮剔肉，把五脏六腑扔给狗们当作犒劳，大黑狗们大嚼大咽，一顿狂吃，玛丽则总是叼块肝肺走到柴垛边独自享用。

四

我们家狗队最兴盛时有七条，大多是玛丽和大黑狗的后代。玛丽到我家后的那个秋天，就"下嫁"给了大黑狗，它没有多余的选择。大黑狗虽然长得粗笨，但在我们村的狗里还算是出类拔萃的。它是标准的狼狗，高大、威猛，虽然显得有些呆笨，实则心明眼亮，有正义感，对奸邪歹毒之人，不动声色地下口，而且稳、准、狠，咬住就不放。

玛丽与大黑狗生了第一代狗崽儿，我家留了一只长相最像玛丽的，取名尕玛丽。它继承了玛丽的大部分特征，同时也遗传了大黑狗的一些呆拙。它们孕育的第二代狗崽儿，我家又留了一只，叫二玛丽。经过几年繁殖，我们村的狗基本都更换成了玛丽和大黑狗的后代，全村狩猎的平均水准提升了好几个台阶，在那个缺吃少穿的年代，狩猎使得村里的生活好过了许多。

二十世纪七十年代末，忽然刮来了打狗的风，上面还专门组织打狗队到各村各户打狗。父亲听到这个消息后，就将家里的狗分送给周围的牧人、戈壁上的亲戚，只留了玛丽和尕玛丽。父亲认为山村人家一家养两只狗看家护院还是可以的，村民们也找上门来说道。父亲主动找到工作组、打狗队，表达山区养狗的特殊性和必要性，打狗队让了一步，允许一家养一条狗。于是我们不得不在留玛丽还是尕玛丽中做抉择，最终父亲只能忍痛放弃了尕玛丽……

五

玛丽来到我们家，就以忠实机敏、聪明勇敢赢得了一家人的欢心，我们早就把它当作朋友、家里的一员。吃饭专门给它做，喂食有专门的食盆，晚上睡觉它一纵身跳上炕，卧在我们的脚边。小弟宠它，经常将它拉到身边，同床共枕，天冷了还和它盖一床被子。

我们走亲访友、上山下河、玩游戏、干活儿，不管谁出门，总要回头喊一声："玛丽，走！"这位忠实、俊美的朋友与我们形影不离。多少个夜晚，我们都是依偎着它光滑温暖的身体酣然入眠；多少个白天，我们在它的陪伴下行走四方。有了它，我们走夜路不害怕，出远门不孤单，与人交往不怕被欺辱。它就是一位有气魄、有能力、忠诚可信的伙伴。

二十世纪七十年代的最后一年，我们兄妹几人因读初中先后离开了村庄，去远方求学，玛丽也渐渐老去。我们放假回来，匆忙跑进院子大呼："玛丽！"它都是躺在窝里昏睡呢！

一个暑假的上午，我们在窗前写作业，看到玛丽趔趄地从大门走来。我以为谁打伤了它，飞将出去。看到它走路摇摇摆摆，显然是中了毒。小弟跳起来大呼："谁下了毒？"小明跑来说："玛丽吃了中毒的老鼠。"

玛丽硬是坚持着走到院子中间，趴在地上，口里流出浓白的涎水。一双黑宝石眼睛里老泪纵横，流淌着无尽的哀伤和无限的留恋，慢慢散了光。

小弟哭得泣不成声，我和姐姐也抱头痛哭，母亲噙着泪给二哥交代："钉个匣子埋了，免得父亲回来看到伤心。"

我们钉了一个木匣，抬着这口薄木棺到仓库东边的水渠边，在土坎下挖了个坑，埋葬了我们最忠诚的伙伴——玛丽。

　　那是一九八〇年的夏天，也是玛丽到我家的第十年，那一年它应该十五岁。

　　那年秋天，我们全家搬离了台子村……